台灣作家全集

2 珍貴的圖片

台灣文學作家的精彩寫眞，首次全面展現，讓我們不但欣賞小說，也可以一睹作家眞跡。

1 豐富的內容

涵蓋1920年到1990年代的台灣重要文學作家的短篇小說以作家個人爲單位，一人以一册爲原則。

縫合戰前與戰後的歷史斷層，有系統地呈現台灣文學的風貌。

榮譽出版發行／

前衛出版社

葉石濤集

台灣作家全集

短篇小說卷

召　集　人／鍾肇政
編輯委員／張恆豪（負責日據時代作家作品編選）
彭瑞金（負責戰後第一代作家作品編選）
林瑞明（負責戰後第二代作家作品編選）
陳萬益（負責戰後第二代作家作品編選）
施　淑（負責戰後第三代作家作品編選）
高天生（負責戰後第三代作家作品編選）
資料蒐訂／許素蘭、方美芬、洪米貞
編輯顧問／
（臺灣地區）：張錦郎、葉石濤、鄭清文、秦賢次、
宋澤萊
（美國地區）：林衡哲、陳芳明、胡敏雄、張富美
（日本地區）：張良澤、松永正義、若林正丈、
岡崎郁子、塚本照和、下村作次郎
（大陸地區）：潘亞暾、張超
（加拿大地區）：東方白
（歐洲地區）：馬漢茂
美術策劃／曾堯生

台灣作家全集

短篇小說卷

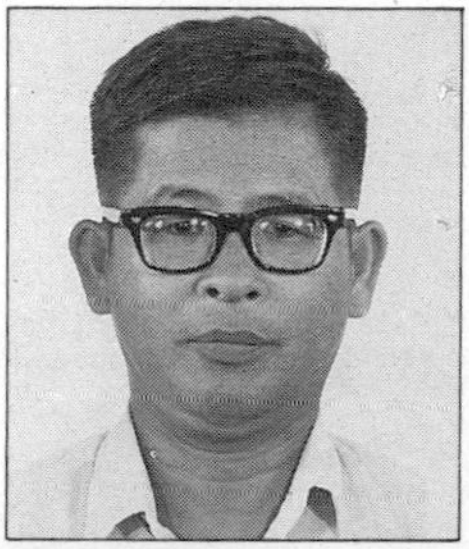

葉石濤

葉石濤於楊逵逝世紀念會上致詞

葉石濤接受訪問的神情

葉石濤與先輩作家合影（左起龍瑛宗、王昶雄、郭水潭、葉石濤、劉捷）

葉石濤於吳濁流文學獎評審會上（左起葉石濤、鍾肇政、彭瑞金夫人、彭瑞金、李喬、鍾鐵民）

葉石濤與文友合影（左起林瑞明、葉石濤、鍾肇政、彭瑞金）

葉石濤與文友合影（左起彭瑞金、葉石濤、李喬、鍾鐵民）

葉石濤

葉石濤手跡

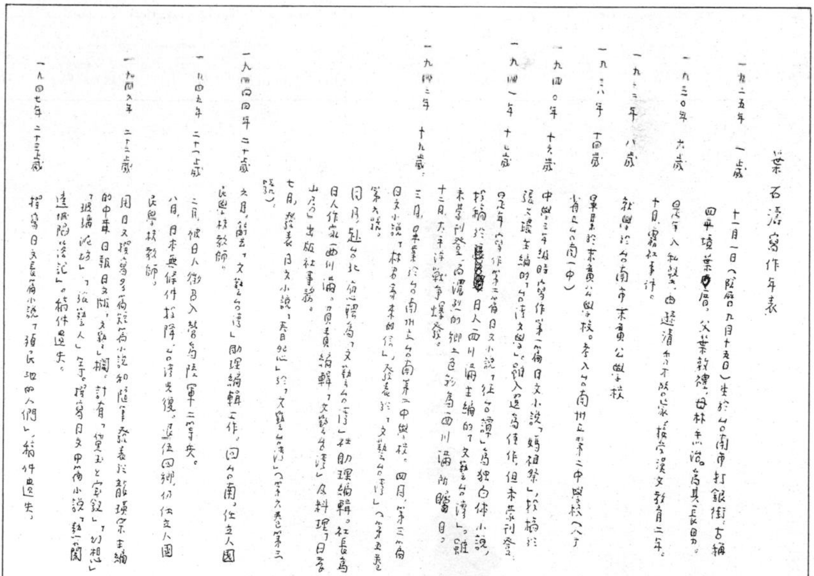

葉石濤寫作年表

一九二五年　一歲　十一月一日(陰曆九月十五日)生於台南市打銀街,古稱四平境葉厝。父葉穀禮,母林如治。爲其長男。

一九三〇年　六歲　是年入私塾,由遜清秀才啟蒙,接受漢文教育二年。十月,霧社事件。

一九三二年　八歲　就學於台南市末廣公學校

一九三八年　十四歲　畢業於末廣公學校。考入台南州立第二中學校(今省立台南一中)

一九四〇年　十六歲　中學三年級時寫作第一篇日文小說「媽祖祭」,投稿於張文環主編的「台灣文學」,雖入選爲佳作,但未予刊登。

一九四一年　十七歲　是年寫作第二篇日文小說「征台譚」,爲獨白體小說,投稿於日人西川滿主編的「文藝台灣」,雖未予刊登,而濃烈的鄉土色彩爲西川滿所矚目。十二月,太平洋戰爭爆發。

一九四二年　十九歲　三月,畢業於台南州立台南第二中學校。四月,第三篇日文小說「林君寄來的信」,發表於「文藝台灣」(第五卷第六號)。同月,赴台北應聘爲「文藝台灣」社助理編輯,社長爲日人作家西川滿。負責編輯「文藝台灣」及料理日孝山房出版社事務。七月,發表日文小說「春怨」於「文藝台灣」(第六卷第三號)。

一九四四年　二十歲　三月,辭去「文藝台灣」助理編輯工作,回台南,任立人國民學校教師。

一九四五年　二十一歲　二月,被日人徵召入營爲陸軍二等兵。八月,日本無條件投降,台灣光復。退伍回鄉,仍任立人國民學校教師。

一九四六年　二十二歲　用日文撰寫多篇短篇小說和隨筆發表於龍瑛宗主編的中華日報日文版「文藝」欄。計有「寶玉と寶釵」「幻想」「玻璃泥坊」「狡猾人」等。撰寫日文中篇小說「熱い[illegible]陷落記」,稿件遺失。

一九四七年　二十三歲　撰寫日文長篇小說「殖民地的人們」,稿件遺失。

出版説明

《臺灣作家全集》是臺灣新文學運動以來最有意義的選輯，也是臺灣文學出版上最具示範的創舉。全集係以短篇小説爲主體，以作家個人爲單位，涵蓋一九二〇年至九〇年代的重要作家，縫合戰前與戰後的歷史斷層，有系統地呈現了現代文學史上臺灣作家的精神面貌。

在內容上，包括日據時代，由張恆豪編選；戰後第一代，由彭瑞金編選；戰後第二代，由林瑞明、陳萬益編選；戰後第三代，由施淑、高天生編選。全集計劃出版五十冊，後每隔三年或五年，續有增編，一人以一冊爲原則，戰前部分則因篇幅不足，有二人或三人合爲一集。

在體例上，每冊前由召集人鍾肇政撰述總序（文長兩萬字，首冊爲全文，其它則爲濃縮），精扼鉤畫出臺灣新文學發展的歷程、脈絡與精神；並由各集編選人執筆序言，簡要介紹作家生平及作品特色；正文之後，則附有研析性質的作家論，及作家生平寫作年表、小説評論引得，期能提供讀者參考。臺灣面臨歷史的轉捩點，瞻前顧往之際，本社誠摯希望能對臺灣文學的出版、推廣、教育及研究上有所貢獻。

台灣作家全集

短篇小説卷

緒言

鍾肇政

時代的巨輪轟然輾過了八十年代，迎來了嶄新的另一個年代——九十年代。發軔於二十年代的台灣文學，至此也在時代潮流的沖激下，進入了一個極可能不同於以往的文學年代。

然則這九十年代的台灣文學，究竟會是怎樣的一種文學？

在試圖回答這個問題之前，我們似乎更應該先問問：台灣文學又是怎樣一種文學？

曰：台灣文學是台灣本土的文學、台灣人的文學。

曰：台灣文學是世界文學的一支。

倘就歷史層面予以考察，則台灣文學是「後進」的文學：比諸先進國的文學，即使是近鄰如日本，她的萌芽時期亦屬瞠乎其後，比諸中國五四後之有新文學，亦略遲數年。

只因是後進的，故而自然而然承襲了先進的餘緒，歐美諸國文學的影響固毋論矣，即日本文學、中國文學等也給她帶來了諸多影響。易言之，先天上她就具備了多種特色集於一身，因而可能成爲人類文學裏新穎而富特色的一支——當然這種說法恐難免落入過分單純化機械化的發展論，未必完全接近實際情形。事實上，一種藝術的發芽與成長，土地本身的人文條件與夫時代社經政治等的變易更動，在在可能促進或阻礙她的發展。證諸七十年來台灣文學的成長過程，堪稱充滿血淚，一路在荊棘與險阻的路途上踽踽而行，備嘗艱辛。

職是之故，若就其內涵以言，台灣文學是血淚的文學，是民族掙扎的文學。四百年台灣史，是台灣居民被迫虐的歷史。隨著不同的統治者不同的統治，歷史上每一個不同階段雖然也都有過不同的社會樣相與居民的不同生活情形，而統治者之剝削欺凌則始終如一。七十年台灣文學發展軌跡，時間上雖然不算多麼長，展現出來的自然也不外是被迫虐被欺凌者的心靈呼喊之連續。

台灣文學創建伊始之際，我們看到台灣文學之父賴和以文學做爲抗爭手段之一的筆跡。他反抗日閥強權，他也向台灣人民的落伍、封建、愚昧宣戰。他身體力行，諸凡當時的抗日社團如文化協會、民衆黨和其後的新文協等，以及它們的種種活動，他幾乎是每役必與，並驅其如椽之筆發而爲〈一桿稱子〉、〈不如意的過年〉、〈善訟的人的故事〉等小說與〈覺悟下的犧牲〉、〈南國哀歌〉等詩篇，爲台灣文學開創了一片天空，樹立了不朽典範。

中期，我們又有幸目睹了台灣文學巨人吳濁流之出現。第二次世界大戰進入最慘烈階段之際，在日本憲警虎視眈眈下，吳氏冒死寫下《亞細亞的孤兒》，戰後更在外來政權戒嚴體制的獨裁統治下，他復以《無花果》、《台灣連翹》等長篇突破了統治者最大的禁忌。他不但爲台灣文學建構了巍峨高峰，還創辦《台灣文藝》雜誌，創設台灣第一個文學獎「吳濁流文學獎」，培養、獎掖後進，傾注了其後半生心血，成爲台灣文學的中流砥柱。

七十星霜的台灣文學史上，傑出作家爲數不少，尤其在時代的轉折點上，每見引領風騷的人物出現，各各留下可觀作品。此處暫不擬再列舉大名，但我們都知道，在統治者鐵蹄下，其中尙不乏以筆賈禍而身繫囹圄，備嘗鐵窗之苦者，甚或在二二八悲劇裏飲恨以終者。以所驅用的文學工具言，有台灣話文、白話文、日文、中文等等不一而足，蔚爲世界文壇上罕見奇觀，此殆亦爲台灣文學之一特色。日據時，曾有「外地文學」之稱，輓近亦有人以「邊疆文學」視之，唯她旣立足本土，不論使用工具爲何，其爲台灣文學則無庸否定，且始終如一。

不錯，七十年來她的轉折多矣。其中還甚至有兩度陷入完全斷絕的眞空期，其一爲戰爭末期所謂「決戰下的台灣文學」乃至「皇民文學」的年代，以及戰後二二八之後迄國府遷台實施恐怖統治、必需俟「戰後第一代」作家掙扎著試圖以「中文」驅筆創作、接續斷層爲止的年代。一言以蔽之，台灣文學本身的步履一直都是顚躓的、蹣跚的。到了七十年代，鄉土之呼聲漸起，雖有鄉土文學論戰的壓抑，反倒造成台灣文學的欣欣向榮，入了八十年代，鄉土文學不僅成爲文壇主流，益以美麗島軍法大審之激盪，衝破文學禁忌成了不可遏止之勢，於是有覺醒後之政治文學大批出籠，使台灣文學的風貌又有了一變。

八十年代已矣。在年代與年代接續更替之際，正如若干年來每屆歲尾年始，報章上總會出現不少檢討與前瞻的論評文學，也一如往例悲觀與樂觀並陳，絕望與期許互見。有一明顯的跡象是嚴肅的台灣文學，讀者一直都極少極少，在八十年代末期的消費社會、資訊多元化社會以及功利主義社會裏，文學的商品化及大衆化傾向已是莫之能禦的趨勢，於是當市場裏正如某些論者所指摘，充斥著通俗文學、輕薄文學一類作品，純正的文學乃又一次陷入危殆裏。

然而我們也欣幸地看到，八十年代末尾的一九八九年裏民主潮流驟起，舉世爲之震動。繼六四天安門事件被血腥彈壓之後，卻有東歐的改革之風席捲諸多社會主義共產國家，連蘇聯竟也大地撼動，專制統治漸見趨於鬆動的跡象。(草此文之際，世人均看到蘇俄首任總統終告產生。) 這該也是樂觀論者之所以樂觀之憑藉吧。

不錯，新的人類世界確已隨九十年代以俱來。即令不是樂觀者，不免也會睜大眼睛看著世局之演變並對它有所期待才是。而九十年代台灣文學，自然也已是呼之欲出！君不見繼八九年年尾大選、國民黨挫敗之後，台灣的民主又向前跨了一步，即令有第八任總統選舉的權力鬥爭以及國大代表之挾選票以自重、肆意敲詐勒索等醜劇相繼上演於國人眼睜睜的視野裏，但其爲獨大而專權了數十年之久的國民黨眞正改革前的垂死掙扎，彰彰在吾人耳目。

在九十年代台灣文學即將展現於二千萬國人眼前之際，《台灣作家全集》（以下稱「本全集」）的問世是有其重大意義的。過去我們已看到幾種類似的集體展示，計有《日據下台灣新文學》（明集，共五卷，明潭出版社，一九七九年三月）、《光復前台灣文學全集》（八卷，後再追加四卷，遠景出版社，一九七九年七月）、《本省籍作家作品選集》（十卷，文壇社，一九六五年十月）、《台灣省青年文學叢書》（十卷，幼獅書店，一九六五年十月）等四種。無獨有偶，前兩者均爲戰前台灣文學，後兩者則爲清一色戰後台灣作家作品。而其中，除最後一種爲個人結集之外，餘皆爲多人合集。值得一提的是後兩者出版時，白色恐怖仍在餘燼未熄之際，前兩者則是鄉土文學論戰戰火甫戢、鄉土文學普遍受到肯定之後，因此可以說各盡了其時代使命。

本全集可以說是集以上四種叢書之大成者。其一，是時間上貫穿台灣新文學發軔到晩近的全局；其二，是選有代表性作家，每家一卷，因而總數達數十卷之鉅，堪稱自有台灣新文學以來之創舉。是對血漬斑斑的台灣文學之路途上，披荊斬棘，蹣跚走過的前輩們，以及現今仍在孜孜矻矻舉其沉重步伐奮勇前進的當代作家們之獻禮，也是對關心本土文學發展的廣大海內外讀者們的最大禮物。

（註：本文爲《台灣作家全集》〈總序〉的緒言，全文請看《賴和集》和《別冊》。）

目錄

出入人間煉火
——葉石濤集序

彭瑞金

戰後，在所謂跨越兩個世代的作家中，葉石濤應是最具典型的一位了，他不但從日文寫到中文，也從小說寫到評論，更由於長時期參與關懷文學活動，文學經歷就是一部活的臺灣文學史，八〇年代以後，他又跨越到文學史寫作的園地了。

葉石濤文學不但以多棲、更以無比的韌力顯現其豐饒的創作力，由於他在十八歲時即在日人西川滿主持的《文藝臺灣》發表了〈林君寄來的信〉及〈春怨〉兩篇屬於青年時期的作品，被戲稱為日據時期臺灣新文學的最後一位作家。然而，終戰，被許多作家視為無法跨越的創作鴻溝，葉石濤卻輕易地跨過來了，他從一九四六年開始，即源源不斷有作品發表，〈三月的媽祖〉、〈澎湖島的死刑〉、〈伶仃女〉都是頗有份量的佳作，一九六五年到一九七一年是葉石濤小說創作量最豐收的年代，他最重要的小說集都在這一階段完成，〈獄中記〉、〈葫蘆巷春夢〉、〈行醫記〉、〈福祐宮燒香記〉等最能凸顯他的小說風格與特質的作品，都屬於這個時期。

雖然，葉石濤在五〇、七〇年代都有過長時間的小說休耕期，卻似乎和他的創作力無關，即使在全力投注於文學評論及文學史的十年之後，他仍然可以再回頭拾起創作之筆寫小說，〈有菩提樹的風景〉便是他歇下小說之筆近十年，在一九八〇年重新再出發寫下的第一篇作品，此後在終結八〇年代之前，葉石濤更寫下了《紅鞋子》及《西拉雅族的末裔》系列作品，他個人的小說創作史雖然不是緜密不曾間斷，前後卻長達半個世紀，仍然是一項極爲驚人的紀錄。

在這麼緜長的創作過程中，葉石濤的小說迭經變貌，自不待言，最早期，〈春怨〉時期的作品，顯然接受了類似西川滿之輩的唯美派作家影響，也充滿了青澀又浪漫的少年幽怨情愁，據他自己說：「起初是模仿一些舊俄作家的作品，……最後是一些法國作家……」，〈林君寄來的信〉則「是模仿法國作家都德的《磨房書札》中的一短篇寫的。」這個階段留下的作品不多，不過，戰後初期的葉石濤雖然擺脫了模仿的色彩，逐漸展現了他作爲作家對時空環境的警覺，例如〈三月的媽祖〉說明葉石濤已經將創作的觸鬚伸向現實最敏感的部位，試著探索二二八事件，但整體的筆調還是極其浪漫、隱晦的，恐怕在唯美文學初戀和鐵錚錚的人間殘酷現實間，還有得拔河。

一九六五年，葉石濤停筆休耕十四年後再出發，發表了〈臺灣的鄉土文學〉論文及小說〈青春〉，在小說創作上則展現了對自己文學體認的實踐能力，根源於生活的、人間的、歷史的、現實的作品，是此期作品可以清楚標示的特色。也許，再出發之前，一段特別的人生際遇，有助於他文學思想的改變，使得他的作品能表達出澈底咀嚼人生之後，從容出入的優容，他說他已經歷過人世間所有的齷齪、慘酷、自私，始終在極限狀態下過活，指的是他在一九五一年坐了三年多政治牢獄的經驗，以他這段時期小說顯現的蛻變而言，這樣的自白並非誇大。

從〈青春〉、〈獄中記〉、〈葫蘆巷春夢〉到〈鬼月〉的六年間，近三十篇作品，大約可以相當清楚地看出葉石濤比較成熟完整的小說性格了，這些小說顯現了他能透視人生卻又玩世不恭的個性，往往把辛酸、愁苦不已甚至艱難困苦的人生，刻意以滑稽突梯的筆觸惹得人含淚地微笑，有人說葉石濤的小說豎立起臺灣文學裏幽默文學的獨特格調，不過，認眞地說，幽默實在不是他的文學特色，摻雜著神秘、陰鬱、凝重，甚至殘酷、冷漠等生命質素的幽默，很難叫人開懷大笑。就以〈葫蘆巷春夢〉這壓卷之作來談吧！一簍筐的荒謬人生情節恰巧湊集在這個窄巷裏，作者開玩笑的痕跡也絲毫沒有刻意去掩飾，卻很難令人開懷地笑出來，因爲那種源自人生本質的荒謬，仔細一尋思，但有人人都難倖免的同病相憐的辛酸，卻沒有一絲幸災樂禍的自外可言。集合了幽默的自我調侃、神秘的、陰鬱氣氛和若隱若現的歷史感，凸顯了這個時期的葉石濤小說予人無限可能的期盼，可惜只在七〇年代開始後不久，留下的只是長長的驚嘆號。

眞正的大驚嘆號還在於葉石濤在八〇年代的第三度再出發，一九八〇年，美麗島事件不久，葉石濤寫下了充滿特務統治恐怖氣氛爲背景的〈有菩提樹的風景〉。這篇具有一些歐威爾《一九八四》影子的作品，不是預言，卻是是時臺灣生活的感覺，雖然寫得相當陰暗而隱晦，但看得出是葉石濤文學不平凡的再出發！此作，從臺灣小說的發展和臺灣現實的對應去想，也許都有其意義。

八〇年代的葉石濤小說，似乎在證明他對開拓臺灣小說視野的能力，以回憶錄爲出發點的《紅鞋子》，也許有損作家昔日寫自傳式的小說是旁門左道的誇口，不過無論是〈偷蟹〉、〈收租〉，抑或〈阿祖的丫鬟〉，往日生活的影子還是若隱若現，然而〈牆〉卻透露了比較特異的訊息，它寫五〇年代政治犯的可怖經歷，是葉石濤創作領域中一直被遮蓋的角落，曝光了。〈西拉雅族的末裔〉等是八〇年代末期的新作品，作者有意展現他對平埔族人語言、思維、生活的獨到認識，加上流暢、自信、熟練的文字風貌，不但展示了個人小說創作的新版圖，也是臺灣小說的新領域。

除了向有的雜揉幽默、神秘氣質之外，八〇年代的葉石濤小說則憑添了幾許粗獷、堅定、開朗的現實性格，的確是另一種新的風貌，從〈牆〉到〈野菊花〉，證明葉石濤小說還有未經墾拓的領域。五十年間葉石濤小說的諸般變貌，則隱隱吐現了臺灣小說的辛酸成長歷史。

林君寄來的信

鍾肇政 譯

——我的信嗎?阿元伯!我扯開嗓門大喊。——是啦,從府城來的。這位耳朵有點背了的好老頭,好像因爲有信從府城寄來,所以有點吃驚的模樣。這也難怪,自從我到關廟庄來以後,過的是連一封信都不來的孤獨日子。不過有信來,在我也是値得驚詫的事,因爲知道我在關廟的,就只有好友林文顯一個人而已。因此,可能給我信的,也只有他一個。看看今天早上突然地攪亂了我的安靜的這封信,果然沒有錯,是林寫來的,從文字的用法也可以猜出來。首先是如今撇下漂亮的「高砂町」這個名稱不用,還沿用從前的老名「嶺後街」,除了他之外再也不會有第二個人了。撫摸厚墩墩的一封信,想到說不定這一整天要爲它而泡湯,便禁不住地吐了口長氣。原來是想在後面的甘蔗園躺下來,看看天上的白雲與臺灣山脈,迷糊地思索,或好好地培養詩情的。阿元伯那充滿好奇的眼光,好像在催著我趕快看似的。於是我慢條斯理地拆了封,便看到如下的文字:

柳村，你好吧。我猜想，你一定無聊透頂了是嗎？我這便派給你一個差使吧。你就打算一整天外出，關好小屋子，為我跑一趟龍崎庄如何？你當然知道，我從小在府城的舅父家長大，這是因為我的父母都在我五歲的時候過世了。但是，我父母的家仍然在龍崎。我的祖父與妹妹住在那兒，悄悄地過著寂寞的生活。我已經有五年沒有見他們了。這當然不是我不想見他們……。每次想去，便會有不方便的情形發生……所以不知不覺地就懶得跑了……。想來這種經驗你也有過的，所以不致於責備我吧。這一次，我寫了信說燈節前一天一定回去。糟的是我的身邊，這個你也不會不知道。那天，舅父有件事一定不讓我離開。既有養育之恩，我實在沒法拂逆他。幸虧你也在龍崎附近。我想請求你，代替我去安慰一下祖父。祖父一大把年紀了，讓他失望，恐怕對身體不好。因此有我的體臭的你去了，豈不是比誰都不去更好嗎？我常在信中提到你，所以妹妹也應該不會把你當外人才是。你我之間的事——讀書時的我們的溫暖友誼……妹妹對你所知道的，並不比我少。而且聽說妹妹是美貌的，有很好氣質的女孩。這裏我就當做你已經答應了，把我老家告訴你。龍崎庄是離你那兒大約三四里遠的鄉下小鎮，這一趟等於是來個適度的散步。路上有鳳梨園，風光極佳。到後先問問鄉公所。街路上都是灰色矮農家，所以鄉公所一看就到。從鄉公所走向右邊，來到果園就止步。後面有個小小竹門。它四時都開著，一直走進去好了。再走不到一百步，便可看見臺灣式農家加上荷蘭風陽臺的二層樓房，這就是我們林家祖傳住家。想來如今是荒草沒徑，一片荒涼了吧。啊，好令人懷念。但是我不能去，有什麼辦法呢？相信你懂得我的心情。希望你對春娘好些，也多向祖父談我的事。眞的，一切要仰仗你的慈悲心了。以上，我是認定你會去才寫下的。希望你想起我們一起過的日子，答應你的摯友的請託……」把信放下，我就想起了種種往事。我大聲把信中內容說給阿元伯聽，老人便表示林家代代出秀才，他也好熟悉。——小姐雖然只唸過公學校（即小學），但聽說很美，目前跟祖父學叫什麼四書的……——我對春娘與祖父的生活感到好大的興趣，所以決定跑這一趟。這麼湊巧，早上是上上好的天氣，但對出門走路倒不適合。副熱帶特有的強烈的日光，加上這一帶又是一種盆地，所以悶熱難當這正是這附近獨特的天氣。也是接到這封奇異的信的一天晚上，我還必需參加表姐的婚禮，晚上很可能趕不及，可是這實在沒辦法了。我想像著沒好聲氣的表姐，把小屋的門關好，給阿元伯一天假期。不過對狗，我倒要讓牠終日守在小屋裏，因爲在這猪肉缺乏的日子裏，牠很可能被吃掉。我戴上麥稈帽，跨上脚踏車，在多砂塵的鄉道上騎向靠山邊的龍崎。中午稍過，來到看得見龍崎那細長街路的小丘上，從那面在風裏招展的「一億一心」大旗，便知這是個可愛的小鎭。進了街路，好像人們都上田園去了，闃無人聲。大街上因一層砂塵，變成一片雪白，路樹上聚著蒼鷺，吵鬧不停，尤其鳥糞在路上積成一層。小鎭上的人們似乎對這一點也不在意，這倒使我更有深得吾意之感。鄉公所很快地就找著了。走在中午時分的街路上，狗不住地吠著，鷄也驚慌起來，響起一片啼叫。連水牛用那種怯怯的眼光看我，也煽起了我更大的喜悅。這眞是不虛此行了。鄉公所旁有池，一羣菜鴨正在洗日光浴，蕃鴨與鵝搖著屁股笨拙地在路上走的怪模樣也令人莞薾。突然，在池畔柳下垂釣的男子映入眼簾。上前問路，便默默地用釣竿指出通往山丘的小路。謝過禮，走上小路，回頭一看，不知在什麼時候那男子已換了垂釣的地點。也許是因爲我而讓魚跑了，所以才換了位子。小路兩旁是蓊鬱黝黑的一大片芒果林。不久來到籬笆，竹門也出現。我馬上直感到已經到了，也不敲一聲就進去。似乎是屋後的院子。這是果園裏的一塊空地，好像四時都罩在陰影下，一進來便有一股冷濕的風撲面而過。沿小徑前進，便出到被木麻黃圍住的乍看有中國風的三層樓房前面。陽臺幾乎與木麻黃樹梢齊高。從前必是髹過白油漆的，如今已有些斑剝，露出裏面的紅磚。上面爬滿藤蔓，已有紅色的新芽冒出來了。陽臺的欄干是用青色瓷器做成的。剛才在街路上走過時就看到用一些倒放的壺做的牆，很有一點土豪味，這裏的欄干卻十分整齊，洋溢著一股清爽味。林的信裏說荒涼，事實卻跟他的想像完全不同，用不著人工的管理，自然就能井然。想透過陽臺窺窺房子裏，但門上垂掛著明亮色彩的簾子，簾子上有模糊的影子，好像畫有什麼畫。大門微啓，彷佛在等著林回來，是日影有點斜了呢，或者每逢這個時辰便會如此，忽然亮麗的陽光照射到這屋子上面來了。靠這光線，我從門縫往裏窺視。屋內沉沉的一個角落，一位穿上割臺前服裝的——其實我沒有看過割臺前的服裝——老人，靠在一把安樂椅上看著書。我再凝神細看，也許是因爲小房間裏太靜，加上光線半暗不明的緣故吧，這才發現老人並不是在看書，而是輕輕地在打鼾呢。那裏充滿著平安與慵懶。就在這時，與鼾聲很不相稱的纖細透明似歌唱般的少女嗓音傳了過來。「長安……一片……月，萬戶……擣衣……聲……」像是在唸唐詩選。不過因爲是用臺語，所以不太明瞭。雖然我也模糊地記得小時候在書房裏學過漢詩的吟誦。老人頭上的掛鐘，敲響了一點。我好像被觸發了一般地喊：「有人在嗎？」老人還是沒有醒過來。我不知如何是好，只好楞在那兒，不過吟誦聲停了，有下樓梯的輕微脚步聲。不一會兒，窗子刷的一聲被打開了。白晃晃的陽光的帶子使房間裏與室外同樣地亮起來。蹦跳的火花、無數的飛沫，把一切從慵懶裏叫醒過來了。當我停止了從門縫窺望的刹那，突然傳來急促細碎的脚步聲，同時門也霍然打開，眼前一亮，一位十七八歲，穿上藍色長衫的女孩站在我眼前。鵝蛋形面孔銀盆般輝耀著，抿緊的小嘴、龍眼般發亮的眼睛、更特異的是那三四歲幼女童慣結的「角鬃仔」髮。這髮式居然那麼適合她。也許有些人不懂角鬃仔。就是把髮脚及兩鬢部分稍留一部分髮，將其他部分梳攏起來結成的。不過她似乎還加上近來流行的波浪式，予人淸新的感覺。這一定就是林的妹妹春娘了。被她那聰慧的美吸引住的心情與一種畏羞，在我心中交戰著。——哪一位？會是文顯哥嗎？眞是楚楚可憐的眼眸。碰到這眼光，我更強烈地感到困窘與畏羞。原來我竟也是這麼膽怯的。——不是文顯，不過是他的朋友。他要我來的。因爲他有急事……。是今天給我來了封信……——我的手指頭拈住髒兮兮的麥稈帽撫弄。我當然是把眼光從她那令人眩目的視線側開了。胸臆裏一種失望的感覺起伏著，我還是痛切地感到我只是個未受邀的不速之客罷了。——原來如此。哥哥又有急事不能回來了。阿公心都等焦了的……。春娘的話使我感到抱愧，也悔悟不應當接下林派給我的這個差使。我跟著春娘進屋裏，一隻蒼蠅驚飛起來，響著飛向窗外。——阿公，文顯哥的朋友來了，春娘大聲說。老人大吃一驚，倏然站起來，莫名所以地搖了幾下頭。我微感困窘，手持帽子抬起頭看了看天花板。春娘挨到老人耳畔，以溫柔的身勢說明了我的來意。一如在混沌的靄霧裏看到曙光般地，他露出微微的笑。看樣子，是對我的來訪感到喜悅了。臉上一道道皺紋變成和藹了，恬靜地說——你叫什麼名字？這麼個大熱天，眞抱歉——。我說——我叫葉柳村，跟林君是中學時代的朋友——春娘詢問地說——那麼是跟我哥哥一塊摸進校外的果園裏被處分的柳村同學啦——我對林把這種無聊事也告訴妹妹，感到激烈的不滿，而且又是這麼一位美貌又聰明的春娘。——秋婆仔！——春娘突然叫喊，好像是通往厨房的門打開了，傳來咯咯的纏足女人的脚步聲，髮上插了好多金銀簪，一身寬鬆的藍布衫，穿上紅鞋子的矮個子老婦出現了。好像是爲了林要回來吧，大頭鬃整整齊齊地，一支大銀笄別在中心。手上還戴著戒指，似乎要向我表示敬意般地猛眨著眼睛。那是與林的祖父同時代的服裝。我向她很有禮貌地寒暄。是所謂臺灣式的好嚕嗦的方式，這倒使老婦人大為高興。老人也從椅上起身，手執煙筒氣喘吁吁地說——秋婆仔，這是文顯的朋友啊。老婦人手足無措地——還不趕快搬椅子過來呀，春娘，怎麼可以讓客人站著……這事好像使她無限著急，臉都漲紅了。春娘似乎覺得老婦人的樣子太可笑了，抿了抿嘴，總算裝出了要到樓上去搬椅子的身勢，我把她阻止住了。我用「國語」(指日語)問她——是妳的阿媽嗎？——她搖了搖頭說——是遠房親戚，來我家幫忙的。我覺得她與我之間漸漸有了親密的感情。在春娘與我用國語交談的當中，祖父與老婦人臉上浮著笑。——我孫子還好吧。為什麼不回來呢？府城是那麼好玩的地方嗎？……他不會短缺什麼吧……——祖父開始問話了，於是老婦人也問長問短起來。她問的都是有關「吃得多嗎？」問來問去都不出這一套。春娘也笑吟吟地，我的對答如流，使她好高興的樣子。我為了滿足老人們的慾望，把所知的有關朋友的事全都抖出來。不知道的事也大膽地揑造出來。事實上，我還曾把林的事寫成一篇小說。最後祖父問——那孩子，近來還在吟誦從前我教給他的漢詩嗎？……——是的，我們還在中學的時候，林兄每天都要吟，吵得人家都不耐煩了——嗯，他可眞是個好孩子呢……很聽阿公的話呀——秋婆仔說著和老人互相點點頭笑著讓皺紋都給撫平。當秋婆仔在稱讚林的當兒，可以從老人那枯瘦的臉上看出正在想著愛孫的影像。春娘則從我的身勢與談吐搜求著不易捉摸的哥哥的影子。春娘用充滿感情的嗓音說——那您今天晚上一定會在這兒住一晚吧。老婦人好像聽到了多麼好的話似地細瞇著眼睛等候我的回答。我小心地不讓心裏的欣喜表露出來，我相信這就是禮儀吧。表姐的婚禮不再成爲問題了。我裝出猶疑的樣子，但碰到春娘的眼光，馬上就露出了眞心。——可是，我沒有向家人說，而且也擔心太打擾你們——好細弱的聲音。十分滿意了似的老人們的眼光，使我揭下了叫做陌生的面。——那我可不能呆下去囉。你們慢慢聊吧……春娘，快把這位先生請進妳的房間裏吧——老婦人說。正在吸煙筒的老人，很睏了一般地眨著眼睛。春娘在臉上微微漾著羞怯，把面孔轉向我，無言地說著請吧。我再也沒法禁止胸口猛撞，把眼光移向窗口。春娘讓衣裙輕輕地招著關上了的窗。那模樣，輕盈而又優雅，有似一隻燕子。上樓梯時，她有意地讓先，這又使我明白了這位女孩是做事謹愼的。因爲窗已關上，所以沒法看清她的神情，不過從脚步聲，我幾乎猜到她的耳墜子是鮮紅的。上到樓梯盡頭就是廳堂。——好暗是不是？——春娘不像是問也不像是自言自語地說。然後細步走過去，捲上了簾子。光線刷地透進來。噢，這是怎樣的一種光波啊。我目眩神迷。漸漸地習慣了。簾外就是陽臺，欄干的線條好像把果園的樹梢切了一刀，遠遠地可以看到一片迷濛，想是府城吧。龍崎的街路在右邊，點綴著紅磚與白牆。事實上並不高，可是這陽臺卻好像浮在半空。看看週遭，正面擺著有仙姑雕刻的中案桌，擱著花瓶、古盤，此外神佛的雕像及祖先牌位，還有燭臺、香爐等一應俱全。中案桌後面的主軸上的字，我讀不出來。八仙桌上的宣爐古色蒼然，極富情趣。和春娘一起進到裏面，入口處重掛著有刺綉的布帘。陳設都古色古香，家具看來厚實，有一張掛上蚊帳的眠床，床前有踏臺，另一邊的桌上有鐘與案頭燈。與這房間不調和的是一隻大書櫥。近前細看，除了漢書之外也有洋書，最近的小說也有二三册。想來都是春娘的吧。據說也有林寄給春娘的。我今晚的房間在對面，除了少一隻書櫥之外，其餘都一樣。

——春娘小姐，妳住在這樣的地方不寂寞嗎？夜裏好像有狼和老虎出來啊——我說。

——我生來就是好靜的……而且想到父母親都是在這兒過世，我又是由秋婆仔和阿公帶大的，所以這兒使我眷戀，實在沒辦法像哥哥那樣跑到府城去住下來——她說著從我的視線岔開了眼光。春娘想起了似地走到一個角落的櫥子前面，跨上踏臺想把玻璃瓶取下來。踮起脚尖的她的姿態，眞是美妙極了。取下瓶子，她微喘著說——這是秋婆仔親手做的芒果蜜餞，哥哥回來了，準備給他吃的。可是哥不回來了，我們就代替他來吃吧，好甜哩……她說著打開了蓋子，微酸的香味就漾出來，飄在所有的東西上面。兩人邊笑邊吃這在舌頭上馬上就溶化了的芒果，美味之極。還沒察覺到時光流逝了多少，夜已經快來臨了。這當中我們談了許多，都是不著邊際的，如今已忘記了，不過有一點是錯不了的，那就是我們都太快樂了。而且可愛的情景也在眼前展現。在夕陽上化成金黃色的樹梢上，小鳥啼唱著歸來，輕風似有似無，這就是田園吧。恬靜的幸福感春潮般汩汩湧上胸臆。不一會，廳堂裏已備好了晚餐。已經可以點燈了，可也並未完全暗下來。老人坐在上座，我與春娘相對而坐。秋婆仔堅持古禮不肯同桌。枱中上那有花紋的盤子。——沒有好菜哩，鄉下總是這樣的，來吧——老人說完便開動了。有蘿蔔乾、煮茄子和清湯鴨。春娘那靜雅地使著筷子的模樣，使我甩脫了生疏，吃得就像家裏的一員。春娘為我盛飯。我還與春娘一塊收拾碗筷。——秋婆仔，今天燒得太好啦——春娘說。我便也極口稱讚老婦人。秋婆仔讓厨房的火光映著面孔，笑逐顏開了。老人躲進房間裏去，從老人房間裏氤氳的香煙可以猜到。我們上到樓上，把椅子抬到陽臺上。春娘點起了蓮花燈，吊在廳堂中心。淡淡的夢也似的光，釀造成一種雰圍。「對啦，明天就是燈節。聽說沒有丈夫的婦女，明天晚上都要去廟裏燒香，春娘小姐何不也去關帝廟拜拜呢。如果去的話，那就可以順便到我的小屋去坐坐了。」我這麼說，春娘立即紅起臉啐了一口——討厭。月已昇到中天，皎潔的月華，把在風裏顫動、瑟瑟而鳴的樹梢，分成陰影與浮凸的部分。可真是寂寞地沁入我心肺的月華呵。一抹哀愁襲上了我。——葉大哥，我哥哥為什麼不回來呢？——春娘問。——妳舅父有沒有漂亮的女兒？——我反問。沉默暫時領有了週遭。「啊……是珠蘭姊……」——大概就是這個吧。我說。我想，她也明白了哥哥不能回來的原因。月更亮。好像已經很晚了，冷冽之氣襲上來。於是我們互道晚安，春娘還為我送來嫣然一笑。

次晨五更時分我就告辭出來。她送我到後門說再見。那句話一直在我耳畔迴響著。我給林去了一函。信末我寫上了如下一段：「春娘小姐使我好喜歡。不太情願地聽從了你的請託，結果卻給我帶來了終生的幸福。我會得到一個好伴侶的。文顯啊，我相信，做爲她的兄長，你必也絕對贊同我娶她爲妻……。」

——本篇原載《文藝臺灣》第五卷第六號，一九四三年四月出版

春怨

——獻給恩師

鍾肇政　譯

我與詩人西村先生、表姊春英之所以決定在三月末前往雲林，是完全出自偶然的。當我們下到雲林車站時，正是暮春時節的靜謐而暗淡的模樣，空氣懶洋洋地凝窒著，一切聲響與色彩都滿含著春將逝去的氣息。我的心比平時更憂然，這不僅是由於惋惜春之將逝，另外還有一份無以排遣的傷懷，弄不好甚至還可能陷入極度的厭世感裏。春英也緘默著，微妙地承受著我心緒的動向，把眼光投向罩在陰濛濛的雨絲的陌生街路。我追蹤著她那雙大眼所投射出來的視線，幾乎感到舉步維艱。她那側臉，好像淸晰地表露著昨天的感情。看著她的姿影，我在心底想著：兩人心裏的疙瘩，能不能撫平呢？

昨天，春英呆在任風吹襲的涼亭裏。雙手輕輕地擱在膝頭上，好像在追逐著遙遠的什麼。我覺得那奇特的表情，與其說是悲戚的，毋寧更近乎哀傷的。看著看著，我落入一種迷離惝恍的感覺裏，彷彿一顆心飛離我而去了。我吃力地在搜尋和解的話……溫柔的，傾訴的。一個小時以前，春英在我的房間裏彈鋼琴，我默默然在一旁無意識地追逐著一串串樂音。安寧與樂興的時光汨汨流逝而去。這樣的情景竟然會演變成目前的歹態，都是起因於一句不經意的話。接著，我們都在無意間找著了狠狠地傷害對方的心的充滿惡毒的語言，並互相地把它擲向對方的面孔。當我們因自己的刻薄的話語而錯愕起來時，兩人都已經有了無可彌補的對彼此的怨懟。鏤心刻骨的失望使得春英倏地站起來，爲了避開房間裏令人透不過氣來的壓迫氣氛出到院子裏。我逡巡地從後跟上，希冀著能找到握手言和的機會。原本就是起因於芝麻大小的事。春英一面掀譜一面問：「印度之歌的作曲是誰啦？」我好像中了什麼魔，立即斷然地答：「史特拉汶斯基。」可是她說是「柯爾沙科夫」。反射般地，我發現了自己的錯誤，可又不願認錯，極力堅持自己的說法。如果以溫暖的心情若無其事地把話岔開，便什麼事也沒有的，她也固執地說是柯爾沙科夫。我覺得對春英的那種純眞的哀憫之情一變而爲焦躁的氣氛，終於擲去了她一向最嫌惡的話。春英有個小小的怪癖——不，其實那不是令人討厭的，而是惹人喜愛的，可是她就是打從心裏憎恨它。每當話說完，或處在空茫茫的慵懶心情時，便會像小嬰孩吸吮母奶般地撮起嘴巴。每次看到這情形，我便會泛起一絲笑向她提出警告，但內心倒是越發覺得她可愛。然而這一刻，我竟然說溜了這麼一句話：「妳這小囝仔，眞是……」一瞬間，她蹙起了眉心，僵硬著身子出到院子裏去了。

我走近涼亭，她頭輕輕一甩側開了臉，掩著她那貯上了淚水的眼。

「春英……」我喃喃地呼喊：「是我說錯了……好姊姊，別想得那麼深刻好不？」

「可是……」

春英從印度素馨花挪開了視線。

「我太不應該了……不管怎麼，那句話是不應該說出來的……」

我微傴著身子說，我的氣息拂動了她的鬢脚。她萬分不放心似地搖了搖頭。

「請妳想想……我們是怎樣地相愛，過了多少歡樂的日子……」

想來這話已經使積在她心頭上的冷冷的淡雪溶化的吧。她輕點一下頭，嬌嗔地笑了笑。黑亮圓大的眸子含著潤光，眞使我無限憐愛。然而另一方面，我又覺得委屈了自己一心一意地安慰她，這又使我在心底的憤懣無由消失。我抑壓下它，悄悄地把手擱在她肩上。一股沉靜的寬鬆感在亭子裏擴散開來。

就在這一天晚上，正在旅行中的西村先生打來了一封電報。歌頌這個島的美，高唱情緒，謳歌風俗與神秘，以高踏派詩人聞名的西村氏，著有充滿淡淡的詩情的速寫風小說《雲林記》。他的歌唱力的泉源，正是雲林，每次前往雲林，他便會獲得一份新的歌唱之力回來。追求過美的西村，想來如今是希望能歌唱善與眞的吧。於是爲了重燃生命之火，重臨回憶之地、浪漫之城、歷史的土地。

在這所涼亭裏，我與春英曾齊聲躭溺於西村的詩，共誦著了不起的詩句，送走過多少慨慨的午後啊。因此，這封電報給了我說不出的欣悅。春英也說希望能去一次。今天的這個尷尬的心情，說不定能夠靠明天的一趟旅行而拂拭呢。我決定同意春英的請求。西村有著世人認定詩人所應該有的那種風貌。他自己倒似乎以爲裝扮成像個詩人的樣子，未免傖俗而平庸，因而盡量地避免著，然而結果更顯示出他天生的詩人氣質，使有常識的世人覺得他的確像個詩人。他好像還有著幾分法國風的明朗機智與氣質。在大白天的火車車廂裏，古老的火焰一不小心便會在我們胸臆裏燃將起來，因而只得緘默著。後來這種情形變本加厲起來，我們便落入悒鬱之中。大白天的無聊氣氛，不知不覺地便罩上來，使人覺得彷彿陷溺在難以救贖般的陷阱當中。屢屢地，我的視線與西村碰在一塊，使我深感困窘。於是西村便若無其事地爲我和春英平易地解釋法華經的一念三千的哲理。聽著那深邃的邏輯的美妙，心就稍稍開朗了，春英依著車窗陶醉著。

車近雲林，我就指出陳林先生公館的方向。這所宅邸在西村的小說裏出現過。我們下到雲林車站，也許是因爲曇天的關係吧，小鎮看來就像線條纖細的有詩人味的街路。樟里先生已經來到車站接我們。

「眞像個教養人的面孔……可是怎麼又浮泛著那種奇異的畏羞呢？」

春英的耳語，使得我重又定定地看了看樟里先生頎長的身子，覺得與西村先生的型相似。在互敘契闊的兩位瘦長個子的旁邊，我倆顯得多麼穉氣，但也有著在大樹蔭下的心安與微微的不寧。走在街路上，但覺空氣更清冽而冷峻。不時地，有什麼甜甜的、濃重的花香，夾在空氣裏，撩人鼻腔般地撲過來。樹木就這樣不情願似地給誘引向初夏般，浮泛著淡淡的新綠。兩旁鳳凰樹葉的那種柔軟，好像可以吃的色調，使我們漸趨和詳。而且我們眼前更有移著緩緩的步子的兩位，預示著今天一天將是愉悅的。

樟里先生看來好像就是那種有著豁達心胸的世家少爺，外貌也頗能予人纖細的感覺。比較起來，西村先生正如他的作品，絢爛裏依然潛隱著剛強。我們走過了點綴著白花的臭橘圍籬，對面紅橙色的木棉花也美極，令人想到萬葉歌（《萬葉集》爲日本最古老的和歌集）。淡淡的、沉沉的、含潤的風景，悄悄地在眼前展現。而且在我們心中，有著某種漠然的憧憬與輕輕旅愁，微微地拖著一條尾巴。看到春英踩著濡濕的大地與萌出新芽的草地，我好想唱一唱充滿力量的個性之歌。是風用心地吹過來的緣故嗎？花香淡淡地飄來，春英好要像攪散這香味似地。閉上眼睛划動了手。一切的一切都含著清新與田園風味。

走過陰暗得近乎憂鬱的並排路樹，前面出現了一道似乎應該在臺南才有的四平八穩的門。這就是樟里先生的家。看到春英不開朗的臉色，我忽地想起來剛才的一件事。那是過了斗六大橋，左邊看著陳林先生的公館，走在往樟里宅的路上的時候，我清楚地記得樟里先生曾經向我說明過有著柳樹嫩葉的大樹就是「欄心木」，突然從身旁的春英傳達過來僵硬的感覺。訝異地一看，她渾身羞怯著，很不自在的模樣，連忙四下看看，原來是義賓閣的臺灣式後門。一羣裸露出不少肌膚的姑娘們聚在一堆，顯示著鄉下人的俗惡與無知。她們看來那麼健康，不懷好意地喋喋著往我們這邊看過來。好像是春英煽動起她們的敵意。想來這就是使春英的敏感的心受到傷害的原因。

我輕輕地推了推春英的肩頭進了門。第一個引起我們注意的是正在盛放的大朵紅玫瑰。由於空氣濕潤，奇異地抹消了玫瑰的特性與獨自性，顯現出柔媚與優雅。這麼了不起的玫瑰，如果是在大白天裏看，必定使人受不了。那是沒有陰翳的光感。其次是一片明艷的無數玫瑰。春英伸出手指觸了觸其中的一朵深紅色的，花瓣柔軟，恰似天鵝絨。春英的面孔因興奮而泛起了紅潮，白色的洋裝，使她在嘻笑成一片的紅花裏，形成了怎樣的對照啊。我找了找西村先生。他避開了玫瑰花，佇立在牆邊看著開在牆脚的白色茉莉花。這位詩人是愛樸素更甚於華麗的嗎？那茉莉花使我覺得奇異地悲戚起來。沒有看見樟里先生。想必是我們在凝思於玫瑰，被勾去了精魂的當兒悄悄地離去的吧。

「咦？」春英叫了一聲。

「早上起就好像會下雨的。」

西村的話還沒有講完，噗地一聲雨點掉下來了。還保留著大家庭制度遺風的樟里家，主屋與庭園相向，左右兩邊都有攀附著絲瓜棚的廂房。他們跑進左邊廂房，從絲瓜棚下回過頭一看，那美麗的玫瑰花在轉劇的雨幕裏落英繽紛了。再看看牆角下的茉莉，樸素的白花一點也不怕雨勢的樣子。進到屋裏若所有思地站著，樟里先生就浮著微笑進來了。

「眞是不對季節的雨，好稀奇呷。說不定是因爲西村兄來了才下的，因爲雲林是鬼門。」

「不，是想讓我看看雨裏的雲林吧。」

西村那白皙的面孔漾開了笑。

「玫瑰花也眞是的，雨一來就不行了，眞糟。」

春英這麼說，我便也若無其事地否定般地說：

「不，就是那麼柔馴，才會撩動我們心絃的。」

西村先生聽罷呵呵地笑起來，無言地說著我這話眞是個有趣的逆說。

當我甫在清涼的竹椅上落座，對面工筆的天上聖母神像便把那溫情的福相的眼光投過來。仰頭一望，有一隻精工的古式吊燈。清冷的空氣在四下流動著。由於大家都緘默下來，所以令人覺得更爲冷峻。爲了打破這沉默，我幾乎說「請讓我見識見識限定本吧」，就在這當兒，負有主人任務的樟里先生說：

「有兩年了吧，眞快。怎樣，比起《雲林記》的時代，雲林也變了不少是不是？」

因此他便決定跟上這個話題。然後，我們又談到嘉義地震時的事。

「這隻吊燈在哪兒買的？真不錯。」西村先生問。

「在安平買的。據說那個舊家只剩下兩隻，恐怕再也買不到了。」

樟里先生以溫和的眼光了仰起頭看了看。鄰房好像就是書齋。我看到堆得老高的五色繽紛的書。透過絲瓜棚下的盆栽的花葉縫隙一看，不知什麼時候雨已經停了。

「到院子裏看看吧。」

樟里先生說著站起來。出到外頭，我看到僅剩的一朵紅山茶花。我第一次看到紅山茶在早先走過時，被它那與榕樹相像的葉子瞞過，沒有注意到。時近黃昏。夕陽光從樹隙裏透過來，在濡濕的地上投射著閃爍的光點。用檳榔樹做成欄干的頗有風緻的橋上晃呀晃地走過來，便來到一所半朽的涼亭。亭子蓋在凸出池中的岬上，地勢微高。

「小時候常常坐那隻筏子玩。碰到有客人來，便把筏子撐出去，可以釣著好大的草魚哩。」

樟里先生指指岸邊的筏子說。我看著這所好像是唐朝的小說裏所描寫的庭園，想到樟里先生家往日的繁華。水退後露出泥巴來的地方，有戴上了臺灣笠仔的農人模樣的漢子，手執一根竹子，正在找甲魚。那孑然的身影，使我覺得寂寞得難受，這裏也有欄心木，摸摸橋欄，有種冰冷的青苔的感覺。春英也在撫摸著青苔，我把自己的手輕悄悄地擱在她那白白的手上。她向我瞥了一眼，好像說：「遲了，快走吧」，並指了指西村先生已經走過了橋的背影。漸趨溶解的感情使我陶醉著，與春英並肩走過去。

「喲，好像是檸檬的香味。」

樟里回答了一聲西村。

「春英小姐也快來了吧。」

聽到西村先生的話，我們便加快了脚步。白柚的花好像正當盛開，帶點酸味的甜甜的花香在四下漂浮著。檸檬只剩下一隻，豐腴的大地上，點點地散落著白花。西村先生離開我們，獨自默默地凝望著它。

不一會兒，我們又通過了玫瑰回到原來的房間。書齋裏，我嚮往已久的書應有盡有。一種甜蜜的冷顫，從我的背脊上掠去，我怯怯地伸出了手。

過了多少時候呢？聽搖籃歌般地聽著西村先生與樟里先生的豐富的解說，自己的淺學與藏書的貧乏，使我慚汗交加。春英似乎對娃娃比書本更感樂趣，在玩具類的蒐集物前面，一臉的悠然神往，手上拿著一隻內地的球子。我一本又一本地隨手翻著。黃昏從敞開的窗口悄悄地進來。無意間翻開的一本書裏有如下的一段，我忽然覺得春英更可愛了。

不時地，我會想到我對她的感情是否就是所謂的愛呢？我不知道。平常人們所說的愛，與自己所想的愛，竟有這麼地不同。我覺得我是在什麼也不說，連自己在愛她都懵然無知地愛著她。我尤其希望不致於被她察覺地愛著她。

不得不沒有她而過的日子裏，沒有一種事物能給我欣喜。即令是我的努力，也完全是爲了討她的喜悅。儘管如此，可是當我置身在她身邊時，那種精神便似乎要崩潰了。

我翻開著這一頁，若無其事地把書交到春英手上。她訝然地瞟了一眼，這才順從地看下去。我看到她的睫毛漸漸地伏下去。她默默地把書還給我。我接過來，靜靜地闔上。想起來，我彷佛就是爲了看紀德的《窄門》裏的幾行字來到雲林的。我覺得就這樣地回去也可以了。我問了問西村先生的行止，他說今晚在雲林住一宵，明天一早打算到鹿港去。樟里先生把那高雅的臉轉過來，奇異似地看著我們。我們婉拒樟里先生的挽留，決定回去。我們唐突的決定，叫樟里先生楞住了，使我不免感到愧咎。西村先生好像領悟到了，笑著向我們說：

「那就不要再鬧彆扭，兩個人好好地回去吧。如果有機會一起到臺北，不用客氣，來看我吧。」

我整個臉脹紅地行了個禮，拉起了還在慢吞吞地準備著的春英的手。我們重新告辭過，這才一次又一次回過頭，依依地朝並木道走去。踏上開著白花的堤，遠遠地便看到車站的信號燈。完全暗下來的夜空裏，被雨洗刷過的好多星星正在閃爍輝耀著。

——本篇原載《文藝臺灣》第六卷第三號，一九四三年七月出版

獄中記

絲杉

到底在什麼時候，什麼地方看到的，他怎麼想也想不起來了；也許在東京神田神保町那幽暗發霉的舊書舖裏，抑或在陽光璀璨的臺北高等學校的圖書館裏，反正這都無關重要了，要緊的是他抹不掉這鮮明的印象，拂不去這糾纏的記憶。每一次當他聚精會神地苦苦揣度，而最後既疲困又厭煩得不再去想了，他便懊喪又迷惘；顯然他的心智繼續在衰凋之中，長期的營養失調和茫然枯坐期望，將他僅存的一絲思考的觸角也摧毀殆盡了。他的悲哀和抑鬱緩慢地腐蝕了他的靈魂，他就是一具活屍，彩色的過去的亡靈，專以追覓已喪失的瑣碎時間來餵養空肚了的甲蟲，空有硬殼，裏面卻裝滿了敗絮。他常憶起英國作家史威夫特，據說這個作家發狂的時候，幻想自己是從頭頂上一直逐漸枯萎、凋謝的一棵槁木。

當清晨第一道蒼白的晨曦搖曳於油卡利樹梢，那籟籟葉語，擾亂了清夢的時候，李淳那暗晦、沉滯的一天也就開始；就在這時他突然覺得一陣心悸，繼而眼前豁然一亮，他又清晰地看到了那一幅油畫——梵・谷的絲杉。他委實也搞不清楚，這一幅畫到底在那一點上吸引住他，迷惑著他，但，他一想起這油畫就彷彿能聞到南法阿耳地方灼熱的，帶有烤焦了泥土芳香的風，彷彿能看到巨大無比，旋轉不息的生命之火焰——太陽，充滿伸展於整個畫面裏，震懾懊喪淫猥的心靈。那昂然直立的絲杉，從波浪狀伸展到無限的豐饒大地裏，貪婪地吸吮著生命之乳；而且看不出有一絲惶悚，它抗拒著令人眩暈的太陽之暴力。梵・谷的太陽老是在他的頭腦裏像陀螺般旋轉，擴展，這就令他頭痛欲裂。

這四個塌塌米大小的囚房，經年累月地點著五燭光的小燈泡，李淳終日坐在那潮濕的塌塌米上；偶而也有小訪客來打破這凝結的寂靜，那是幾隻小老鼠，像小妖精似的打破塵封呆滯的空氣，一掠而過，留給他些許生命的氣息。奇怪，這小老鼠到底靠什麼爲生，李淳永遠無法猜得出來。李淳自己尙且像餓鬼似的，把一碗腐爛奇臭的甘藷簽飯和放一點鹽巴的空心菜湯，一下子囫圇吞下以果腹的時候，哪來的餘糧讓牠們覓食！

扇形的鐵格子窗逐漸亮了，那青而柔的晨曦，透進了囚房裏來，告訴了李淳，早飯的時間快到了，說起來也很慚愧，每看到朝陽，李淳的唾液不知不覺地滲滿了口腔，這就是所謂巴甫洛夫的狗嗎？他慘淡的苦笑著，藉這一苦笑，他稍覺得心裏溫暖些；因爲這證實了他有一點人性的尊嚴，他尙有分析自己思考的能力。可是今天早晨，他耐不住了，他渴望看到那滿臉鬍鬚，矮個子的九州人，島木看守。他昂頭凝視，幾乎眼前模糊了起來；他希望看到那滿臉帶著不屑的神情的島木看守給他端來那一碗爛甘藷簽，可是這冀求竟落了空。他的胃在翻騰，像有好幾隻螞蟻在爬，肆意地咬，而特別令他難受的是並非饑餓之感，而是他竟無法抗拒這本能的慾望。

終於冰涼的混凝土走廊那邊，響起了李淳熟悉的皮鞋聲，島木看守昂頭挺胸地傲視他，在他的囚房門口站定了；但令人絕望的是，島木的雙手空空如也，這使得李淳的胃猛地裏起痛，而來不及胡思亂想以前，強烈的沮喪和詫異倏地抓住了他，他頹然地癱瘓下來。

「四十二號，開庭！」島木看守活像一隻精神抖擻的公鷄報曉似的大聲叫喚，然後迅速地打開了牢門，使勁的抓住了李淳的雙手，手銬一亮，卡嚓一聲，把他的雙手並攏牢牢地扣住了，這等於告訴了李淳，今天的早飯沒希望了，也許連午飯也沒有著落，他必須挨揍，他必須咬緊牙關，忍受一整天殘酷的拷問。

「淸國奴（Chankoro）！老子今天可有戲看了，嘻嘻嘻……」島木伸助，幸災樂禍地從齒縫間吐出了這句話。

「你這畜生！你這雜種！你這蛇蝎！你該洗耳恭聽，告訴你吧！大和民族的血管裏流的大半是清國奴的血液呢！」李淳冷冷地一口氣回答他，而他冷靜的眼睛一直盯著島木伸助；島木伸助被激怒得漲紅了臉，滿臉抑壓不住尷尬不寧的神情。這未嘗不是一件好玩的事情，看著一個無智愚昧的野蠻人，手足無措，費了很大的勁兒，想從空有其表的大腦袋裏拚命榨出些智慧之汁；最後島木伸助放棄了這無用的掙扎，猶遲疑未決地搖著頭。

「渾蛋！雖然俺只讀過小學，但忠君愛國的一片赤子之心，可不落人後呢？」島木伸助終於找到了風馬牛不相及的答覆，臉上綻開了得意洋洋的微笑，可惜答非所問。

「那不過是安祿山的肚子，你懂嗎？所謂一片赤子之心，但誰又知道裏面裝的是什麼？」

「你說什麼來著？」島木伸助迷惑不解，一臉驚訝。

「不管你的屁事！你一輩子也猜不透的事兒多得很呢？你這畜生！」李淳斬釘截鐵地打斷了話。他厭倦於同這野獸計較下去了；雖然逗著這一隻可笑的笨狗玩玩，可令他有片刻的歡悅，但，究竟餵不飽他的肚子。而且饑餓之感，像隻狡黠的獸類，吞噬了他，咬著他的腸子，使得他眼花頭昏，胸悶胃空，一股嘔吐之氣，酸酸的，冷不防要衝到口腔來。他幾乎沒有力氣走到檢事（檢察官）室去了。

那迂迴曲折的走廊，一扇一扇的鐵門，永遠走不完，開不完似的，令人又洩氣又惱火；人生旅途何嘗不是如此一條滿披荆棘的坎坷路？可是這突然一閃掠過腦際的想法，並沒帶給他一絲絲慰藉；一想到他打開檢事室的門而踏進的那一刹那間，心裏油然湧起了無法擺開的恐懼和畏縮。不管他如何努力避開不想，這令人發抖的感覺，像電流的衝擊，使他僵直，裏足不前，並且生理反應更是難受之至；尿意頻繁，一不小心他就禁不住尿了，而當溫暖濕漉漉的尿水滑過褲管的時候，留下了一片冰涼麻木的觸感，更使得他空虛癡呆。他的自責之念，使他羞愧萬分，幾無容身之地。於是，李淳軟弱不堪，掌心，脚踝，冷汗直冒了出來，「他媽的！」他忿忿地，咬牙切齒，咒罵了。「你別氣勢洶洶，想咬人！」島木伸助小心翼翼的，在李淳的耳畔邊湊近嘴巴低聲咕噥著，甚怕李淳給他添加些無謂的麻煩。「告訴你，爲了你的案件，當局從東京特地調派了一位能幹的菊池檢事來，他是個東京帝大什麼……他媽的，什麼德法系畢業的，而且聽說還是個男爵爺呢！」

「呸！……爵爺不爵爺，不過是大皇飼養的哈叭狗罷了……」李淳乾涸的冷笑了一聲。

「噓！……」島木伸助望著那檢事室塗褐色油漆發亮的門，頓時緊張得臉色發白，觸了電似的直立不動了。

「報告！檢事閣下，卑官帶來了一名囚犯李淳應審！」島木伸助惶恐不已的向那嵌著不透明玻璃的門上面來一個漂亮的舉手禮，滿口諂媚恭敬的語氣，這可就令李淳禁不住諷刺的微笑了。

「唔！請他進來，把他的手銬解開，你可以回去了。」房裏傳出來悅耳的標準東京腔，那表示這新到的檢事，定是出身高貴，有涵養的智識分子。

「是！」島木看守趕忙把李淳的手銬打開了，提高了嗓子回答著，而就在這時，李淳竟又打了一個寒噤，猛地裏他驚悟了，溫暖的尿水已沿著大腿涓涓滴滴地流下來，悄悄地濡濕了脚踝，這使得他又絕望又頽唐，以蹣跚疲憊的脚步踏進了檢事室。

提審 1

冬天薄日輕輕地流瀉在這房裏的每一個角落，關閉的落地窗那邊有一塊小花圃，一朵深紅的薔薇花盛開著，卻沒有其他伴侶，孤零零的；高麗草已枯萎了，一片令人懊喪的枯黃色。一兩隻冬天的金蠅嗡嗡地飛繞檢事笨重的桌子，除此而外，沒有任何聲音打破這冷清清的氣氛。左邊角有一個高大的衣帽架，那上面掛著駱駝毛的風衣及呢帽，瀟灑而高貴，這大概是檢事的吧。檢事正伏案閱讀些什麼，李淳看也看不清，也沒有興趣去猜。小腿濕漉漉的感覺一直困擾著他，心思紊亂，顫抖從沒有停止過。檢事的桌子堆得滿滿的，有一些發黃破舊的卷宗，還有一盤烤焦了的土司麵包片，兩條蒸好了的紅皮甘藷。李淳一看見這碟子的時候，胃又微微作痛起來，嘔吐的感覺也一直沒有離開過他。李淳瞅著這年紀同他差不多一樣的檢事只管發呆。那梳得光滑烏黑一絲也不亂的頭髮，白淨潤滑的前額，修長的身軀，英國料子的西服，水玉圖案的黃色領帶，處處顯露這檢事的出身好，風度翩翩，不愧是個什麼男爵。

「李君，你請坐！」檢事機警地抬起頭來，迅速地給他投以銳利的一瞥，溫和地指著桌子前面的一把椅。李淳受寵若驚，這舉動的溫文爾雅同前任八木檢事截然不同，致使他猶疑未決。但，他確實站得太累了，反正這也並非電椅，也就把椅子一拉近，一屁股地坐了下來。客氣也好，粗魯也好，反正對於受審的他，實在沒有兩樣，也許精神的拷問較肉體的受苦更難堪罷了。

「李君，看樣子，你完全認不得我了，我是菊池薰……這也難怪，我們分離後將近七年了。而在這歲月中各奔前程，再也沒有機會相聚……」菊池檢事優雅地用鉛筆敲了敲打開在桌面上的一本岩波文庫，顯然這是他剛才熱中於閱讀的。

「哦……」李淳定神端凝了他的臉，不知由於饑餓抑或精神的崩潰而來的，那檢事的臉龐朦朧地浮現在迷茫茫一片白霧中，在他的眼前搖撼，但他心裏慢慢地湧起了記憶。是的，這臉孔似曾相識，有一段時期，他常常看到的。臉孔的輪廓好似近衛文磨，這是個日本貴族典型的端正方臉，冷漠而深思，不過那似笑非笑的眸子，烏黑而銳利，透露著一絲冷酷和妄執之念。「你這個臉，證實了我的一個想法，那就是日本貴族血管裏流貫的全是些我們清國奴純粹的血液……打從徐福的時代起……」李淳的臉上浮起一片諷刺的微笑。

「你想起來了？在不忍池堤防楊柳旁，我們曾携手尋春，在淺草的三文歌劇場裏，我們曾經消磨過一段快樂的下午和夜晚……東京的一切那麼的美妙，唉！我眞想不透你今天會變成階下囚，而我卻要來提審你……這是命運的作弄呢？還是時代在開玩笑？」

檢事的樣子令人猜不透他的懷念之情是眞的或假的，但他眞摯的聲音裏聞不出一點虛僞和誇張。看起來他眞的不勝懷念的樣子，懷念東京呢？抑或懷念同李淳交往的一段時光？這就令人百思莫解了。瞅著菊池檢事一張會說話的薄薄嘴唇，倏地李淳想起了那埋沒在意識之底的已喪失的時光……。一九三九年的東京，狂熱而喧囂，一連串如酣醉的日子。對於日本人而言，這是個勝利的春天；捷報連續而來，中國快要屈服了。就是差一點點，那麼微不足道的一點點，只要把重慶佔領，只要皇軍一開始行動，稍稍用力一挺，不是整個中國都崩潰了嗎？來一齊歌唱「歡送出征軍人之歌」吧！你先從軍，我跟著來，咱們在重慶相會，先乾一杯，雖然水酒一杯，烤魷魚一小碟，但現在是戰時呀！得束緊褲帶忍耐困乏啦！但這是短暫的，不是嗎？一億同胞團結在一起，建立「大東亞共榮圈」！對於李淳而言，這是個愁腸鬱結，一連串悲憤無處發洩的黑暗日子。那時，他在東京帝國大學的醫學部求學，而菊池薰也是在東大德法系唸書，想不起來了，到底經誰介紹拉攏在一起的，不同科系的他們倆確實有一段時期廝混在一起非常要好；反正那是個求學時代，不管是誰，一拍即合，馬上會成爲至友的。不過，同菊池薰的交往只繼續了一個學期光景，不知怎麼搞的，逐漸疏遠了。青春時代就是這樣，來者不拒，去者不追，無憂無慮毫無拘束；不過眞正的感情絕不會因時間之流逝而淡薄，李淳竟會把菊池薰忘了，沒有留下任何深刻的印象，可見這不過是泛泛之交，禮尙往來罷了。

「你是薰君，失禮、失禮，如今是菊池檢事閣下啦……」李淳滿懷侮蔑，也不想隱瞞了。

「你根本用不著客套，叫我菊池好了，我希望你忘掉我是個檢事，請別拘謹。今天我是以私人的身分同你談談罷了。至於你的案件，前任八木檢事已經結案了，並且很明白淸楚，用不著我再攪翻。不過我對於你還有些疑問；你叛國的經過歷歷如繪，你已經供述得相當坦白眞實。我眞不懂，八木桑爲什麼還要用刑求來逼你的口供。我深引爲憾，我代表日本司法界向你致歉，請你忘記以往一切不快的記憶。我以爲八木桑的辦案記錄毫無遺漏，完璧無疵。就是缺少了一把火……缺乏想像力的人做事都是機械的，正確而冷嚴，但無法揭露躲在事實後面隱藏的一些活生生、血淋淋的人生。我請你幫助我，了解我這小小的企圖，實在於你無損，絕不會加重你的刑期。你是個臺灣最優秀的智識分子，我相信你不會誤會我的意思。咱們像學生時代一樣隨便毫無拘束的聊天吧！還有很抱歉的，戰爭打得不好，物資匱乏，我只能請你吃一點麵包和甘藷，其實我近來也難得吃一餐米飯呢。」菊池檢事愉快的呵呵笑著，把碟子推到李淳面前。

「我相信你不會用甘藷來籠絡我，除此而外我可不能相信什麼，我可以忘去一切，但至少你是日本人，而我是漢民族的一分子，這總不能一筆勾消吧？」李淳把一句一句的話唾到菊池的臉上去。

「你的倔強，固執，我早就領略過了，不妨，不妨！你吃你的，我說我的。」嘴巴裏雖說得這麼柔和，然而他的嘴角在痙攣，菊池檢事顯然被激怒了。還好，李淳小腿麻痺的感覺，驟然消失，他好像能看到兩片土司在他身體裏迅速地消化燃燒起來，變成深紅的血液，而不知是否由於他的過敏，脈搏也似乎加快了。

「我不能同意你的觀點，什麼叫做『叛國』？我到底叛了什麼『國』？歷史的現實不久會證實我行爲的良窳，用不著你們的審判！也許在眞理面前，我不知我們之中的哪一個才是罪人！」

恐懼遠離了李淳，這房間的幽靜，惹起他的錯覺；好似他尙未失去自由，在那咖啡濃郁的芳香瀰滿的東京青島茶室的一角，同知心的朋友娓娓而談，天南地北的胡扯。

「你的觀點很有趣，也頗令人驚訝。我眞不懂做了三十幾年的日本人，竟有人不屑於做日本人，而甚至懵然不覺自己現在是日本人，敢於否認自己是個日本人，這才叫做歷史的現實，這可提供精神分析家有趣的病例。我所以請求當局，讓我來同你談談的原因也就在這裏。你有令日本人可羨慕的經歷；從臺北高等學校而東京帝大，都是日本數一數二的官立學校，你的前途是光明又幸福的，到底有多少日本人僥倖得到同你一樣的經歷呢？你所取的路徑是日本人子弟夢寐以求的，這一條路保證一個人升官發財，是用玫瑰花瓣鋪成的；何況你是個臺灣人，你要擺開許多歧視和限制才能得到這學歷，而你卻把這一切一脚踢開了，你毀了燦爛又幸福的生活，寧願被投入黑暗，沉淪於地獄，生活於縲絏之中，這恐不易了解吧！告訴我，到底爲了什麼？你說究竟是什麼魑魅魍魎教唆了你，這可比擬浮士德賣靈魂給魔鬼麥菲斯特！」

菊池檢事漲紅了臉，泰然自若的從容態度已無影無蹤，冷酷的扭歪了嘴，惡狠狠地瞪著李淳。

「爲了什麼？到底爲了什麼？」李淳喃喃地說著，淚水驀然充滿了眼眶，撲簌簌地滾下了臉腮。但他讓眼淚滂沱的流下去，這是個勝利的哭泣，這是個愜意的解脫，差一點他就要鬨然哄笑一番了。

「我願意幫助你思索吧！這裏有關於你一生事蹟詳細的記載。也許可以幫你解開這

『爲什麼』的謎，不過官方記錄枯燥無味，自是意料之中，也唯有如此才顯得客觀些；請你委屈點，我把八木檢事的錄供讀下去。」菊池檢事努力按捺住紛亂騷動的心思，打開了卷宗，用既單調又正確的語音，淸晰的讀下去。這是個令人覺得奇妙而可笑的事情，自己一生龐大又複雜的細微末節竟被縮小爲短短的一兩句話，簡單而眞實。

問：「你叫什麼名字？」

答：「我叫做李淳。」

問：「什麼時候生的？今年幾歲啦？」

答：「一九一〇年八月二十七日生的，今年三十五歲。」

問：「哪個地方人？」

答：「臺灣高雄州岡山郡左營庄人。」

問：「你的職業是什麼？」

答：「醫師。」

問：「你最後畢業的學校是東京帝國大學醫學部嗎？」

答：「是的。」

問：「你的父親叫做什麼名字？母親呢，現在活著嗎？他們做什麼工作？」

答：「父名李全寶，母名李陳氏阿緞，兩人生前皆是佃農。」

「哦……這就令人奇怪了，一個東京帝大的畢業生，而他的父親倒是個做長工的。在你的生長過程中一定藏著驚心動魄的情節，我這樣說你也許稍感反感，但請別發怒。我就是生於同你截然不同的世界的，後來我們走到底，竟在唸同一個大學，這不是奇蹟是什麼？從文化落後的臺灣偏僻鄉村，從這個使人絕望的起點，你開始同我們自幼養尊處優的人較量，結果到達的終點卻是一樣的；這不就是證明日本人，統治臺灣半世紀並非毫無意義的事嗎？你承認這事實的時候，你便不會走向『叛國』的道路去了。天皇陛下的心目中不分內地人臺灣人朝鮮人甚至滿洲人，都是一視同仁的。然而你背叛了陛下悲天憫人的高潔的心，這實在是不可饒恕的罪愆！」

菊池檢事筆直的鼻子顯得冷酷而淡漠，放在桌上暴起一條條青色血管的手臂因憤怒和激動而微微抖顫，像是爬蟲類行走時的尾巴。

「這能證明什麼？什麼都沒能證明，你在扯謊！你在瞎說！你是個詭辯學派，你心裏定是明白雪亮的。你難道忝然不知我就是這許許多多臺灣人之中一個特殊的例子嗎？我問你，到底在六百萬臺灣人之中有幾個能夠唸到起碼的職業學校？大多數的人民目不識丁，皆是愚昧懵懂的文盲！你歪曲了歷史的現實！」

李淳心裏湧起了一連串苦痛的回憶，這些慘淡漆黑的情景，猶如一齣齣電影的鏡頭，浮現在他的眼前，他委實不願意去挖掘埋藏在心坎深處的創傷，但菊池的幾句話，驀地勾起了他的前塵往事，想壓抑也不能了。他索性把過去的片斷情景一片片地拉回，拾起，扔下，有時加以補綴，但他總會回到一個重要的關頭，沒有了它，他這一生便沒有生存的價值和緣由了。

爹

火傘似的酷熱太陽一直烤炙著大地。這一條白而熱的牛車路，歪歪曲曲，蜿蜒地伸展著，消失於龍舌蘭叢生的河畔沙磧。看樣子，不久就可以到達污濁不堪的小河了。那河水也是溫熱的，也許是燙手的熱，要是這樣，把脚踝伸進河水裏就沒有多少樂趣了。路旁的木麻黃樹蒙著灰白的沙塵，無力地搖著樹梢，聽著那簌簌葉語才知道有微風在吹。李淳依偎在他爹的肩膀，睏得要死，連連打呵欠。

「歐！叱！叱！」，他的爹勉強直起身子，揮鞭趕著水牛，時而啐了一口口血漬般的唾液在牛背上，他是習慣於嚼檳榔的。水牛卻絲毫無動於衷，懶洋洋地搖著尾巴。但好似聞到了一絲河水的氣味，步伐加快了起來。

「淳仔，別睏，路愈來愈壞，摔下牛車可不是玩的呢。」他的爹寶仔連連用粗糙的手搖醒他，瞅著青玉似的碧藍天空，連一抹雲彩也沒有，這可就令他有說不出的一肚子悶氣；「這是個什麼夏天，一連三十多天連個毛毛雨的信息也沒有，唉！」

「去年也是這個樣子，從林賓仔舍租來的一甲看天田，收成言明四・六分，不過賓仔舍倒是好頭家，雖然他取得是六分，他還要繳水利租呀！田租呀！一大堆的呢！去年沒有雨，陸稻的收成不好，他也不要我的，就算我的運氣還不壞，冬天甘藷倒豐收，怕收了有五、六千斤的光景，晒成甘藷簽倒也夠我們一家三口拌些鹽巴馬馬虎虎填肚子。」寶仔自言自語的說，也不管他七歲的兒子聽懂不懂，反正他需要有人聽他發牢騷就是了。

「爹！賓仔舍不就是阿娥的爹嗎？」李淳被他爹唱歌仔戲似的聲音鬧醒了，他懂得賓仔舍就是左營庄的保正，阿娥的爹。

「是啊，我們的頭家是銀娥的爸爸呀！我們村庄裏他是最體面的一個人，他上過府城（臺南）的耶穌學校，會講日本話。不是嗎？他穿的總是筆挺的白麻料子三領（西裝）呢！」寶仔講到賓仔舍便肅然起敬，在他的心目中除有佩刀的警察大人和學校的老師有雄赳赳的外表令人心折外，賓仔舍就是覆蓋他整個世界權力的象徵了。

「賓仔舍和頭家娘就只有阿娥一個命根子，可惜就是個查某囝仔呢！聽說阿娥已經送到府城的什麼幼稚園去唸書了，唉！查某囝仔讀書有何用？有錢沒處花，光算她讀書用的點心錢，也夠我們一家吃上一個月了。」

寶仔嚼完了檳榔，用污穢的手把嘴巴一抹，一副懶洋洋無精打采的樣子。

「爹，我也要上學啦，阿娥仔要去府城的前一天，頭家娘說我也該去學校讀書呢。」

淳仔憶起了銀娥要離開村庄的那一天，穿上有花格子的英國衫，穿著白皮鞋，頭髮結著好漂亮的蝴蝶結，好神氣的呢。

「別傻想！阿娥的爹是保正，我們窮得一條褲子一家人合穿的，唉！」寶仔心酸了，鼻頭癢癢的，眼睛眨了眨，一想到心愛的淳仔，無法讓他上學，心裏也就怏怏不樂了。

「咱們是耕稼人，壞命人！我們命裏注定一輩子像水牛一樣做到底。死蹺蹺了，草蓆一張把我們一裹就埋葬了。」

寶仔打斷了他的話，全不理兒子莫名其妙的神色，小心翼翼地趕起牛來；坎坷不堪的牛車路逐漸走近了河畔，車輪很吃力的在乾涸的泥沙中廻轉，揚起了灰濛濛的沙。水牛風箱似的喘息，最後猝然停住不動了。

「幹你娘！」寶仔把頭上纏著的藍布頭巾解下來，擦了擦額上的汗珠，拿起竹筒子走向河邊，再不給水牛澆幾下水，水牛也許癱瘓了。「淳仔！別把脚浸在水裏，老了會得到風濕病咧！」

李淳躲在龍舌蘭小小的陰影裏，看著他爹費力地走來走去給水牛背上澆水，水牛瞇縫著柔和的眼睛，舒舒服服地把甘蔗葉反芻起來，那透明又粘粘的唾液像條條玻璃液似的成線落下。這是臺灣的七月天，燠熱而耀眼的太陽毫無憐憫地投射著強烈的光芒，豐壤的土地正孕育孳衍，大地上不但色彩泛濫，而且昆蟲的嗡嗡營生的聲音噪雜而刺耳，而污濁的河水淙淙涓涓的流瀉著，李淳一會兒伸手抓蝴蝶，一會兒嚼著蘆葦，那青綠的汁液，給他的舌頭帶來了一絲清涼。當他覺得無聊透頂的時候，對岸甘蔗田裏猝然響起了一陣炒豆子似的爆裂聲，輕機關槍冒著白煙打了起來，淳仔看到亮晶晶的刺刀。有人躲在甘蔗田裏打槍，而且渾濁笨重的奔跑聲裏夾雜著尖銳急調子的吶喊；使人聯想到被追逐的野獸正橫衝直撞為了找出路而奔闖，跳躍。李淳駭住了，他把眼睛睜得好大，久久講不出話來。他的爹正悠然地吸旱菸，也愣得差點兒就把煙管掉在地上了。他們父子倆在酷熱的陽光底下，屏住氣，不敢大意呼吸，簡直發呆了。後來他的爹慢慢地清醒過來，鼓起勇氣，勉強顫抖著站了起來，定神望了又望。他的爹終於明白是什麼一回事了。

「淳仔！別怕！日本兵在演習呢！大熱天搞什麼鬼！好嚇人哪，這些四脚仔！」

寶仔忿忿地說道，他在兒子面前無法掩飾恐怖而覺得沮喪極了。

「爹，那麼我們要折回去了？」

「不妨，不妨，別管他！你娘也許等得不耐煩了，趕回去吃午飯吧！」寶仔下了決心，一反剛才的情形，敏捷地把水牛牽進車軛裏。水牛無可奈何地搖動著尾巴，笨重的身軀緩慢地站起來，車輪也轉動了。他的爹一手摟住他，淳仔仍然依偎在他爹旁邊，現在他不再覺得無聊，而興高采烈起來了。時而傳來的輕機關槍聲，激起他的好奇心，他的心在歌唱，在想像之中，他彷彿能看到他是個威風凜凜的將軍正指揮著一隊日本騎兵在戰場上馳騁呢！牛車橫過河流，把水珠濺在乾燥的路上，緩慢地繼續行走，吃力地爬上河堤，走進蓊鬱悖悒的相思樹林子。甘蔗田裏日本兵的脚步聲愈來愈亂，槍聲此起彼落，彷彿整個世界在沸騰翻滾的漩渦裏旋轉不已。寶仔被嚇得魂不守舍，繃緊了臉孔，連咀嚼檳榔也忘了，只是呆張著嘴巴；水牛感染了恐怖，怎麼趕也不走動了。這時一小隊士兵臉上塗滿了赭紅色的泥土，個個像惡鬼羅刹，忽然出現在他們面前，爲首的那一個用槍刺直抵著寶仔的胸口，只管粗聲亂罵。

「爹！這領隊的是伍長哪！他要你折回去的呀！」淳仔帶著好奇的眼睛，貪婪地凝視著這一隊士兵，向他的爹咕噥著。

「大人！大人！請息怒！我把牛車退回去就是了！」寶仔臉色蒼白，用他生平最優雅的話賠了不是，可惜這些人什麼也聽不懂。

那領隊的伍長一臉不耐煩的神氣，直挺著身子，蠻不講理地用槍托把牛背重重地打了。水牛一聲怒吼，一躍而發瘋似的往前狂奔，淳仔聽到了惡毒的一陣哄笑，然後從牛車上摔下來，直滾下甘蔗田裏去，而一陣暈眩以後，淳仔也就失去了知覺。

他的眼前雲彩飄流得好快，好快，白色的牛車路頗似一條帶子搖捍著。他是睡在碧藍的波浪裏的，大海是他的搖籃，這使得淳仔再也不想睜開眼睛了。

可惜，照在他眼瞼的陽光熾熱又強烈，致使他不再沉睡。不知暈了多久，等到他好容易眨了眨眼張大了眼睛的時候，憬然赴目的是一灘深紅的血跡，那眞是灑滿了白沙的牛車路，溫暖而耀眼；這映入眼簾的血使他完全清醒過來，他害怕極了，哇——的一聲哭叫了起來。但這並非他流的血，那是從他的爹寶仔結實的身體壓搾出來的。

狂奔的水牛把寶仔摔落在乾而熱的牛車路上，然後那笨重而無情的車輪從昏迷的寶仔身上碾過去了。

提審2

「那不是眞的！爹你死得太慘！」李淳喃喃地說著，忽然他的手摸到了白色的瓷碟子，一絲涼意直沁入他的心窩裏，他完全甦醒了；原來他在極度的疲倦中迷迷糊糊地睡著了。不知道已是什麼時刻了，窗外漆黑一片，看樣子他睡了一兩個鐘頭的光景，或者更長久些，不過他仍然身陷在檢事室裏，就是看不見菊池檢事罷了。不錯，復仇的種籽從此埋入了他的肥沃的心田，逐漸萌芽，茁長……而最後開花結果了。但命運之神也大大地幫了他的忙；一個殖民地的佃農的兒子，縱然他有堅強的意志，聰慧的頭腦，但壓在他肩膀上的沉重負荷終究會壓垮了他，摧毀了他，最後他一絲絲反抗的意念，終會消失得無影無蹤。他會同他的水牛一樣，拉著犂，拖著車，在呻吟哀號中了結他可憐的生涯。可是李淳身上顯現了奇蹟；他的爹死後不久，他的娘也相繼死亡，他變成了孤兒，他便被賓仔舍收養了。賓仔舍是個十分慷慨又好義的人；他讓李淳從小學一直讀到東京帝大，雖然賓仔舍毫不指望得到酬報，可是李淳心裏總有愧疚，他這一生恐無法報答他了，連誠心誠意的說一聲「謝謝！」的機會也沒有，這就令他惶恐不已，像欠了一筆債似的，始終沒有得到心裏的安寧，也許等到他瞑目的時候，這遺憾他非得帶去黃泉不可了。

這房間，陽光一離開便顯得更冷峻陰森，倒不如回到他的囚籠裏去，至少那裏還有一盞五燭光的常明燈，像供奉在佛像前面八仙桌上的橘黃色的蠟燭，使他得到一絲溫暖。正當李淳想喊叫島木看守的時候，他卻聽見了鄰室朗朗鏗鏘的詠吟詩歌的聲音，那是格律顯明，抑揚頓挫頗為悠揚的一首古短詩，不由得使他豎起耳朶傾聽了。那是日本古典和歌集《萬葉集》裏面的戀歌〈防人之歌〉：

你要行走的那無涯的長路呵！
將它折疊爲一捆，
天空呵！
降下一把熾烈的天火，
把它燒燬吧！

人生旅途之悽涼無靠，生而爲人的無可奈何的思慕，皆凝結於這首短詩，而那脈脈哀悒也緊緊地扣住了李淳的心弦，可惜朗誦的聲音戛然止住，而檢事室的門也輕輕地打開了。

李淳重新和菊池檢事面對面地坐下來。忽然天花板上一盞燈泡發亮了，橘黃色的光芒使習慣於黑暗的李淳的眸子難以睜開。

「李君，我很抱歉，我沒有耐心聽完你的夢囈，不過你倒是睡得很甜的呢！恰似一個一連好幾年失眠的人……」

菊池檢事眼光炯炯有神，似笑非笑的一條痙攣的線條掠過白淨的前額，而同那細長的脖子頗不相稱的喉欖迅速地上下移動。這不是有點兒滑稽嗎？

「如果你不太疲倦的話，我希望你繼續把我唸的錄供訂正或補充下去。雖然捕捉記憶的鎖鏈把它串連起來，是件相當困難的事情，但我還是要你講下去。剛才你講到你父親的死，很顯然地這一失事是個重要的一環。我很難過皇軍的士兵有如此魯莽的行爲。但這不足以作爲理由使你有權利反抗大日本帝國……因爲在悶熱又令人發昏的一個中午，要是不是個皇軍，也許只是一隻亂闖的野兎也夠使水牛發生狂亂的，你應該相信這是命運所安排的巧合，皇軍並非故意殺你父親的，並且你父親事先知道皇軍在演習，也就該早把牛車折回去以免危險。這要怪你父親的警覺性不夠，不！不！這可以歸罪於那天熾烈的陽光……」

「夠了！」李淳打斷了菊池檢事的話：「要是我讓你說服，我就是一個大笨蛋，但我不是！我請問你，那伍長爲什麼要用槍托打水牛？他這惡意的一擊，正揭露著你們猙獰的眞面目！他的一擊眞是沒有任何企圖嗎？這無知的伍長，明知道他這一擊的後果，而他仍然毫不在意的幹下去，而連眼皮也沒有眨一下，他擺出征服者毫無人性的姿態，這就夠使人作嘔了……」

「這是個觀點的差異，我是用純粹心理的眼光來分析的，至於你，除非你把對日本人的怨恨去掉，不然，我們永沒法談得攏……」菊池檢事有些沮喪了，看不出李淳有讓步和妥協的一點心意，這可就令他有一些困惑。

「我希望你心平氣和的談下去。一個犯叛國罪的人，只要他肯改悛，問題就迎刃而解了。你知道參加二・二六事件的一些少壯軍人，我們都沒有把他們處死，因爲他的背叛上司，不等於背叛國家，一些見解之差異即基於愛國，並且他對天皇還是効忠的……你要放明白了，只要你放棄一些觀點，只要你表明一下忠君愛國，我相信你的前途仍是充滿光明的，我不以爲你沒有一絲絲生存的慾念……」

「那些發動二・二六事件的人同他的上司本是一丘之貉，不過是日本軍閥裏面爭權奪利的內鬨而已。要是你不太健忘的話，你總該記得二・二六事件沒有被處死的人，你們把他們放逐於中國塞外，讓他們一個個變成更兇的狼狗，變成不折不扣而無惡不作的所謂『支那浪人』……」

狡黠的冷氣，從麻木的脚踝緩緩地侵蝕著李淳的身體，雖然頭腦清醒，可是他沒法提高嗓子反駁，致使講出來的話語，散開，脆弱，這就令他洩氣。他的肚子老不舒服，也許是饑腸轆轆的緣故吧！

「多奇怪的想法，算了，我再把錄供說下去吧！」菊池檢事破顏一笑，表示他毫不介意，但這顯然不眞，李淳在猜想，他的心裏也許對李淳的憎恨正在漲高，不過他在努力抑壓罷了。

問：「你父母相繼死亡後誰收養了你？」

答：「保正林賓。」

問：「他待你如何？請詳述！」

答：「他視我若己出，我由小學而中學，再就讀臺北高等學校，最後考進東京帝大，生活如同富家子……」

問：「你爲什麼東京帝大醫學部畢業後，並不想回臺灣行醫努力賺錢報答養父之恩，而竟跑去廈門呢？原因何在？」

答：「……」

問：「你答不出來就是說你有難言之隱？……」

啊！銀娥！銀娥！你現時在何處？你這一朵雍容華貴的牡丹，如今盛開在何處？我從小發誓我要與你携手走完這漫長的人生旅途，不然這人生就只是一片黃沙無垠的沙磧。我爲你生存，有了你我才有生存的意志……你是我的貝阿多里采，我的葛烈卿……猶如但丁和浮士德，你是我心目中的女神……

銀娥1

那是幾年以前，他已記不清楚了。在炎陽烈日下，當他走向車站前有日蔭的街樹時，遠遠地看見銀娥拚命地踩著脚踏車迎面駛過來。車站前空宕宕的，看不見人影，就只有幾個放牛的孩子在路旁泥潭裏愉悅的互相追逐，嬉戲、潑水、喧嘩。女孩子搖著銀鈴似的笑聲偶而刺破了塵封的午後空氣，除此而外，好像一切都渾渾噩噩地睡著了。李淳的眼睛一直盯住她。她帶著白手套的左手握住一把水色黃格子的陽傘，因此銀娥無法顧及她的秀髮；實在柔髮如絲，當微風吹亂了她的頭髮時，李淳就想不出世界上有什麼畫比眼前的人兒更美的了。她是個成熟的女人，也許蘆本斯畫中那豐腴的美人才可以同她較量。那一雙幽怨的眼睛一直燃燒的瞅著他，恰似要把李淳的心靈整個兒吸進去。這可就令李淳像喝醉了一樣臉頰泛紅了。她微微喘著氣把車子停了下來，李淳彷彿能聞到從她起伏不停的胸膛吐出來的像芬芳的水果酒一樣醉人的氣息。

「妳很像我在奈良正倉院看到的，那壁畫上面的天女散花，美極了！」

李淳一如往昔半開玩笑似的俏皮地說道。其實他已厭倦於用這個調子同她說話。可是不知怎麼搞的，當他的心田裏思慕和憧憬之情激盪得幾乎使他非流淚不可的時候，他講出的話偏是唐突又不得體的，這可就令他痛恨得欲哭無淚。從小他被賓仔舍收養了以後，銀娥一直是他精神寄託的偶像，他爲她而唸書，爲她而情願受苦，沒有了她，李淳也許不會成爲出類拔萃的人。

「阿哥！你不也想想看，人家爲了要趕上時間連梳粧也免了，哪裏會像你在那兒夢到的天女散花！」銀娥儘是埋怨的話，其實她是毫不介意的，從小她就習慣了李淳的冷言熱語，生性溫婉端莊的她，只知道率直地表白她的喜怒哀樂，人間的醜惡，欺詐，只是輕輕地掠過她純白的心坎，卻不留下任何痕跡，她是個下凡的仙女，就是慣於吃人間煙火而已。

「阿娥，妳仍然老樣子，就是髮式有點兒改變，而且一派淑女風度，可欣，可賀！」

李淳結結巴巴地讚美著，而銀娥那嫣嫩的臉頰早已浮上了陣陣紅暈。

「阿哥，你也學會了花言巧語，東京把你的氣質改變了！」銀娥把上半身優雅地倚靠在脚踏車，嫣然一笑，眞像是一朶盛開的牡丹花；而李淳的心裏微微響起了悲愴交響樂憂愁甜美的一組旋律。自從決定這盛夏要趕回臺灣的時候，他曾到過櫻花繽紛的隅田川河畔，暗地裏向日本告別，那孤獨地逍遙徘徊的陽春三月的午後，他在賞花的人羣中聽到了這動人心弦的旋律，後來他找尋了好久卻找不到這樂曲是從哪兒流瀉出來的，在那茫然若失的一霎那，他突然領悟了，他找尋的並非一闕令人心折的樂曲，而是那容色姸麗的銀娥，銀娥才是他夢寐以求的人兒，自從他爹娘死了之後，時常心田裏有一盞希望之燈在明滅，銀娥的倩影鏤刻在他心坎，爲了想得到她，他廢寢忘食地埋首用功，可是他自己卻懵然無知，他以爲他的奮發用功是爲了報答賓仔舍養育之恩。

李淳把皮箱擱在銀娥自行車後架，兩個人默默地走完了那車站前面夏日青草萋萋的路。但李淳的心在歌唱，十多年來的心願如願以償，那可愛的美人兒，低頭不語，羞澀而堅決地伴著他，恰似要伴他走完這坎坷的人生路途似的。在他們的右邊，像蒼翠的巨大屏風，半屏山兀突屹立於蓮池潭畔，傲視波平如鏡的湖水。湖上天空，翶翔著幾隻不知名的白色水鳥，當這一羣鳥天空上急速地滑翔下來的時候，他彷彿能聽到牠們翅膀搏動的呼嘯聲，倏時青碧如玉的湖面上綻開了白色朶朶的玫瑰花。湖面漣漪盪漾，堤岸楊柳婆娑起舞，風來了。

「那山上不知還有沒有野生的山羊。」李淳憶起了孩提時在那山上檢柴的一段時光。

「我從來也沒有想過那邊有沒有山羊！我從沒有到過那山上，連山腳下灰塵濛濛的水泥工廠我都沒到過。」銀娥稍感意外，她所期待的話不是如此平淡的。

湖邊有數不清的齷齪的紅磚房屋，侷促又畏縮，像積木玩具似地擁擠著，慘白的硓砧石牆沿著湖畔遠遠地伸展著。這使得這美麗的山光水色點綴著一些濃厚的生活氣息。

「阿哥，我有些話要告訴你，因爲快到家了，在家裏說起來很不方便。」銀娥眉宇之間，充滿了憂悒哀怨的神色，令李淳惴惴不安。

「妳儘管說吧！」李淳被銀娥認眞的語氣怔住了；當他要離開臺灣，負笈東渡的時候，銀娥還是個稚氣未脫的少女，爲了芝麻大的事情，動不動就笑個不停，而在她背後兩條用蝴蝶結綁住的烏黑發亮的髮辮，隨著她的笑左右甩動，這常常令他由衷的會心一笑。如今他仔細的端詳，他便愣然驚奇於她的成熟和一種若有所思的神采。銀娥眞正長大了；她發散著媚人的氣息，那青綠色襯衫掩不住豐滿的乳房，柔滑如膏脂的白淨的手臂，渾圓如牝鹿流暢的腰肢，柔和光彩的眸子，亮無拘束的溫暖的談吐，處處告訴李淳，銀娥已成爲一個女人，對事待人有自己的見地的女人，她不再依賴撒嬌來討人同意和讓步了。

「近來我很困惑……因爲爸爸逼著我……」

她靦腆的頓了一下，然後抿緊了嘴角，煩躁不安的撫弄著陽傘的把柄。

得臉色也發白了。

「爸爸逼著你，這可就奇怪了，這無非是……」李淳立刻猜到了這事的一半，緊張

「阿哥！你在東京求學，已經過了七年，你雖然回來過幾趟，但只是走馬看花，呆不了多久又走掉了，家裏的事你一概不管，你什麼都不知道。」銀娥埋怨似地撅起嘴唇，這一次可不再閃避，抬頭凝視著他。

「阿娥，妳已是大人了，我不妨告訴妳，妳也不是不知道我是個孤兒，妳爸爸是好心撫養我長大的，並且費了多少精神和金錢來栽培我，這種人間少有的慈愛，我只有感激，只是有愧！我欠妳們林家太多了，如果以古老的觀念來說，我只是個農奴的兒子，我該粉骨碎身做個家畜爲你家耕田才是。我怎麼能好大膽，過問妳家的事情呢！」

李淳黯然神傷，滿腔悲憤湧上心頭來。

「阿哥！很可笑，怎麼老是你家我家的，教人煩死了，別提了，你是我父母引以爲值得驕傲的出色孩子，也是我最心愛的哥哥……」

銀娥的慰藉，平息了他的激動，但也叫他感慨萬千，禁不住眼淚又滲滿了眼眶。銀娥也噙著晶瑩的淚水，閃閃發光的一對含著哀愁的眸子一直在他的臉孔找尋些什麼，而當她發見李淳的眼淚撲簌簌地滾下臉腮的時候，她也禁不住心裏的迷亂，無意地伸了隻手，李淳用力握住了它；一股喜悅和安寧的情緒也流進了他的身體裏，他不再覺得徬徨

和猶疑。

「阿哥，我還沒有把要緊的話說完了呢！」銀娥臉色又暗淡了起來，微微喘著氣，索性拉著他的手，一起頹然地坐在路旁础砧石上。半屏山上一朶朶浮雲，驟然起了一陣紛亂的擾動，流動得好快，也許山上正吹著狂風呢！湖面上安然憩息的水鳥，刹地起飛，一下子消失於那藍色的天際。

「爸爸有意叫我嫁給西川郡守的大兒子，在橋仔頭糖廠當工程師的。你不會認得他，你是沒有見過他的。」

銀娥的嫻靜的神態已消失，手裏不停的把玩陽傘，顯然她的心思亂了。

「命運多蹇，最初我爹死在日本人手裏，而今你又是，但我還沒有屈服，只要我一息尚存，我要戰鬪下去……我不能讓我賴以爲生的一切，被人殘酷的攫奪！」李淳仰天飲淚，藍天白雲，秀拔的半屏山依舊如夢似地聳立著，但那山容的印象深重地威脅著他，他使勁的握住銀娥的纖手，連連的嘆息了。

銀娥 2

「阿淳，我看到你，我就覺得更加衰老了，不是嗎？要是寶仔尚在世，他不知要如何高興呢！不僅是我，這一帶的人都爲了你的成就而覺得驕傲，你替我們臺灣人爭了一口氣，東京帝大，多叫人心動的呀……」

賓仔舍慢條斯理地抽著「曙」牌香菸，那白髮童顏，烱烱有神的眼光不減當年，就是聲音沙啞一點，歲月的推移，無情地在他的臉上刻下了條條皺紋。吃過一頓異於和菜的豐盛但稍嫌油膩的晚餐，坐在這客廳的沙發裏，李淳既舒服又疲倦。從打開的窗，南風一直吹進來，帶來了臺灣的田野特有的那種淸爽溫熱的泥土香，還揉和著玉蘭花香，李淳陶醉於故鄉的夜晚寧馨的懷抱中，幾乎到達忘我的境地。而正當他恍恍惚惚地鬆弛下去的時候，他突然發見賓仔舍收起了笑臉，若有所思似地注視著他，這可就令他惴惴不安了。而且賓仔舍一板起了臉孔，像木彫似地毫無表情，從小李淳就很少看見他的義父如此嚴肅，他知道賓仔舍就要向他提到什麼問題了。

「阿淳，你回來了，我打算替你準備一間醫院讓你行醫，但你別誤會我的意思。我並不指望你撈錢孝敬我，我就是要你造福桑梓，替臺灣人謀福利，這不用我費唇舌嘮叨，你心裏定會明白不過的了。我一向把你視若己出，從小你同阿娥在一起長大，兩小無猜，把阿娥嫁給你來承繼我這個家，該是順理成章美滿不過的事，我心裏也一向如此打算。但人間十有八、九皆不如意的事……我並非勢利鬼，但人總是要適應環境，在義理人情之網中，必須覓得一條可行走的道路。我在去年租約了橋仔頭糖廠大約七十多甲田地，我爭取了這權利，並沒有一絲絲私慾在裏面。這村裏無地耕種的佃農是這麼多，我既是他們的保正，我總得替他們出面以我的名義訂下這個租約。而西川郡守和他的大兒子幫了我們不少的忙。當他託人央我要把阿娥討過去做媳婦的時候，我也就無法拒絕了。」

賓仔舍斷斷續續的說著，一臉苦惱的神色，呷了一口茶，他猛地裏舉手重重地打了桌子，這令李淳冷不防吃了一驚。

「我何曾不洞悉這些四脚仔打的是什麼如意算盤！我推辭說，阿娥是我獨生女，我就只能招贅，不打算嫁出去，而他怎麼說呢！他說他願意把次子做贅壻！這成什麼體統！我這林家的香火怎能由四脚仔來承繼！但，來說媒的是高雄州知事，我說扁了嘴也沒法再拒絕了，唯有答應這門親事了。西川的兒子們都是在臺灣生，我想也不會歧視臺灣人，他願意做漢民族的一分子，那就讓他來學習做漢人……至於你……。」

賓仔舍吁了一口氣，堅決地說道：「我不勉強你，要是你不贊成我這麼做，我願意把阿娥許給你，我馬上宣佈退隱，撤手不幹，但你和阿娥都要覺悟你們在此地一輩子休想得到安寧幸福的日子。」

李淳心亂如麻，當他面對一個抉擇的時候，他覺得他不能有所決定了。這十多年來的夢想，對於幸福的幻想，一下子被摧毀殆盡了。而在失魂落魄之後，他的心上已清晰地有了一個觀念：那就是失落已久的民族意識，強烈的抵抗意識在滋長，擴展，他抓住了一把武器了。要是臺灣不再是日本人的殖民地，要是我們能以萬鈞之力扭轉歷史，重新做一個臺灣人，不是許多苦難都迎刃而解了？我們在這四十多年來的奴役之中到底做了些什麼？我們一味地只管妥協，貪圖苟安，磨盡了銳氣，把民族的自尊心出賣了，變成一羣俯首聽命的奴才；而我自稱臺灣人之中élite的我，竟是渾渾噩噩地過活，喪失了民族的驕傲……於是必然地我會失去了一切……最初是爹……而後呢，心愛的銀娥，要是我沒有證實我就是臺灣人之中的佼佼者，參與改寫歷史的偉大行動，我將不再回來……我將不再回來，李淳心地突然豁朗，他準備放棄銀娥了。

「爹！我要勸阿娥嫁給西川，這是目前最佳的解決途徑，至於我，我只請求您讓我離開臺灣，留在這裏，對我已經是毫無意義的事……」

賓仔舍默然呆住了半晌，然後，老人圓熟的智慧使得他終於接受了李淳的觀點，但一臉無可奈何的神色。

「你要到哪兒去？回到東京去嗎？」

「不是的，我要回到我們祖宗來的海那邊，在那裏我會找到一些事情，替我們大家能做點有意義的……」李淳打算去廈門，這裏的一切令他厭惡了，奇怪，以前他怎麼沒想到故鄉何等的污穢，佈滿著令人顫慄的陷阱？

「也好，當馬關條約訂立的那一年，我爲了逃難，曾經回去掃墓一次，草長鶯飛，風光如畫，我在那裏有過難忘的回憶……」

賓仔舍被棘手的談話困惑了，他閉起眼睛，暫時沉迷於青春的記憶裏，然而，當那牆壁上吊掛的英國製大掛鐘清脆地響了幾下的時候，他再也沒有醒起來，顯然他睡著了。

李淳從正廳走出來，緩緩地踱到後院柑橘園來，月光如水，從樹椏隙間，蒼白的月光像水珠一樣落下來，照亮了枯葉舖滿的地上。文旦樹梢開滿了金黃色的小花，他聞到一股濃郁的花香，像溫暖的波浪撲進鼻孔裏來。夜鳥在啼叫，蟲鳴如樂，就是看不到人影。夜是那麼安靜肅穆，致使他心裏揚起了蕭邦夜曲〈雨滴〉的旋律……他心裏空蕩蕩的，一個抉擇之後，他卻有訴不盡的滿腔悽愴。這時，他聽到，在他的背後響起了踏著枯葉的輕微脚步聲，繼而聞到異於柑橘花的清爽體香。在薄暗之中，銀娥的臉龐猶如逢月盛開的曇花，吐露著動人心弦的一脈哀怨，浮現在他的面前。一雙水汪汪的眼睛因苦惱而黯然無光，她站立在他旁邊猶如他的影子。「阿娥，」當他把臉轉過去喚她的時候，銀娥卻不發一言，將整個身體倒進了他的懷抱。他緊抱著她，但沒有慾念；那軟綿綿的身軀，豐滿富於彈力的乳房像爛熟的菓實壓住了他的胸膛。他把嘴唇印在她的秀髮上，他感覺到她的心臟有規律的跳動，而他的心智逐漸迷亂的時候，他簡直分辨不出跳的是他的心，抑或她的心了。

「妳聽到了？」李淳輕聲問道。沒有回音，就只是一聲長嘆！銀娥在他的懷抱裏顫抖，最後她似乎決定了些什麼，她的手繞到他的背後，把李淳使勁的摟住了。

「要是我非嫁給西川不可，那麼我要，我要給你……阿哥……」銀娥羞答答地不再說下去了。但這一句話卻煽起了李淳的慾望之火……他的嘴唇像雨點似的落在銀娥花開似的臉龐，而他的一隻手卻恣意地拉開了銀娥衣衫的領口，月光把她的胸脯染成了銀白色。他已記不清什麼時候倒下去的，他感覺到潮濕又涼快的大地已成爲他們倆婚禮的床，滿天星辰是他們洞房的房頂，此刻，時間的脚步已躊躇不前了。當李淳進去銀娥裏面的時候，她毫無遲疑地接受了他。她是個溫柔可愛的女性，她豐滿的肉體應該是爲了他而存在的。最後李淳用嘴唇抹去了她的清淚，而在他燃燒生命之時，夜晚也靜悄悄地離開而去。

第二天李淳告別了故鄉，在他的背後，這湖畔的古老街鎭，尙在矇朧的睡眠之中，早起的幾隻公鷄已經在稀稀落落的裊裊炊煙之中，雄赳赳的報曉了。

提審3

「一九三九年，我們的盟友納粹德國進攻了波蘭，而就在這一年的夏天，你從高雄渡海到廈門去，高雄州警察局特高課的檔案裏存著你當時行動的記載。就是你到了廈門以後也沒有向領事館報到，你失蹤了。直到五年之後一九四四年春，我們的特高課得到線索，在安平海岸找到了你。當時你手裏高舉著手電筒，向臺灣海峽打信號……這種行爲實在令人起疑，因此我們就逮捕了你，審問了你，我們的行爲並沒有錯。但你對於從廈門到臺灣這五年來的生活歷程閉口不談，你可憎又倔強的態度，大大地刺傷了我的前任檢事八木君，他本有一副菩薩心腸，尊重你是臺灣最優秀的知識分子，但你的反應是如此的與人情相悖，這可惱怒了他。他之所以出之於刑求的下策，也是你造成的。李君，我是你好友之一……我打算替你找出一條脫身之計，只要你坦率毫無保留地告訴我，你五年來行動的細微末節，我有權採取不起訴處分，開釋你。大日本帝國需要你這種人才，幡然悔悟之後，我設法把你送到菲律賓去，那邊閩南人的華僑很多，你在山下軍司部裏將成爲華僑問題專家……」

離開冬天那一次的審問已過了半年多了。現在是一九四五年的七月，在菊池檢事坐的籐椅後面那牆壁，用粗劣的紙張印成的日曆上，李淳看到了夏天的陽光照射於那濃黑的阿拉伯數字7上。菊池檢事更加消瘦了。那幽鬼也似的臉孔，下巴尖尖的，講話聲音裏已聞不到假裝的仁慈，也無暇於擺出好友之姿態了。他焦躁不安，殘忍而固執，同李淳成爲一個明顯的對照。李淳反而白又胖，這並非由於他吃得好的關係，雖然菊池檢事曾經確實下令改善他的膳食，但所有的人都以甘藷果腹的時候，他仍然得不到任何食物，他的白是由於終年不見天日，至於他的胖實在是由於脚氣病的浮腫而來的；但較大的因素卻是由於他的心情較前寬鬆。他預感到歷史的輪子正慌忙地廻轉，日本敗戰之象愈來愈鮮明了。從那饒舌的島木看守的片言隻語裏，他得悉塞班，硫磺島的玉碎，沖繩之潰滅，日本人頑強的抵抗似乎已到了山窮水盡的地步，自由的日子指日可待。

「無可奉告！」李淳冷冷地一口氣拒絕了他，他看到那一片枯黃色的高麗草已欣欣向榮，一片青翠之色令人心曠神怡。

「你……你這頑迷固陋之徒，你眞是個不明事理的傢伙！」菊池檢事摘下了一副紳士的假面具，被激怒得顫抖不停，血絲佈滿的眸子裏閃露陰險兇惡的光彩。

「我代表大日本帝國來審問你，我難道無法知道你的底細，讓你肆意跋扈，視法律爲玩笑嗎？你可知道，我在這半年裏做些什麼嗎？李君，我還是要你親口告訴我叛國的經過，我才有辦法釋放你，因爲唯有如此才可以向上司報告你有悔改之意，如果你執意歪曲解釋我這一番苦心，恕我不能幫忙了。我們同是在赤門裏（東大）受過高等教育的人，我不願因你的劣行惡蹟來汚辱我們赤門光輝的傳統……」

菊池檢事胸有成竹似地，盡可能用他最平靜的語氣說。這時李淳微感不安，他猜不透菊池檢事葫蘆裏賣的是什麼藥了。

「薰君，我不能接受你的好意！我相信赤門曾經教育了我這樣一個有民族尊嚴的人，應該引以爲光榮。至於你的立場，我倒希望你堅定一點……你既是背負著大日本帝國法律之公正，那麼你摒棄私人之情算了，或者你以爲用友誼可以買到我的剖白？你放棄這念頭好了，我實在無可奉告，我願意任人宰割毫無後悔。」

李淳也不再吞吞吐吐的了，他直率地說，但盡量壓低嗓子，他不想令菊池檢事更難堪生氣。

「大日本帝國永無失敗之一天，日本是神國，開國之衆神絕不會遺棄我們，我們萬世一系的天皇不會領導我們走向淪亡之道，你休想日本有戰敗的一天而讓你恢復自由……」

菊池檢事發怒了，他的拳頭接二連三重重的打在桌上，好似這個拳頭代表整個日本人給敵人以致命的重傷一般，可惜的是他孱弱不堪的身軀，極不配於這種表現，這可就令李淳差一點兒失笑了。

「我是在你們的神話教育之中長大的，你難道相信《古事紀》裏所寫的那一套謊言嗎？你是日本人中的精華，你的理性到哪兒去了？」李淳委實有一點悲哀，並且加上一點憐憫，一個知識分子喪失了懷疑精神，竟也變成愚昧不堪搖旗吶喊之徒，這是日本人特有的民族性嗎？抑或由於他們二千年來根深蒂固的神道教育而來的？

「我要告訴你一件事……你堅不吐實，但我知道了你五年來的情節。我還要提醒你一件事，就是林銀娥，我們已經逮住了她，現在就關在你囚房底下的那五號監房，可惜你在咫尺之隔沒法看到她……」

菊池檢事得意洋洋的擺出一副征服者猙獰的姿態，口沫橫飛，那兩隻肥大的犬齒像獸類的獠牙般慘白而可怕。如同晴天霹靂一聲，這訊息把李淳搞昏了……啊！銀娥，銀娥你又爲我而受苦了……而正在李淳喪心落魄的時候，他意識到他竟然又尿了……那感覺像是什麼呢？涓涓滴滴，涓涓滴滴……尿水緩緩地沿著小腿滴下去，褲子又盡濕了。是否汗水也在流嗎？李淳的臉頰連續的滾下了些水滴，不知是汗或淚。

「你這卑鄙的傢伙！銀娥同我何干？我離開臺灣之後，再也沒看過她一眼，我所做的事我願意擔當下來，你這樣做算是什麼呢？」

「我爲了調查你的身世不得不把她逮捕，她幾乎什麼也沒告訴我。但也告訴我一點點，就是證實了八木檢事的調查和你的口供並沒有錯而已。至於我爲什麼不放她走，那是你可以想像得到的。」菊池檢事這時樂開了，臉上浮起陣陣勝利的微笑，他不再畏縮，精神抖擻的瞪著李淳。

「你必須把她放走！她是西川夫人，在名義上她就是你們日本人的一分子，你沒理由虐待她。」李淳猛然反擊了。

「很不幸的，她只可以說曾經是西川夫人，因爲她在婚後便離婚了。據說給西川君一筆可觀的鉅款。那時她已有了身孕快將臨盆了。至於爲什麼離了婚，我卻說不上來……因此，她仍然是你們的一分子，我有足夠的理由隨心所欲地行動，也不用你指教了。」

菊池冷冷地說著，從頭至脚，把李淳端詳了一番，像欣賞一件木偶。屈辱和悲憤叫李淳軟弱了，爲什麼？到底爲了什麼？銀娥爲什麼離婚了？他茫然地尋找因果關係，想得頭痛欲裂，但仍然找不出銀娥被退婚的蛛絲馬跡。難道是爲了他，爲了他灼熱又瘋狂那一夜？

「我保證一定在短時間把她釋放，這就要看你如何和我合作了。我把調查得來的資料重述一遍，要是和事實不符，你可以提出異議……如果你不說話我就認爲你完全承認了，好，我開始了。」

菊池檢事滿臉春風，從黑皮包裏拿出一本厚厚的本子，將它打開放在桌子上。他心滿意足地戴上了眼鏡，清了清喉嚨，開始唸下去……燠熱的下午，那鏗鏘有力的標準東京話，刺破了令人懶洋洋沉沉欲睡的氣氛。李淳屈服了，屈服於菊池檢事諾言之魅惑；而如果銀娥能獲得自由的話，他準備犧牲一切，何況他過去所做的事眞相大白之後，他確信絕不會貽害任何人，頂多不過是他活不了罷了。但他最不甘心的是他的自尊心創傷了，但這也是無可奈何的事情，目前他能夠做到的就是如此而已。

「一九三九年夏天，你找到了在廈門開眼科醫院的醫師臺灣人顏白淵……我們不知道你和他是在哪裏相識的，但也可以猜想得到……這大概可以上溯到一九三七年當你在東京帝大附屬病院當見習醫生的時候。這個姓顏的傢伙常到醫院去找主任教授早坂討教……而這早坂教授是個美濃部博士的徒弟，主張天皇機關說荒謬言論的叛國者……可想而知，這姓顏的也並非善類了。」

「我們的特務機關海軍情報部事先被矇住，起用這顏白淵爲我們廈門情報工作的負責人，我們誤認他是皇民化運動的積極推進者，而且他在廈門有人望，衆多臺灣浪人都心服他，任他擺佈。這是一個重大的失策，直到一九四二年我們才發覺顏白淵其實是敵方重慶派來的反間諜，可是這傢伙聞風逃遁了，而同時在他醫院裏當醫生的你也一起逃亡得無影無蹤……」

「從一九四二年到一九四四年春，這一段時間，可以說是一片空白，我們對於你的行蹤毫無所知，但可想而知，你曾經到過重慶，並且受了訓，一九四四年，你從上海用日本人山川三郎的護照，在光天化日之下，大模大樣的回到基隆，而那可憐的山川三郎的屍體卻是在虹口一間野雞窩找到的……」

「在安平海灘找到你以後，我們馬上搜查你的房間；就是臺南市本町一〇八番地，那個華僑福州人姓胡的所開設的刺繡店鋪的閣樓，我們在那裏找到了一本你所讀的孫文所著《三民主義》……後來我們把那姓胡的傢伙也收押了……他卻堅不吐實你帶什麼任務回到臺灣來。第二天晚上，我們的特高警察在安平海灘上同你所做的一樣，在空中揮動了三下手電筒得到了反應；那海上一艘大約三、四噸級的機動漁船也有手電筒的光明滅了三下……至此我們恍然大悟你就是由重慶派來的間諜……那漁船是從香港來取你情報的……」

菊池檢事與高采烈的讀到這兒，忽然走廊上起了很大的騷動；有幾個人急速的腳步聲慌忙而手足失措地走近這邊來，一陣陣可怕的原始的呼叫聲劃破了寂靜的房間，然後李淳才聽到嗚嗚長嘯的警報。菊池檢事敏捷地把桌上的文件一抓就塞進他的皮包裏，臉色慌張而緊張，大聲嚷了起來。檢事室的門魯莽地被推開，李淳看到那忘記敬禮的九州人島木看守，一手握著一枝三・八式步槍，一把手銬，目瞪口呆地直立著，喉嚨好似塞滿了泥土。

「馬鹿野郎！你在幹什麼？空襲警報呀！快！把囚犯還押！」菊池賞了島木一記耳光，頭也不回，一溜煙地衝出去了。李淳禁不住由衷的一陣哄笑，不管島木看守如何的咕噥，指東罵西，滿腹牢騷，一路上很開心的笑，笑得人仰馬翻，致使當他踏進自己囚房的時候，所有的憂愁都雲散霧消了。入夜，他從那鐵格子天窗望見一片火紅，連窗外那細長的油卡利樹也染上了火焰反射的深紅色，他就知道盟機的地毯轟炸奏效了。

自由

臺灣的秋天無聲無息地來到人間，你根本不知道夏天已枯萎，黃金色爛熟的秋天靜悄悄地來了。從朝夕沁人心肺的涼意你會意識到秋天的訊息了。土耳其玉似的碧藍無涯的天空，顯得那麼高遠，令人精神爲之一爽。一九四五年的秋天，同以往半世紀來的數不盡的秋天大不相同，因爲這一年臺灣光復了。

在李淳的背後，當那生銹的牢獄的鐵門，發出令人厭惡的哭叫聲，緩緩地開起來時候，李淳仰頭望見那令人眩暈的太陽和青天。島木看守提著他的行李，一臉惶恐的神情，恭敬地送他到門口，鞠躬告別。

「李淳桑，一切都是爲了職責……我犯了許多過錯，我很慚愧！我只是請你別念舊惡，因爲我只是個任人差遣的下人……」

島木看守卑躬屈膝幾乎要跪在地上討饒了。

「島木君，你很好，你給了我許多生活的樂趣，從今以後我們仍是好朋友……就是我被人從這門兇暴地推進去的時候，我是個日本人，而今我走出來的時候卻是臺灣人了！想不到大日本帝國也有崩潰的一天……」

李淳提著行李，莞爾一笑，走出了監獄的大門：他歸心如箭。他要回到那隔別許久的湖畔街鎮，就是不曉得他有沒有家在等著他，賓仔舍衰老滿是皺紋的臉再度浮現在他的眼前；還有銀娥，那妍麗嫵媚的倩影……但不知她恢復了自由沒有。正當他胡思亂想的時候，映入他眼簾的是一個白胖的男孩子，一手握著青天白日滿地紅的小旗子向他蹣跚地走過來，而在那男孩子後面，他又赫然發見風姿綽約，手裏使勁的握住一把色彩絢爛的陽傘的女人，她正向他含蓄地微笑招呼。

「銀娥！」一顆心突然在胸裏爆開了。李淳高興得手足無措，跑得氣喘如牛，握住了柔軟的手，一股溫暖之情流貫著身體，他一把摟住她。

「我活著就是爲了妳，妳一直無恙嗎？」李淳把嘴唇湊近她芬芳的粉頰，聞到令人難忘的體香，他陶醉於重逢的愉悅，顧不得失儀了。

「阿淳哥，爹已經死了，再也看不到你活著回來，也不知道臺灣光復的這一天……但你的家依然一如往昔，打開大門等著主人回來，而你的孩子……」

銀娥羞澀地低下頭不再說下去了。

「我的孩子？」

李淳滿臉驚訝，當他注視那白而胖的男孩子，他明白了一些事情，那柑橘園之夜，傷心的狂亂，而這就是愛情的結晶了。

「菊池檢事押了我幾天光景，就把我放了出來，就是那一次空襲的第二天，他說把我留在監獄裏無濟於事，萬一我有了事，他說對不起你……」

「而後呢？」

「終戰的大詔下來時，他切腹死了……」

「哦……」菊池的死，證明了李淳對歷史的觀點是正確的，到底他走的路線是沿著時代的動向的，這是他們倆爭論不休的問題，他贏了這一仗，但是這沒有帶給他多少的快樂。菊池你爲什麼要尋死呢？許多應該死的，他們會重新復活，躍上歷史的舞臺，他們忝不知羞，而你就只是個他們裏面算是最富於人性的一個，你的罪愆是那麼的輕微，你沒有死的理由，但你究竟死了，這更證實你尚保有清晰的理性，你眞正是日本人中之精華！李淳有理由懷疑，菊池是否眞正固執地相信日本二千年來的荒謬神話。菊池之所以拼命想說服他，並非他做檢事所需要的，那麼爲什麼同李淳喋喋不休的討論下去呢？也許他就是早已厭倦於這些神話，企圖從李淳的嘴裏證實他的謬誤？在那戰爭時代，一切的價值標準無疑的都改容變質了。在一個日本那樣的社會制度裏，構成那社會制度上層階級的人們，像菊池那樣的貴族，縱然他有如何開明又進步的思想，由於環境的限囿，必然地迫使他成爲雙重人格的人，他心裏定是清楚明白，到底歷史的脚步指向何處，可是他做出來的偏是另外一套違背良心的齷齪勾當，在這一點上而言，菊池是日本社會制度的犧牲者，他的苦悶也許較李淳更深刻了。

不管如何，那殘酷的戰爭已呼嘯過去了，臺灣重新回到祖國的懷抱。歷史的巨輪輾過了菊池男爵瘦弱的身體，正如那牛車的笨重的輪子輾過了李淳的爹那結實的身體一樣。

——本篇原載《幼獅文藝》第二十四卷第五期，一九六六年五月出版

行醫記

自從能有記憶的孩提時候開始，李文顯就一直跟隨著他的養父母過著飄泊流浪的生活。他們幾乎走遍了臺灣南部窮鄉僻壤的每一個隱秘的角落。他依稀記得最初他們住在茄萣海邊的一個陰霾而荒蕪不堪的漁村；海灘附近長滿著林投樹，臺灣海峽碧綠的波浪終日寂寞地啃嚙著黑沙的海灘，撲擊著林投樹根，又迅速地退回去。這漁村是如此的單調疲乏，被一層暗澹灰色塗抹著，壓根兒就沒有令人驚悸的傳奇色彩，致使他幼稚的心靈不知不覺地染上了絕望憂鬱的色彩。不過，到了臘月冬節前後，那又當別論。西伯利亞寒流趕來了產卵的烏魚群，充滿於鉛色凝重的海面，有時海水也為之變色。在那冷酷的濛濛雨下，灰濛濛的天空低垂著，幾乎覆蓋了整個漁村。這時，漁村才有不同於尋常的一番蓬勃景象。整天海灘上擁簇著熙熙攘攘，如發狂似的漁民；衣衫襤褸的漢子大聲吆喝，推出竹筏，追獵烏魚，運氣好的就能載回滿船魚鱗閃閃發亮的烏魚回來。光裸裸的小孩互相嬉戲追逐，婆娘們因興奮而眼睛閃露著狂熱的光彩，尖聲叫嚷。在海洋波濤沖擊的多沙石的海灘上空，終日振盪著這喧嘩聲，撲鼻的濃厚烏魚腥氣到處飄著，使人如喝醉了酒，醉醺醺的，失去了理智，忘了平素乏味艱辛的生活。這些繁華熱鬧使人心窩溫暖的季節，可惜一幌而去如同過眼煙雲；不久，烏魚汎期悄悄地溜走了，光坦廣漠的海灘又恢復往昔空宕宕的景色。人們像洩了氣的大鼓，個個無精打采，不情願地幹那零零碎碎的活；男人唉聲嘆氣的補漁網，婆娘們蓬頭散髮，臉上無半點香粉臙脂氣，在貧瘠的白色鹽分像舖上一層白沙的田地裏，彎腰屈膝地挖掘甘藷。

他卻愛上了這陽春三月的海。那時候，差不多整個季節都是日麗風和的；烈日尚未有猛勁能把沙灘烤熱。瘦弱又裸足的他，躲在林投樹小小的陰翳中，默然眺望葵色的臺灣海峽；那時根本沒有錢去建造一艘二、三噸的機動漁船，連像樣的木造船也很少，有的盡是些破舊不堪的竹筏；他凝視著在海上打漁的竹筏，從手指間篩下細沙，黯然神傷，想著些支離破碎的情景，永串連不起來的雜亂的印象，直到落日餘暉照亮天際。其實，他是個孱弱稚幼的孩子，壓根兒就沒有任何思索的能力，但他的心坎深處好像一直有陰慘的聲音喃喃地告訴他，生活是苦差事，生命是毫無意義的一件事，此生哀愁多於歡樂，好似人一生下來就爲的是參加一場搏鬪；同自己，同環境，同自然。如不用堅毅的意志去武裝自己，覓取理想的實現，此生是枉然虛度的了。在絢麗多彩的海洋與天空擁抱中，何以有這種令人百思莫解的暗鬱感覺，他始終搞不清楚，也許可以歸咎於與生俱來的多愁善感和飄零的身世吧。總之，那懵懂的孩提時候，他缺少遊伴，缺少食物，缺少歡笑，一直是不快活的。

在這貧窮的漁村過了幾年以甘藷簽和多骨的小魚果腹的苦日子，之後，養父母又帶著他搬到靠近恒春的高山深谷，人煙稀少的山村去。被莽林蔓草覆蓋的重重疊疊的山峯，毒蛇蚊蚋跋扈，瘴氣籠罩的沼澤，芒果和龍眼的果實纍纍熟透的青翠河谷，熱帶熾熱的陽光普照的梯田，一切帶有猛烈的原色泛濫在他的心田裏。他長得強壯了，可以每天去山上放羊揀柴。而這時，他的養父突然心血來潮，把他送進椰子林圍繞的一所小學校。那時候是日據時代，讀不讀書悉聽尊便，窮苦人家的孩子大都不上學的。他的功課倒是頂刮刮出類拔萃，但他懦弱怕羞的個性卻不能討好日本教師；常常以舉止動作活像女生爲藉口，一次一次地捱教鞭的猛打。在鞭打之中卻養成了他反叛的性格；他悟覺要覓取美好的果實，人必須要經得起磨練，而且要咬緊牙關地與惡劣環境搏鬥，人生是一條荆棘叢生的路，並非用芬芳花瓣鋪成的，從此他的性格裏逐漸萌芽了堅靱的意志。

這山村裏寧靜的日子，同那漁村一樣，住慣了也是如同嚼蠟索然無味的。色彩豐富的自然，習慣了也是和從前那漁村一樣，既空虛又鬱悶。雖然這山村裏沒有烏魚汛期來點綴灰色的生活，可是一年之中總有些日子是光輝燦爛令人難忘的。偶而有人結隊去深山幽谷中打獵，打中了山豬，從潮濕的熱帶莽林中羊腸小道扛下來的時候，全村的人猝然清醒了。喜悅的光彩照亮了人們黧黑的臉孔，那人家的院子裏人聲鼎沸，婆娘們忙著大鍋的燒熱水，白色炊煙飄揚在沒有雲彩的藍天上，漢子手持明晃晃的尖刀宰割野豬，買肉的，或者分肉的人們，擠滿在院子裏吶喊，亂闖。厨房裏爐火熊熊，那火光溫暖每個人的心坎。這像祭日拜拜的熱鬧氣氛到夜晚才到高潮。不知誰弄來的，忽然有一個盛滿粟酒的大甕出現了，人們滿臉貪欲饑渴的神色，啖著，啃著，啜著，呷著，山豬肉的骨片扔得滿地都是，而人們興猶未盡。有些漢子喝得酩酊大醉就地睡著了，而有人爛醉如泥扯破了嗓子拚命歌唱恒春調，那帶有哀悒的旋律消失在紫黑色的夜空裏。這牙祭一直打到露珠點綴了香蕉葉，朦朧的夜晚悄然告別爲止。可是他的養父從不允許他去參加這有趣的盛筵，也不讓他去嘗嘗野豬肉的滋味，他被摒棄在快樂的門外，只有眼巴巴地望著出神，直到在養母溫柔的勸告聲中回家就寢。他雖然嫌惡那一場血淋淋的殺戮，但他渴望參加那喧嘩，因爲那裏有一股強壯、原始的律動，使人心花怒放，粗獷豪邁。

他的養父母是四十多歲的中年人。養父個子高高瘦瘦的，溫和而多禮。但仍然不習慣於穿鞋，有時也嚼著檳榔，吐出一口口血漬般的液汁。他始終不明白他們到底賴什麼爲生；長大懂事後才曉得，他的養父是個行商，揹著大包袱，裏面裝滿了日常用品，像什麼布料、香粉、毛巾、梳子、香皀之類，從早到晚，在鄰近村落叫賣，賺些蠅頭小利來餬口。因此，他總往偏僻村莊闖，當然他也不需要在某一個地方定居。據說，養父肚子裏頗有些墨汁，他把四書五經背得滾瓜爛熟，有時也會客串做司公仔（道士）替人畫符咒消災。這也難怪，因爲這是家學淵源呢！他的父親本是前清秀才，靠束脩過活的先生，就因爲他從小嫌這種咬文嚼字的生活，又看穿了日據時代塾師被迫害而衰敗的寒酸相，所以決意此生要活得自在些，愜意些，因而選擇了浪跡江湖的生活。雖然日子過得不怎麼好，但逍遙自在，沒有什麼苦惱。他並不尊重學問，所以把養子送進學校唸書，就只是叫他懂得些日文以便謀生方便罷了。他的養母未曾生育過，而且長年的困苦匱乏的生活把她磨成憂愁多疑的女人，沒到四十歲，臉上已經刻上了條條皺紋，乍看就像六十多歲的老太婆。他的養母是目不識丁的鄉下女人，唯其如此，她對於他有一份深摯的感情；她溺愛他，庇護他。照顧得無微不至，鍾愛得如同她的生命。這家庭既貧窮又沉悶，但到底比那缺少溫暖如同冰窖似的有錢人家幸福些。

至於他生於何地，親生父母是何等樣的人，他很少關心過。偶而從養父母閒談的片言隻語裏，聽到點點滴滴的訊息，久之也構成了一幅輪廓不鮮明的情節。他獲知生父母是個富裕的地主，有十多甲沃田，因爲生母五十歲過後才生下他，覺得害臊又乏力撫養，因而輕而易舉地像扔掉一隻野貓似的，把他送給恰巧住在隔壁的他的養父母；實在那時代的人糊塗死了，這有什麼可害臊的？有時他覺得心裏忿忿不平，怨恨起他的生母來。

那時他的養父母已經三十多歲，結婚十多年都未曾生育，倒也滿懷歡忻的把他抱過來撫養。之後，他的養父母離開那地方了；反正，住在那兒都無所謂，只要有陽光、空氣、水和食物，再就是一丁點兒愛情，孩子總會長大成人的。他並沒想去詰問他出生的是那一家，反正，這好像是發生在別人身上或歌仔戲裏的奇異的遭遇一樣，是既陌生又毫不足道的過去。他比許多沒爹娘的孤兒幸福些；他既不愁衣食又有書唸，而且等於是獨生子，獨佔了他養父母的鍾愛。

在這山村裏消磨了幾年較穩定溫馨的生活，家境依然一貧如洗，這倒也無話可說。可是好景不常，時代兇猛的滔滔洪流把他們捲進漩渦裏，他這一家也和許多藉藉無半點名的升斗小民一起迎接了欲哭無淚、無糧可炊的悲慘日子。經年累月，風吹雨打的行商生涯是頂苦的一件事；本來身體不怎麼強壯的養父，這時已年老體衰幾乎無力氣爬完那永不盡的險峻山坡，於是做一天生意歇三天是極平常的事，而就在這困苦不堪，三餐不繼的時候，日本人卻發動了太平洋戰爭。一切物質在統制經濟的口號下驟然隱匿不見了。貨源斷絕，無物可賣，加之風濕病的折磨，他的養父只好落得清閒，天天在家納福。於是有一天，弄得連去領配給米的少許金錢也付之闕如，他們一家三口只好捱餓以井水果腹。愁雲籠罩著他們破敗不堪的茅屋，也覆蓋住許多無錢購買黑市物品的窮苦人家。他們已到了山窮水盡坐以待斃的境地。還好，他的養父突然想到了一句古老格言，那就是寧願在城市裏做叫花子，也不願在鄉下扮土皇帝。反正，已經無路可走，無法可想，在哪兒討生活都差不了多少。因此，他的養父毫無遲疑地哀求人家借給他一輛老牛破車，把少得可憐的傢具一古腦兒地堆在車上，浩浩蕩蕩日以繼夜地走上征途。這一次搬遷是他家歷盡滄桑之後最末的一次遠征。他們從面對巴士海峽馬尼拉麻叢生的山村直回到老巢附近來了。他們搬到那枯寂的漁村茄定附近的N市，就在那運河旁邊，臭氣薰天的陋巷裏賃屋居住。這一次他的養父改行沿街叫賣魚丸，而他的魚丸來源就是人地兩熟的茄定漁村，絕沒有斷貨之慮。在那物質糧食極端缺乏的戰時，他養父的這一著倒對了路。他的養父交運了。他的魚丸供不應求，早晨滿滿一擔子，不到中午便被搶購一空。餓鬼一樣的人們把他的養父視若救世主一般，伸長脖子，等待他的光臨。午後正是最美妙的時刻；他的養父泡了一壺頂好的鐵觀音，坐在那吱吱作響的舊籐椅上，哼著不成段的恒春調，自得其樂。有時也附庸風雅，吹吹笛子，倒也顯得瀟洒愜意。身邊積了幾文錢，他的養父果然連氣也壯了，就讓他去投考N市州立二中。那時候，在臺灣南部諸州之間，這所官立中學是獨一無二的最高學府，也是臺灣人子弟唯一被准許進去讀書的中學。像他這樣既無赫赫背景又沒恒產的窮家子弟居然也打敗許多養尊處優的豪門子弟，一考便中，毋寧是個奇蹟。他的養父母面露喜悅驕傲之色，爲他購買衣帽皮鞋，著實花掉了儲蓄的大半。而他也破題兒第一遭穿上鞋子，而且穿的是烏黑光亮的皮鞋，素來就腼腆易羞的他，裂開嘴巴放肆的傻笑。在這漫長的中學五年的生活之中，他衣衫襤褸，面帶菜色，可是成績總是名列前茅。許多日本教師歧視他，奚落他，嫌他總發著一股大蒜韮菜的氣息，不合「皇民」的標準。不過他的孜孜不倦的堅毅精神沖淡了他們的厭惡。他們不得不承認，他是本地人裏的佼佼者，而且有根深蒂固的鄉土意識，具有異乎日本人的奇妙的氣質。這也難怪，他本來發源於農人、漁民們的廣大人群之中，紮根於很少受動搖摧毀的傳統；而這數千年來的民族傳統卻一直以原始的、純粹的形態，被保持在那些廣大人群的血液中，流傳不息。他們是道地的地上之鹽。

好容易才挨到將要畢業的時候，盟軍的地毯轟炸使得人們幾無片刻安寧。日本敗戰之相，愈來愈明顯，但遭殃的仍是升斗小民。漁船不敢出海打漁，年輕小伙子被徵兵一空。他的養父母每天愁眉苦臉的連聲叫苦；因爲他無法得到鮮魚了，那怕一條腐爛不堪的鯊魚也沒法子見到了。是那麼嚴重，致使他的養父病倒在床上，只有呻吟咒罵的份。而且不巧，這時正是他要用錢的時候；他必須在幾天之內張羅幾十塊錢以便繳納畢業時的雜費。在那沒燈燭，空襲警報頻響的夜晚，他和養父母相對黯然，無計可施；如今他一想到那暗澹無光的淒涼的夜晚，心有餘悸新鮮如昨。最後還是養父想出了主意，叫他去偷竊運河旁那一所「水產試驗所」飼養的蝦、蟹、蚌、魚。雖然這是違背孔孟之道的，但偷的是日本衙門的東西，本只是供給日本大官、軍閥享口腹的，那應該是沒什麼罪惡可言吧？因此，他決然手提魚簍和漁網偷撈了肥碩龐大的幾十隻魚蝦，毫無困難地出售，得到了一筆不大不小的款子，得以繳清學費。在那時代裏富人也一樣餓癟了肚子，只要有貨，不問來歷如何，總是一搜而空的。

在戰鼓笳聲之中，他好容易長大成人，那時養父母已被艱辛的悲慘歲月磨成曲背駝腰的老者。照理他應該負起生活的重擔讓兩老有美好的風燭殘年才對。可惜，他家缺乏任何社會背景，鄰里故舊盡是些販夫走卒，社會中的螻蟻和渣滓，每日爲一己的三餐而勞瘁，壓根兒就乏力幫助他覓取謀生之道，他本身也缺乏一技之長，茫茫人海，何處是棲身之處，他徬徨惶恐，幾乎到了自殺的邊緣。他記得，他差一點就淪爲雞鳴狗盜之輩；爲了使養父母果腹，他常常擠上火車去鄉下搜購黑市米糧。他揹著沉重的袋子，走在夕陽殘照的木麻黃樹蔭，時時暗暗地流淚。他不知道日本的侵略戰爭幾時才能結束，前途模糊一片，心底裏盡是些暗鬱沉悶的空想。在那毫無生氣可言的灰色村莊裏，他信手摘些路旁果園種植的蕃石榴和木瓜或者幾棵青菜，爲了使他年邁的養父母有一頓較豐盛的晚餐。這是偷竊，這汚點一輩子也洗刷不清的，他痛苦的告訴自己，搥胸懺悔。但他一有機會仍然偷摘無誤；當他一看到年老的養父母動著無齒的嘴啃嚼碩大青翠的蕃石榴時，這罪惡感也驟然煙散雲消了。於是心裏的創傷塗上了一層報償的香油。

幸虧，這苦難憂患的歲月不久結束了。頑強的日本人在沖繩吃了敗戰，慘絕人寰的自殺飛機直飛進冥冥之中，消逝於闃黑無聲的南太平洋上空。「本土決戰」的虛妄口號猶如曇花一現，兩顆原子彈徹底的摧毀了「大和魂」的黷武幽靈，日本終於戰敗了。這一佳音傳到臺灣每一個角落，人們從五十一年的一場噩夢中醒了過來，幾乎不敢相信自己的幸運。然而，這並非另一個美夢，這是光亮璀璨的眞實，那蔚藍的天空，碧綠的大地，蓊悒的山巒，淙淙流逝的河流，溫熱的南風，無一不證實臺灣復歸祖國的訊息。

然而他們一家的困苦依舊存在，尙未獲得解決。舊時束縛的枷鎖業已脫落，社會正起著激烈的蛻變，嶄新的思潮狂風從大陸那邊吹來；在這紛亂、多變、蓬勃的風暴中，他仍然眉宇深鎖，被困縛於齷齪的三餐問題。他多麼希望參加重建家園的隊伍，貢獻青年人的熱血，粉身碎骨地努力工作，成爲國家社會的中堅分子，但他眼巴巴地看著歡愉地幹活的人群，自己卻依然束手無策同他的幼年時代幾無分別。他必須另闢途徑，他心裏明白，不能再糟蹋自己了，然他卻是一籌莫展，爲自己可悲的境遇和未來而發愁。

然而從那廣大社會幽晦霉暗的一個角落，有一隻充滿友誼和援助之手向他伸出來了。他並不知道那人是何等模樣的人？那人究竟懷有何等企圖？但他接受了這施捨，事實上除去默默的、敬虔的接受之外，他也想不出更好的途徑。有一天掌燈時分，他從火車站回來的時候，他的養父母倚門等候他，兩位老人容光煥發，臉上有些年來少見的動人歡笑。他那時在傾圮的火車站當一名搬運工人，件件貨物如鉛塊似地壓扁他的肩膀，壓碎他求生的意志。他疲憊不堪，拖著沉重的步伐回到家來。他想不出有什麼喜訊使得養父母這樣興高采烈。養父笑吟吟地告訴他，有一個熟悉他家環境的有錢人，願意栽培他，送他進大學讀醫。在讀書期間除供給他一切費用之外，也願意奉養他的養父母。不過，這提議有一個附帶的條件，不管他在學時也好，學成執醫時也好，如接到通知立刻動身去指定的地方，見指定的人不得畀議。這乍看並非苛酷的條件；不過由於他無法自己找出謀生之道又沒辦法奉養養父母，心裏多少有些屈辱之感。但他毫無選擇的餘地，境遇之慘，幾乎摧毀了他僅存的一絲絲自尊心，他只好欣然允諾。由於心裏總存些芥蒂，他從不向養父母細細詰問，出資栽培他的是什麼人，而他的養父母也是守口如瓶不輕易說話的人，因此他始終不知道誰是他的恩人。反正，他得頂天立地的在這社會上做人，做醫生也並非令人厭惡的抉擇。何況在臺灣的社會，這還是名利雙收，許多年輕人夢寐以求的。

他把荒廢已久的書本溫習了一下，就硬著頭皮去投考，而竟被錄取了。束裝登上火車，告別了瞬刻也未分離過的爹娘，禁不住潸然淚下。兩個慈祥的老人互相依偎著，以顫巍巍的聲音喃喃叮囑保重身體，他側臉過去藉以掩飾他心情的惑亂。在那灰鴿色的晨曦流瀉的頹圮破舊的火車站，重新堅定了向人生抗爭的意志，而只要這意志沒有消泯，他一定會學成歸鄉歡娛伺奉養父母。在那陰霾的北部城市，T大醫學院的灰黯凋零的古老教室裏，他度過漫長的年月；他終日苦啃書本，呼吸哥羅芳濃冽的氣味，他活在骨骼和肌肉，五臟六腑的彩色圖片，顯微鏡的奇妙幻影裏。

除去每月按時到一家姓黃的貿易商那裏去領取學費和生活費外，他很少出外走動。光復不久的這時期，街市滿目瘡痍，人們在新舊兩種截然不同的制度之中搖擺不定，破壞和建設在物質和心靈上雙管齊下，掀起了擾亂，衝突的風暴。可是從人們充滿憧憬和冀望的臉孔裏，從被燒焦的槁木枝椏萌出的嫩芽裏，他覺察到頹垣殘牆中正孕育著、醞釀著嶄新的明天，那是住在這島上的人們幾百年來所渴求的自由和民主。那黃家老闆總是慇懃的挽留他在那邊用膳。盛情難卻，偶而他也在那面對種有薔薇花的院子的客廳裏，同黃家的人一起吃頓豐盛的午餐。那家人很安靜，吃飯時一闋舒伯特的歌曲抑或孟德爾松的無言歌流瀉在房間裏，他毫無顧忌地一面進餐一面傾聽，撫摸心靈創傷的樂音。黃家人沒有一丁點兒市儈氣。滿臉堆著謙恭溫和的微笑，對待他，款待他，猶如他是王子一般，鄭重而多禮，連那個端菜的年輕女傭也不例外。彷彿從他踏進那家的那一刻開始，一個窮學生搖身變爲童話中的王子一樣。那老闆口口聲聲地說，我們不是外人，我們是一家人，而他卻不想去揣度其中含義，他只茫然的想著，也許這是他的客套話，爲了消除他的侷促不安靦腆。他的養母也過得很好，從他養父寄來的短簡，寥寥幾句話語裏他獲知他們也按月領取一筆夠花用的錢，因此，在他心中的一塊沉甸甸的鉛塊也就落下了。

他無牽無掛，因此得以晨昏發憤用功。他不僅擷取了現代醫學的菁華，更重要的是他的靈魂裏滲透了一股悲天憫人的人道精神，而這正是行醫的人賴以生存的高貴德性。他來自廣大的窮苦人群，由於不斷的勞苦和營養不良，那些人經常捱著病魔的折磨；他生平看到過不少無聲無息的死亡。那些人爲了缺少藥品，缺少金錢，一有了病就束手無策，匆匆離開人間。尤以戰爭時代惡性瘧疾猖獗時爲甚，缺少奎寧而坐以待斃的人處處都是；他一想起恒春山中那一段瘧疾橫行跋扈、蔓延如野火的日子，猶有驚悸。

青春光輝明亮的這幾年中，他的生活過得很淒淸。他沒有知心的女友，沒有値得留戀的回憶，有的是永遠啃不完的書本。他長得英俊高大，也許稍爲削瘦些；由於幼年時代的顚沛流離，他臉色黝黑，身體瘦弱，但他仍保有纖細敏感的雙手，炯炯有神的眼眸，低沉而淸晰的聲音。唯一的缺點是他稍微傴僂著背，而這正是他經年累月，不斷地埋首用功的結果。他懂得社會底層所習用的卑俗的俚諺，常把它巧妙地揉和在與人交談裏，有時令人拍案叫絕，覺得其味無窮。他避免講些矯揉造作的字眼，一針見血正確的講出話來。也許這緣故，許多年輕貌美的少女不喜同他接近。他本來是少女們獵取的目標同任何醫生一樣，可是他終於躲閃了這些柔情的束縛，在情感的歷程上得以保持淸白無瑕的記錄。他並非鐵石心腸，也並非木偶，他心裏有澎湃沸騰的熱血極容易墜入情網。然而城市裏那人工的女性美，虛妄的裝飾，賣弄風情的忸怩姿態，引不起他的思慕，無法捕捉他那一顆一塵不染的心。他常把那些少女們的虛僞，可愛的狡猾，隱秘的計謀術策，一語道破，甚至一古腦兒地指出來，並且綳起臉孔一副凛然的樣子，這可就令那些少女咬牙切齒地恨死了他。他夢想裏的女人，是那些在海邊、田野、山坳裏勞動的女子，清純得像一朶泥濘裏綻放的百合花，她當然有質樸之美，有一雙粗糙有力的手。她的美必須是發自心靈的良善，而這一特質正是少女普遍缺少的美德。圍繞著他周圍的少女，也不見得個個都是小心眼兒、浮誇、膚淺、空虛的靈魂，她們之中當然不乏秀外慧中的佳人；然而由於身世和環境的不同，他好像隔著一層迷迷濛濛的濃霧看著她們，總覺得有陌生、迷惘之感。

從醫學院畢業之後，他原打算渡海深造，而且考取公費留學，在他也並非難事。然而，那黃家老闆毫不加以考慮，就和藹的勸他放棄這夢想，請他在T大醫院當見習醫生磨練醫術。他的雄心猝然碎了，久久縫綴不起來。但一想到他本是卑微不足道的行商的兒子，命運的播弄，幫助他僥倖躋身於大學之門，也就釋然於懷了。何況，他的未來仍是光明璀璨的；他在桑梓行醫，爲憂患創傷的人群服務，也不見得比揚名於彼方高深的醫學界遜色。他就索性死了這條心，鑽研眞正有用的臨床醫學，以求精明的開刀技巧和細心的病症判斷。由於有這種決心，他認爲留在大學附屬醫院固然可以學到更深一層的醫療技術，可是也會失掉接觸誠樸的農、漁民的機會；都市裏的斗升小民雖非個個欺詐陰險，但由於生活的重擔，五光十色的現代社會的摧殘，他們的心靈扭曲了，而且已經普遍地染上了惡習，在他們身上心性不復明顯。因此，他要的是一家偏僻落後地區的醫院，在那裏的患者幾乎是清一色的農漁民，同他一樣來自瘠薄海灘山巒莽林之中；襤褸的衣衫，扭曲的身軀，蒼老削瘦的臉孔，巨大的手掌，都會令他覺得格外親切。

夏日炎炎的某一個午後，他向這喧囂繁華的大城市告別，心裏有說不出的歡喜；好似身陷於虛妄罪惡深淵的人，經過一番掙扎，好不容易泳出來重新置身於蒼翠欲滴的林間，流水潺潺的溪澗一樣。他選擇了東部一個繁榮的市鎮，規模宏大，設備良好的聖•法蘭西斯醫院去當見習醫生；雖然這所醫院是天主教創辦的，他從小對基督教不無些根深蒂固的偏見和猜疑，但究竟基督教比古老的佛教有進取的現代性，而且對於美一向敏感的他，常敵不過那教堂用建築和音樂之美直接訴之於人類靈魂深處的方式。姑且不問這幾百年來基督教對於東方人民有何貢獻和乖謬的措施，今天基督教確實是唯一能顧慮到人類心靈之健全基於身體健康的宗教。更重要的是，這聖•法蘭西斯醫院位於廣大山地窮苦人民必經之路；那裏的患者不外是酗酒成性的泰雅魯族人，終日在雲霧迷濛的高山深谷中勞動的伐木工人，在多雨的砂磧從事種植的農民，更有的是在洶湧波濤裏討生活的漁民。這些人都是他所熟悉的，他自幼聽慣了他們訴苦時的沙啞聲音，歡樂時的粗獷笑聲；他知道他們生活中每一個隱秘的情節，他們心中的慾望、本能和忍苦。能體會這些人心坎深處的漣漪和細微末節，對於做醫生的他不無幫助——因為如衆所周知，心靈的抑壓和葛藤，身體的痼疾和缺陷，有息息相關的脈絡，身心本是不可分割的一元體。

他腋下夾著醫生的標幟——黑色皮包，緩緩地走進入暮的街市，空氣中瀰漫著清爽的木屑香味，那是從鋸木工廠溢出來的。街上車水馬龍，人群熙攘，使他覺得臺灣已沒有一塊足以憩息的清靜安寧的土地了。他找到破舊傾圮的保生大帝廟，而就在對面，看見聖・法蘭西斯醫院的鐘樓沐浴於金黃色的夕暉中，莊嚴而肅穆。褐色的鴿子刹地由樓頂起飛翺翔於天空，消逝於一片瑪瑙色的光輝中。他彷彿能聞到那羽搏聲，輕快而悅耳。驀地，他覺得發見了心中夢寐已久的寧靜王國，和平殿堂，熱淚盈滿了眼眶。他明白，他始終找尋一處性靈調和的場所，那麼眼前這花木扶疏，青草如茵的醫院就是那個地方了。他在一群穿著藍色工作衣的護士，充滿好奇和期待的視線投射之中，踏上臺階，而這時有一個清麗的護士趕忙來接他的行李，向他發出嫵媚友善的一笑，刹那間點亮了他的心窩。

這少女有一雙漆黑如夜色的眼眸，鼻樑挺直，小巧玲瓏的嘴唇，蒼白如月光的臉色，令人憶起某些古典派畫家畫成的壁畫裏那些聖經故事中的以色列女人。她的聲音微細而清晰，稍微有拖長語尾的習慣。他驚奇於她的清麗脫俗，更驚奇於她的一如andante般的歌唱語調。後來他才知道她是泰雅魯族酋長之女，她保持著她的種族特有的脆弱易碎的美麗。據說她們的美如同曇花一現，隨著青春辰光的流逝，也就立刻由條條皺紋代替嫵媚嬌嫩的光彩。之後，這少女巫雪蘭就專屬於他，爲他查翻診斷卡，準備注射筒，消毒藥水或者咖啡和三明治。甚至有時候暗地裏整理他的床鋪，縫補衣衫。他也搞不清這是否是她份內該做的事或者只是她的柔情的發露。反正他習慣於雪蘭的奉侍，因此他的心靈裏不知不覺地鏤刻了這少女俏麗的映像。

夏天清晨，他坐在面對落地窗的診斷室，濃郁的黃梔花香飄進來。他把那一副聽診器垂掛在胸前，傾聽雪蘭清晰的話語，如同聆聽一闋輕柔的舒伯特的水車小屋之歌曲。他的手指輕輕地敲打著患者的肋肉，他手指的每一敲打好似合於雪蘭講話的節奏。他給煙味刺鼻的老農夫診察，一面不厭其詳地告訴他老年人養生之道，勸他少喝些太白酒。他給患熱帶潰瘍的泰雅魯族人敷藥，禁止他此後在潮濕的沼澤地走動。有時在這平靜的診察過程中，猝然插進動人心魄的哭喊聲。那是他的手術刀戳破了創口；有時也有稚幼孩子嚶嚶啜泣，那是他把玻璃棒送進小女孩的咽喉；面對著這些千差萬別的病症和形形色色的患者，他嚴守一項原則——那就是盡其所能減輕他們的痛苦，分擔他們心靈中的負荷。在古代，宗教和醫術並行不悖，本是分不開的。祭司不但要照顧人類心靈中的憂苦，且要醫治身體上的疾病，而這正是現代醫學應走的方向。不過，最重要的，莫過於醫生要有獻身於苦難人民的意志，而這種使命感正是現代各行業中人普遍迷失的理想和德性。他在忙碌中獲得了心靈的平安，他覺得他應該走進去東部山地沒有醫生的村落，在那鳥獸之樂園，林木和岩石之鄉，他精明的醫術能解救更多被部落巫師醫治的窮苦山地人。他正需要一個終身的伴侶，得以實現他的理想和抱負。而巫雪蘭，毫無疑問的是他最好的選擇。不過這問題屬於微妙情感的領域，他不願也無法匆促決定。

那夜他給泰雅魯族一個年輕漢子醫治;他是在松林打飛鼠時偶而經過蘆葦密生的溪澗旁被雨傘蛇咬到脚踝的。由於交通的不便，過了一夜，他的族人才把他扛進醫院來。雖然用土法挖去了傷口的肉,可惜由於蕃刀的骯髒和草藥的不靈,一隻脚已腫脹得厲害。他為患者注射了血清，心裏暗想，十之八九凶多於吉，顯然他再也無能為力了。他伏視那漢子咬緊的紫黑色嘴唇，泫然欲哭，心痛如絞。這並非醫藥的失效，而是無情的時間所扼殺的;要是當地有一個醫生長駐在那部落裏，每個夜晚點起科學不滅之燈，照亮那黏板岩砌成的石屋裏，許多因愚昧或痼疾而呻吟的人們，一切問題豈不是迎刃而解了?他有惘然若失的感覺，並且有一份濃厚的愧疚;好似這些人的死亡和災厄都是由於他袖手旁觀造成的。這自責之念是如此強烈，致使踏進自己的居室，捻亮了日光燈的時候，心裏的自責仍在猖獗。他頹喪地坐下那廻轉椅子，用雙手蒙蔽眼睛，低頭沉思。他沒有聽到雪蘭輕悄的履聲，然而有一隻溫熱的手如羽毛般輕輕地撫摸著他的肩背。猛地他憶起了養母那一隻柔軟的手，也像如此摩挲過他燙熱的前額，不過那是很久很久以前的模糊的記憶罷了。他安靜的任她撫摩，心中充滿了溫柔和感激。猛抬頭，他看見晶瑩的淚珠在幽怨的眸子裏閃閃發亮，煽起他的慾情和思慕；禁不住使勁的捏握了她的手。繼而在高昂的脈搏鼓動之中他聞到雪蘭一股清爽的體香，猶如烤熱的水果的濃郁的氣息。他的心智迷惘了；他的嘴唇找到了冰涼柔滑的臉頰，燙熱的微微張開的嘴唇，而當他使勁摟緊了雪蘭的時候，她的肉體掠過了一陣觸電也似的抖顫。她豐滿潔白的乳房像廣漠溫暖的大海，把他的憂傷和躊躇溶化了。他聽到雪蘭急速的喘息聲，快樂的呻吟，她喜極而泣了。慾望的爆發和間歇的交錯中，雪蘭頻喚他的名字，猶如這儀式是必不可少的禱告。他剎那變成一個軟弱無力的嬰孩依偎著雪蘭裸露發燙的肉體，而雪蘭好似正在安慰他的一個年輕母親。雪蘭！雪蘭！我們從此合而爲一了！他用低沉的聲音這樣告訴她和他自己。

在冬天冷酷多雨的日子，他的養父母頻頻擦乾因喜悅而流的眼淚，在人們的祝福和羨慕的嘆息聲中，他和雪蘭結婚了。養父母對於新娘是泰雅魯族人一點沒有不快的神色；只要在漫長的人生旅途中能夠互相體貼，相敬如賓，相親如友，那麼種族、膚色、宗教的不同又算得了什麼？這是窮苦人家生活的智慧；生活的重壓把他們的偏見壓碎了。至於他計畫去山地人部落行醫，老人家不無一點怨言，但這並非不高興他的思想和意圖，醫生本是濟人救世而存在的，不是嗎？然而，究竟他們年老了，極需要兒子和媳婦還有孫子慰娛他們晚景。不過窮苦人家容易放棄成見，最後養父母不得不含淚告別了心愛的兒媳，黯然回到陽光普照的故鄉。

第二天，文顯和雪蘭踏上了險惡的旅途。一輛破舊的五十鈴牌大卡車，載著新婚夫婦和一些家具，不少的醫療器具，向高山深谷出發。聖‧法蘭西斯醫院的主持者，慷慨的贈送他們所必需的診療器具，祝福他們白首偕老，更頻頻囑咐他們爲上帝的羊群熱誠服務。卡車在顚簸不堪的山路迂迴而上逐漸離開了文明世界。金黃色的橘子纍纍成熟的果園，香茅草覆蓋的山坡地，炊煙冉冉昇起的山坳，在車前展開又消失。最後車子鑽進怪石嵯峨的峽谷，雪蘭的故鄉就在雲霧飄渺的山腰中。Limui……Limui……那一首泰雅魯族人慣唱的哀婉悽惻的歌湧上了心頭；可是只有旋律沒有曲詞，他也記不起下一句到底是什麼？車子在一間屋頂較高的石屋前面停下來，旁邊還蓋有一間沒牆壁四面通風由蛇木和茅草蓋成的房屋；那也許是貯藏糧食，飼養牲畜用的。搬運工人滿臉狐疑和驚訝的神色；他們實在猜不透，一個醫生不貪舒服，不做地方士紳，老遠跑到這蕃界懸崖來幹什麼？他全不理會這些工人惋惜的嘆息聲，只忙著搬下用具。

他和雪蘭佈置了一間臥室，那窗戶面對山泉四濺的懸崖；另外又劃定了一間客廳兼診療室，所有的藥品和不銹鋼的醫療器具整齊地排列在藥櫥內。當他勞累得幾乎支不起腰的時候，深山幽谷的夜色帶著霧氣，飄了進來，飄在雪蘭一顆溫馨的心窩，飄在他興奮的心胸。用木棒支起了板窗，他們夫婦倆並肩依偎在一起，凝視滿天熠熠繁星；高山的夜空顯得無際無涯，清澈一如湖面。他們倆有敬虔的心情也有說不盡的禱告詞。在這廣大的宇宙，人類是何等的渺小，生命何等的短暫；但人類好似那水邊的蘆葦，隨風搖曳的細弱蘆葦，也許一滴水，一把火，一陣風就足以毀滅它；但他卻是個思考的蘆葦，他的思考足以超越包含整個宇宙，只要他一息尚存，這思考的力量支持他走向爲善之道，光芒足以光披宇宙，而這爲善之道，在他，毫無疑問的即是爲窮苦人群盡瘁服務。

清晨，畫眉鳥在蓊鬱的相思林木中婉轉呼叫，灰鴿色的晨曦透進來，照著尚在熟睡的他，雪蘭就把他叫醒。早餐的菜或許是一小碟醬瓜花生米，或許是一大盤油炒蕨類嫩芽，他津津有味地嚼著這山谷靈秀之氣所孕育的蕨類植物的嫩芽，滿口生香。之後，他的一天也就開始了；這些山地人民的嬰孩，由於先天的營養不足而瘦弱不堪，在那黏著泥巴的汚穢臉上，卻有一雙骨碌碌地轉動的烏黑發亮的眸子；這常使他憶起老鼠可愛的眼睛。他聚精會神地查看體溫計，記下病症診斷卡，一絲不苟。而雪蘭呢，一如往昔在他的身旁替他準備注射筒或調合藥粉。不過，治療過後，他得到的，往往是羞澀不堪，臉上泛紅地說出來的一聲arigato罷了。也好，他撫摸著小孩蓬鬆的頭髮，莞爾一笑，算是收到了藥費。

他成爲山地人心目中的英雄，成爲他們傳說中的眾神，卻是過了將近一年多時光，經年累月不屈不撓的艱辛奮鬪換來的，而且由一個偶發事件來證實。那是某一個冬天寒冷的晚上；當他打開已嵌上玻璃片的窗時，正可看到遠方海拔二千五百公尺的太平山上飄著雪花，白皓皓的山頂在晴朗冷冽的漆黑夜空裏顯出朦朧一片銀光。大腹便便正待產的雪蘭，縫著有土耳其玉色花邊鑲著的雪白嬰兒服，在昏黃的燈火下，宛如一尊聖母的雕像，潔淨而高貴。那是他們頭一個孩子要穿的衣服。這清新冷冽的夜晚是那麼寂靜而廣漠，致使他以爲他們彷彿置身於耶穌誕生的那永恒的一刻。然而這寧靜的氣氛卻被一陣急忙慌亂的聲音打破了。不久，診察室的門被推開，外面砭骨的冷氣吹了進來。他寧馨的幻想一下子烟消霧散，猛地被拖回現實世界來。肆無忌憚地闖進來的是額上尚留有青黛色刺青的老嫗，她的旁邊一個年輕伙子傴僂身子呻吟不止。這是母子，她的兒子病了，他心裏想著。於是他叫那年輕伙子仰臥在舖有一層厚橡皮的手術檯上。在他母親焦燥不安的眼光下，他替那人脫去了上衣。他用手指按了按鼓脹的右下腹，他明白了，——蟲樣突起炎！炎症已蔓延到整個腹腔，怕五臟六腑也腐爛了。無能爲力了，他在心坎深處咕噥著。而就在這時他碰觸了老嫗一雙哀求的眼光，他仔細檢查，過後決定冒險嘗試開刀割除盲腸。然而他這裏並沒有開刀的完善設備；僅有的是幾把手術刀和剪鉸，鉗子，而且還得靠他待產的妻子站著幫忙他一直到黎明。他的視線落在那漢子冒出汗珠因苦痛而扭曲的臉孔，驚愕得嘴唇發白的老嫗，最後帶著懇求和期望，落在雪蘭浮腫的象牙色臉龐上；她堅決固執地主張立刻動手的意志。他緩慢地穿起手術衣來，使勁的刷了刷雙手，浸在石炭酸溶液裏，而他一直在擔憂和估計，雪蘭是否有氣力熬得住這長夜的折磨。他一面叫老嫗捧著鋼質的盂盆以便盛受汚穢物，一面示意雪蘭靠近他挨次遞給他應用的器具。一切準備妥當，他的手指不再抖顫；他握住那一把閃閃發亮的手術刀剖開了腹部。腹部張開了石榴似的裂口，血膿帶著一股腐爛杏子的刺鼻的氣味像噴泉般噴了出來。盲腸業已腐爛破裂，病毒已蔓延猖獗，要不是他決然動手剖腹，患者恐怕難捱過今夜。他割掉盲腸，用鉗子夾住放進那面如槁灰的老嫗的盂盆裏，他覺得那老女人快要暈眩了。注射過痲醉藥的漢子，活像一條硬梆梆的死魚僵直躺在那兒，偶而禁不住痙攣震顫。這時雪蘭哇——的一聲嘔吐了，繼而頭重脚輕，軟弱乏力的癱瘓下來。他忙著清除患者腹腔裏的汚穢，撒佈了消炎粉，把割裂的刀口重新縫綴了起來。他一直忘我地工作，沒注意到雪蘭再也沒有力氣爬站了起來。他給漢子蓋上了被單，昂頭瞥見窗外一片濛濛亮。起初以爲那是星光抑或月光，仔細一瞧，才知道天亮了。猛地轉過臉去，發現他的溫柔的妻躺臥在冰凉的地板上，她使勁的咬住工作衣領子，不讓呻吟聲發出來。雪蘭！雪蘭！他衝過去小心地抱起她，安放在他們的床上，眼淚早已滂沱的滾下了臉頰，他的心全碎了。那漢子的呻吟聲逐漸微弱，看樣了他安然入睡了。雪蘭的眉角還掛著晶瑩的淚珠，在那波浪般起伏不停的陣陣疼痛之間，在那短暫的停歇之中，努力向他綻放了粲然一笑。

人類是互助的動物，不是嗎？那老嫗迅速地從昏暈中淸醒過來，當她獲悉雪蘭即將生產的時候，高興得直傻笑，爲他們的孩子燒起滾燙的熱水來。在雄鷄嘹喨的引頸高歌和灰白色的柔和微曦之中，他們的第一個男孩呱呱落地。而在鄰室，從死裏逃生的漢子也復甦了，重新又開始可怕的呻吟。瀰漫在他們石屋裏的盡是些生命濃郁氤氳。

過了一年後的春天，他的診所由一間診察室而擴充到手術房、藥房、客廳、待診室、厨房一應俱全的小型醫院。經費來自善意的敎會人士和他們那微不足道的收入省吃儉用儲存下來的幾許金錢；不過所有材料和勞力是現成的，山地人興高采烈的協力蓋成了屬於他們自己的醫院。這兩三年來，山地生活的窮苦匱乏使他顯得蒼老了許多，額角已赫然出現數不清的條條皺紋；但，他的心境愈趨向堅定鎭靜，很少被外來的訊息所擾亂。雪蘭形影不離的和他厮守在一起；她是個靈肉完整的女人，日夜的生活和諧而滿足。何況，還有正在牙牙學語的兒子添加他們生活的樂趣。在這李花白雲一般迸放的山坡裏，滿山遍野有春天的氣息澎湃激盪。照理來說，他應該有明亮光輝的季節感覺，可是他竟沒有。不知從什麼時候開始，心裏卻有一股撥不開的愁雲。他想到今生今世也許再也無法得知栽培他走上行醫之道的是何等樣人。他無法晤見這人，道出他心底的感激，總覺得是遺憾和慚愧的。那人慷慨地栽培他，卻從未對他的行徑說出意見和願望，莫非是漠不關心抑或心地高潔一如聖人？他竟因此而有少許憤懣了。他渴望能站在那人面前，披瀝心底的仰慕。也許更可以侃侃而談他的工作和理想，請那人看看他標緻嫵媚的妻，白白胖胖的嬰兒；總之，他想獲得那人對於他的讚許。這對於他的人生旅途好像是未竟的意願，他不願把這遺憾一直保持在心坎深處。

有一天，他接到一封來自黃家的限時信。黃家原是他求學時候，常去走動的一家，他從那家獲得了生活之資和學費，更重要的是從那裏得到溫暖的友誼。然而值得一提的是黃家似乎是他和未見面的那恩人之間的一座橋樑；既然他的養父母閉口不談他的恩人，他希望黃家對於揭開此謎有點兒幫助。他用抖顫的手指拆開了信，信裏除去有幾句客套話而外，請他立刻動身前往下鯤身村十六號阮家。他說到了那兒自然一切都明白了。信裏的語氣頗重，使他覺得刻不容緩，這是該揭開他和恩人之間神秘的幕的時候了，而且那黃家老伯也附筆透露他將在那裏恭候。他連夜收拾醫院的殘務，偕同雪蘭和在她懷抱裏天使般甜睡的兒子，搭乘北上的火車。下鯤身村也是臨時的貧瘠漁村，和他幼時住過的茄萣鄰村，隔一條混濁的河流。他走著那夕陽光輝流瀉的村落，往昔恍如昨日，那情調，那風物，情景的映像驀地幕幕重現眼前。他彷彿再能看到衣衫襤褸的他，在那海灘揀貝殼，提著空酒瓶去村裏小店舖打酒，坐在擱淺在海灘的竹筏上癡癡的夢想他將成爲普救衆人的偉人，這一切都過去了。如今他踏著穩定的步伐向阮家走去。阮家是用紅磚砌成的老屋，周圍有蔦蘿爬滿的石牆。這一家一定是全村首富無疑，因爲它有富麗堂皇的外表，同四周那些齷齪的茅屋土角厝相比，給人以天壤之別的感覺。一踏進那花崗石鋪成的院子，就看見棚子上盛開的朵朵鮮花，豔麗耀眼透露著富裕華麗的生活氣息。猛地裏他有似曾相識的念頭；好像他是個離家飄泊的遊子歷盡憂患回到老家來。這院子裏的一木一草都好似一直活在他的腦際裏，就是他這些年來漫不經心地把這些忘掉了。他記起他曾經在這院子裏生活過，呼吸過，一切顯得格外親熱。他很奇怪，他怎會有如此怪誕的念頭。他的兒子在雪蘭懷裏握住小小拳頭咿啞作語。他遠遠地看見正廳中間放著巨大古式的紅木眠床，圍繞著面色憂慼的一群男女；他忽然發現他的養父母在眠床旁唏噓不停，而那黃家老伯正焦急不安的向外凝視。他邁開大步走進正廳，而一看到他臉，一片哭叫聲也就剎地爆炸開來，好似人們正等待他的來臨才甘願放聲大哭。那紅木眠床正躺著垂死的人；是年約八十多歲的老媼。她安靜地睡在那兒，等待死神的光臨。那老媼用力睜開業已朦朧失神的眼睛瞥了他一眼，吁了一口滿意的氣。在那如槁灰般的臉龐，他找到了與他極相似的特徵。他直覺地明白這將要撒手塵寰歸去的老媼，就是他的生母。驀地，他的心碎了，無聲的哭泣在心田盪漾，他眼前模糊一片，接著熱淚溢出眼眶；不過在這悽惻悲慟裏卻有一股喜悅之情微微流動。他使勁的握住生母一隻乾癟的手，把他的滿腔思慕，訴不盡的衷情傳給了她；她會意地點了點頭，臉上浮著慈祥的微笑，生命的燈芯也就熄滅了。他明白了一切了。在他的人生旅途上他覺得似乎有一盞明亮不滅的燈照亮他的路，指引他走向正途。每到他山窮水盡，無計可施的時候，就有人伸手援助；這並非奇蹟，更不是僥倖，原都是發自母性的光輝，生母的一顆愛心躲在那隱秘幽暗的一角，暗地裏把光芒投射到他的坎坷不定的路上來。他一手握住生母的手，一手握住雪蘭的手，所有三代的生命之流滙成一起了。他含著淚，喃喃地說，落葉歸根，終於落葉歸根了。從此以後他帶著母親的慈愛更發憤地走向爲窮苦人民醫治痼疾的行醫工作，直到他瞑目。

——本篇原載《純文學》第一卷第二期，一九六七年二月出版

葫蘆巷春夢

一

本來葫蘆巷是以典雅、淫蕩著稱的；它之所以獲得典雅的聲譽大概是由於從前有一個號稱前清舉人的施三口居住在這兒以相命爲生，信口胡謅了〈葫蘆巷竹枝詞〉二十首而得來的，至於爲什麼獲得聲名狼藉的「淫蕩」這一類讚辭委實無從查考。不過，相傳有一段時期，這兒是文人騷客尋花問柳的好所在，而且的確也有幾個地方士紳在這兒金屋藏嬌，度那風流倜儻的生活。因此，這淫蕩兩個字，葫蘆巷當受之無愧了。

然而，現今的葫蘆巷實在是令人洩氣的地方；它是一條湫隘、邋遢的巷路。它可悲的慘況不由得令人搖頭嘆息；由於房屋毗連，人丁旺盛，到處傾倒垃圾，杜塞的陰溝溢出的污水無處不流瀉，使人找不出一處可以落脚的乾淨地方。而且終日街上飄揚著刺鼻的異樣臭氣，叫人不得不掩鼻而過。在狹窄的巷路中，肆無忌憚地擲球，跳躍，放鞭砲，叫嚷，喧囂的衆多小孩，他們惡劣的行爲令人髮指，有時被惹得憤懣無處可洩。據說，曾經有打扮入時的高貴仕女在這兒漫步，受到年輕小伙子的調戲和譏笑幾乎昏迷過去。然而葫蘆巷眞正陷入絕境，是由於人畜雜居而開始的；這禍首當是前清舉人施三口的第三代嫡孫，仍然以賣卦爲生的施老頭子無疑。這老頭子有一天忽然心血來潮，在家後院子養起猪仔來，遂釀成一種時髦的風尙，不多時前呼後應，家家戶戶養起豬來。從此處處可看到瘦如黑狗的猪仔到處亂闖，爭食，拉屎尿，這境況愈發令人慘不忍睹了。

我所租賃的二樓斗室剛好位在施老頭的隔壁，因此每當我打開窗，赫然映入眼簾的是這食慾旺盛的一群猪仔把巨大鼻子埋進飼料槽裏爭先恐後地搶食的情景，這常常使我底詩情畫意倏地雲散霧消，一筆勾銷了。我只好趕緊關閉窗戶，埋怨命運蹉跎，囊空如洗，無法擇善而居的境遇了。這二樓被隔成幾間鴿籠似的小房間，我底左芳鄰爲婀娜多姿的舞女林茉莉小姐，常常三更半夜蹣手蹣脚的回到窩來，刷牙漱口，唱一些淒艷的時代歌曲以長吁短嘆結束而驚醒我底清夢。右芳鄰爲一個安靜如處子的學生江濱生，帶著一付四百度的近視眼鏡，房間裏終日靜悄悄的，不過我老搞不清楚他讀的是何種學校，只見他一清早腋下挾著幾本洋書匆匆地走出去，將近掌燈時分又垂頭喪氣的回來。每當我從他半開的房門口走過，就常常看到他虎視眈眈地俯視施老頭子的猪舍，好似那兒躲藏著陰險狡黠的敵人，非時時予以嚴密監視不可的樣子。他有時給我底履聲驚醒回頭過來慘然一笑，算是他對我慇懃的寒暄。

東方剛呈魚肚色，我便起床，趕忙抓住一把草紙往公共廁所跑。在那裏我幾乎會遇到所有葫蘆巷的住民；男性公民一律面容枯寂，低頭沉思，頗有哲學家的風度。女性公民即手提潔白光滑的琺瑯質尿瓶排隊等候，吱吱喳喳地講個不停，猶如在那電線上浴著蒼白晨曦啁啾不已的麻雀。經過一番彬彬有禮的互相讓步，我總能僥倖獲得一席之地，心滿意足地蹲跨在那臭氣薰人的茅坑上，驕傲的排泄昨天未昇華爲血液的廢料。

我之所以帶著十二萬分的欣喜從公共廁所回來，固然是由於排泄之後渾身舒暢有關，但無可諱言，這喜悅是由其它因素而引起的。這邋遢不堪，觸目皆是小孩蹲在陰溝旁拉屎的葫蘆巷早晨景色實在乏善可陳，缺乏震顫心弦的傳奇色彩；然而我仍然如此欣喜欲狂自有其道理在。正當我經過施老頭店舖門口，首先映入眼簾的是那一本攤開在紅漆桌子上的線裝書。施老頭帶著老花眼鏡正把那酒糟鼻子埋進書裏，嘴巴嘖嘖有聲地讀著玄奧難解的易經幾乎到廢寢忘食的地步。他有一次漫不經心地告訴我說，他三十年如一日捧讀此書終未能懂得個中奧妙，這便得我驚愕得手足無措。我百思莫解，爲什麼一個人情願幹這吃力不討好的苦差事樂此不疲幾達三十年。我猜疑施老頭子大概有偏執狂這一類精神病患的傾向吧？

在施老頭子的旁邊另有一個小圓桌子。施老頭子的掌上明珠芳齡二十歲的珠音小姐正屈身準備早餐。她豐滿的胸部因彎腰而突出，使我的心窩爲之悸動。小圓桌上有幾碟醬菜，熱氣騰騰的一大鍋稀飯。她抬起頭來瞥見了我便嫣然一笑，露出雪白的貝齒。

「銅鐘哥！早哇！」她和藹友善的打了招呼。

「珠音桑，早啊！」我報之以熱烈的寒暄，猛地心臟鼓動加快了。

「今天天氣眞不錯哪！」她用淸脆婉約的聲音提醒了我。經她這一「指摘」，我眼前驟然一亮，才發覺原來曙光竟如此燦爛耀目，春色鮮明了。

這時候，施老頭子才慢條斯理地昂起頭來，頗不贊成似地在鼻子裏哼了一聲，把滑落的眼鏡往鼻樑一推，狠狠地把我從頭至脚仔細打量一番，這動作別具用心，彷彿在責怪我這中年喪妻，孑然一身的薄命漢子，膽敢厚顏無恥地纏著他女兒獻媚似的，這使得我羞慚交作，趕忙失魂落魄地匆匆退卻了。這時候葫蘆巷噪雜、喧嘩的一天也就啓幕了。賣虱目魚的魚販，已從那巷口挑擔進來扯高嗓子叫賣，而在施老頭子家對面那打造菜刀、剪刀之類的鐵匠家風箱也開始呼呼哀鳴，跟著爐火熊熊燃燒了起來。我瞪眼瞧著那爐中青色火焰，驀地勾起一縷淒愴來；我想到永眠在故鄉萋萋青草密生的坟地裏的亡妻，不禁熱淚盈眶了。我憶起她含情脈脈的眼眸，溫柔體貼的聲音，默默無言地在果樹園做活時的姿態，惘然若失了。

二

那夜月光如水。我從塑膠工廠做完工回到葫蘆巷來。皎潔的月光正流瀉在關帝廟的琉璃青瓦上；那青瓷雕塑的龍昂然翹首彷彿在一片波光粼粼中隨波逐流，這使我心裏起了幽幽飄泊之感。拖著疲憊的身子，踩著腐朽的樓梯，我清晰地聽到報十二點的時鐘聲；那是施老頭家英國製的壁鐘無疑，這鐘有二十幾年的歷史至今康健如昔，猶如那日趨式微但仍屹立不倒的大英帝國。我打開窗，一面打呵欠，一面深呼吸，沉迷於萬籟俱寂的葫蘆巷的夜色，而且彷彿能聞到葫蘆巷住民渾濁的鼾鼾打鼾和夢囈；噯！連睡眠也不能使這些喧嘩的住民閉嘴默不作聲呢！正當我打第五次呵欠時，我的視線落在施老頭子心愛的猪舍。那些貪睡懶惰的家畜惡形怪態地躺著，淋浴著皎白聖潔的月光，正蠕動鼻子呼呼作聲，互相愛撫，這使我覺得噁心之極。我恨恨地瞪著這些猪群，想像屠夫的尖刀刺進牠們的脖子，牠們哀鳴、痙攣，四脚朝天的慘況而兀自高興的時候，忽然瞥見從側面陰翳閃出一個人影來，仔細一看，原來是我的芳鄰江濱生。江濱生抬頭看那月亮，長長的吁了一口氣宛如狼嘷，然後靠近猪舍，頗像一尊雕像一動也不動地站著。他的鏡片反射著月光閃閃發亮，他繃起臉孔來凝望片刻，這使我微微驚訝。我不知道從什麼時候起江濱生對這齷齪的動物發生了深湛的興趣和摯愛。於是一股好奇心油然生起，我又踩著腐朽的樓梯下凡，走到他的身旁。

「濱生兄，三更半夜你在這兒幹什麼？」我拍拍他的肩胛。

「你瞧！這些猪仔無憂無慮的，睡得多安詳！」他昂起頭來用憂愁的聲音平靜的說道，好似他是個慈祥的母親，這些猪仔是他所疼愛子女。這使得我差一點就笑出來。

「嘿嘿！你原來唸的是獸醫系，我做夢也沒想到你對猪仔有興趣！」我實在不明白何以這些猪仔惹得他愁眉苦臉。

「不！我是唸物理系的呀！不過我素來喜歡研究動物，你何嘗知道，猪仔本是頂愛清潔的，要是你把牠們養在高燥，空氣流動的地方，牠們長得又快又胖呢！」他仍然用傷感的聲調說著，好似猪仔是一群嬌嫩高貴的熊猫。

「猪仔是愛清潔的動物？嘿嘿，這倒是奇聞呢！」我禁不住咯咯……的笑出來，心情愉快得很。我詳細的察看這些家畜從贅肉橫生的腹部一直到蒲扇似的肥頭大耳，我沒發見牠們可愛之處，卻發見牠們身上沾著糞尿，汚穢得令人退避三舍，惡臭難聞。

「你常來這兒欣賞牠們？」我好奇心愈來愈高漲了。

「是的，自從施老先生抓牠們回來之後，我幾乎要天天來看牠們……」江濱生哭喪著臉咕噥著。

「啊！牠們長得還算不錯吧？」我不知他所以滿臉愁容的原因，我也搞不清楚猪仔是否會惹起某一種人的傷心，正如某一種花粉會引起某一類窈窕淑女的打噴噓或長痲疹一樣，這該是患了猪過敏症的吧？反正，人類是最複雜、最難解的動物，我也無法追究到底了。

「牠們發育的情形令人滿意。再過幾個月，到了春節前後怕隻隻都是二百多公斤的龐然大物了，如果牠們沒有夭折的話。那時正好宰割牠們以享口福了！」江濱生講到這兒，傷心欲絕，幾乎要嚎啕大哭了。

「嗳嗳……你別那麼傷心，眞是一付慈悲心腸，你有資格當愛護動物協會的會長了！」我只好頻頻安慰他，禁不住暗暗竊笑。天下無奇不有，竟有一個堂堂男子漢爲一群猪仔的悲慘命運而發愁而灑下一掬同情之淸淚！

「我要是能夠阻止牠們繼續長大，我願意付出任何代價！」江濱生用遲緩的動作，把他的深度眼鏡拿了下來，小心揩拭，也許淚水把鏡片弄髒了。

「嘖！嘖！你說什麼？你不是盼望牠們快一點長大嗎？」我如墜入五里霧中被搞得糊塗了。

「唉！說來話長，得了，得了，此時未便透露，眞可以說滿紙荒唐言，一把辛酸淚呢！」江濱生黯然神傷了。

這時候我們倆又淸晰地聽到施老頭子家的壁鐘欣然響了，而且聽到施老頭子一陣猛烈的咳嗽。我看江濱生一點也沒有回去睡的念頭繼續發呆，只好連連打呵欠依依不捨地告退了。當我走到樓梯下面時又轉身瞄了他一眼。他仍然呆若木鷄保持弔唁者的姿勢，嘴巴活像金魚一張一閉地喃喃有詞，可惜我已聽不清他到底唸的是何種咒語，也許不外是使猪仔趕快長大抑或阻止牠生長，反正這樣傢伙必定是怪誕荒謬的人物無疑。他和那把鼻子埋進易經裏悉心研究幾達三十年的施老頭子一樣，必屬於偏執狂這一類型的畸人。

我踩著樓梯步步升高，依稀覺得水銀似的月光光暈在我的頭腦裏旋轉不停，而在心窩裏猛地有許多隻愁蟲咬得直淌血，我重又憶起亡妻豐滿的乳房和深凹的肚臍，光潔的大腿；但我竟想不出她有何種臉形了。彷彿她是屬於肥胖型這一類的女人，也許她的臉形像銀盆、像月亮、圓圓的——可惜，她如今只不過是一握泥土罷了。當我經過茉莉小姐房門前時，我發現她的房門虛掩著，門隙瀉出一縷橘黃色的光線，我知道她已經回來了。我猜不透她現時正在刷牙抑或喟嘆，反正，我只希望她業已躺在床上酣然入睡，不再用那使人起鷄皮疙瘩的淒涼聲音唱補破網叫人柔腸寸斷無法安睡。我常因她的歌聲而失眠竟夜，害得我第二天在工廠裏迷迷糊糊地幹活，險些把雙手插進灼熱的火爐。

我換上久久不洗已有微微汗臭的睡衣，吁了一口氣便倒在床上闔眼。這時我聽到茉莉小姐的房間有怪異的聲響，最初我以爲那是樓下猪仔可厭的打鼾聲，仔細一聽，竟也不像。我聽了片刻，才驀然想到那聲響可能是呻吟聲，一種可怖的呼痛聲。也許是茉莉小姐得了急病，或者在整個晚上如安徒生童話裏的少女跳個不停而不幸扭歪了脚踝，總之，茉莉小姐今晚沒有唱那使人心碎悲傷的哭調仔，必定有些蹊蹺。雖然我和她談不上有任何交情，可是同是天涯淪落人，我也不便讓她孤苦伶仃地獨自死去。我彷彿能看到她臉色蒼白如黯淡的月亮，僵直地躺在那兒。一滴晶瑩的淚珠掛在瘦削的臉頰；好似她正埋怨世態炎涼，這世界竟沒有一個人憐惜她，使她有溫暖的歸宿。想到這兒，我霍地從床上一躍而起，匆忙的裸足走進她的房間去，捻亮了檯燈，果不出所料，那瘦弱纖細的茉莉小姐，連毯子也沒蓋，穿著紅黑細格子交錯的外出衣裙，筆直地躺在床上，而且手臂如一枝枯槁的枝椏，無力地垂下來。現在她已不再呻吟了。房間裏依然流瀉著使人瘋癲欲狂的月光，桌上青黛色花瓶插著一朵深紅如血的大理花，沒有風而花瓣紛紛散落。我的脈搏跳動得頗厲害。我慌忙地靠近她，赫然發見她的枕頭旁有一細巧玻璃小瓶，折成兩半的梳子。好似她使勁地把梳子折斷，然後把那安眠藥片一片片地咀嚼硬吞下。

「茉莉桑！」我按捺住悸動不已的心坎，柔聲叫喊。但她仍闔眼沉睡，連微微氣息也沒有。散亂的髮絲蓋住她的前額，長長的睫毛下有死樣的陰翳。我想起急救法的諸步驟，只模糊地憶起該給她施予人工呼吸了。我的冷汗驀地從手掌心冒出，我竟忘記該立刻搖電話叫一輛計程車來把她送到省立醫院的急救室去。我解開她的上衣，把耳朵湊近她的胸部，仍然聽不清她的心臟是否仍在鼓動，倒是聞到一縷幽香，感覺到她柔軟乳房的溫熱。

「茉莉桑！你何必尋短見？世界上孤寂的人多得很哪，何止你一個！」我喃喃自語，握住她纖弱冰涼的手臂。猛地她動了。而且緩緩睜開眼睛凝望我片刻。那眼眸裏閃露著朦朧不清的光彩，好似她搞不清她現在究竟置身於何處。

「謝天謝地！你終於活過來了！」我聲音抖顫地發出欣喜萬分的喊叫，快活得手舞足蹈。說時遲，那時快，她迅速地從我的手掌抽出臂腕，支起身子來，拍——的一聲，賞給我一個響亮猛烈的耳摑。

「你這蠢猪！你毛手毛脚的打算幹什麼？」她發瘋似地叫嚷，一雙水汪汪的眼睛有狂熱的光彩盯住我不放，好似我是個色鬼，一個尋花問柳的登徒子。

「原來你是裝死的！」我哭喪著臉，摸摸發燙的臉頰，我猜想那兒業已淸晰地印上她的指痕了。

「胡說！我幹嘛，爲什麼要裝死？」她聲色俱厲，掀動鼻翼，我看見她雪白的貝齒正死勁地咬著嘴唇。

「你不是剛吃下安眠藥企圖自殺，我好心來救治你，卻不得好報，你摑得好兇哪！」我理直氣壯地反駁。

「啐！不要臉！眞胡說八道！我那來的安眠藥？」茉莉小姐微微露出驚愕的神色，忽感寒意似地把上衣合上了。

「那你這瓶子裏裝啥藥？」我指著紅色的藥瓶發呆了：「而且你今夜又沒歌唱，卻一直哼呀哼的，這到底是爲了什麼？」

起初茉莉小姐迷惑不解，後來忽然爆出一陣清脆如搖銀鈴也似的笑聲，笑得人仰馬翻直淌出淚來。這使得我羞慚，尷尬異常了。

「你這人眞絕！那是化粧水瓶呀！喏！你瞧！」她指著小瓶嫵媚地說，又狂笑了一陣，然後她的笑聲戛然停止，而且若有心事似的凝望我沉思，這叫我洩氣了。

「那麼，你每夜都在竊聽我哼歌？」他柔聲問我，馴如鴿子了。

「板壁薄如紙，我沒法子不聽呀！」我苦笑了。

「聽說你結過婚？」她蒼白沒血氣的臉頰浮現著紅暈，眼睛濕潤了。

「嗯！我的老婆死了三年了……」我用渾身的力氣說出了話，心碎了。

「哦……」茉莉小姐好像覺得有一陣冷風吹到身上似的，微微發抖，將毛毯拉起蓋住肩胛。然後一伸手猛地把燈熄了。現在只有那叫人肝膽俱裂的淒涼月光和含著冷涼露水氣息的夜風瀰漫著整個房間，我已困倦得幾乎手腳麻木了。

「銅鐘仔！要是你不介意的話請過來我身旁。我希望你能在我旁邊安詳甜睡直到天明……」茉莉小姐輕輕地啜泣。她的嗚咽如潺潺流水流貫我整個身軀。

「不！我不接受人家的憐憫！你如果眞的需要我。我就非常快樂了！」我疲憊不堪地癱瘓下來。

「我眞的需要，也許我才是需要你的憐憫呢！」茉莉小姐柔順地發誓，而且下了床，抓住我的雙手把我扶起來，猶如拯救陷入泥沼掙扎的人。我緩緩地起身，一抬頭便看見她的眼角有淚痕。我百感交集便一把摟住她。我聽到她快活的一聲嘆息在她肉體深處振盪著，她的全身酥軟了。我和她併肩坐在床沿，一直看著逐漸黯淡下去的月亮，然後一起打了個呵欠，躺了下來。不知什麼時候睡去，我依稀聽到幾聲鷄啼劃破了濃密的暗夜，天開始朦朧亮了。不過我始終搞不清楚那微曦是月光或陽光，依偎在我身旁的女人到底是什麼樣的女人。因此，我翻個身吻著這女人柔滑的臉頰，溫熱甜蜜的嘴，再一次證實了她並非我死去的老婆，的確是茉莉小姐了。

三

我不能十分確定我對於茉莉小姐是否一見鍾情。不過，那一夜過後我每天晚上都要溜到她的房間去相聚；如果我不太疲倦而心中有一股思慕和憧憬之情擾亂的話。我有時就留在她的床上一起傾聽施老頭子的猪仔的鼻聲和騷動聲，我對這骯髒的動物已不再有根深蒂固的厭惡。然而，我還是喜歡把夜晚消磨在自己床上思念我死去的老婆，可是我老是記不起她的臉型是圓的抑或鵝蛋形的。由於過重的肉體勞動，茉莉小姐大都像一具困倦的巨大洋娃娃，懶得不肯同我交談或親暱，她大都以灰黯的微笑來代替語言，溫柔的撫摩我裸露的身體而且立刻入睡了。我寂寞的傾聽她的咬牙夢囈直到天明。我常常在她的身旁懷疑，我對茉莉小姐的意義是否僅止於睡眠的觸媒或者一闋催眠歌，然而我永不厭倦和這沉默寡言缺少血色的女人共享每一個淒涼的夜晚。

有一個春寒料峭的深夜，我在塑膠工廠加了夜班，回到葫蘆巷來的時候，這巷子業已昏昏沉睡了。我經過武廟燒金紙的金爐旁邊，發現一對年輕男女躲在那隱秘黑暗的角落正喁喁談個不停。那稍帶吵嗄的男低聲明明是江濱生無疑，至於那甜蜜如同夜鶯的圓潤聲音卻使我憶起施老頭子的女兒珠音小姐；不過我不相信這端莊和善的年輕女人會三更半夜跑到這兒來和乖誕的江濱生幽會。我靜悄悄地走近他們，赫然發覺那艷麗宛如雛菊的珠音小姐正坐那張口威脅人的石獅子旁石磴上，而江濱生正屈身用生平最溫柔的聲音向她訴說些什麼。雖然輕如天鵝絨毛似的夜風吹拂著我的全身，但仍禁不住一團怒火從心裏燒起，一直燒到了我的心胸。我心中的瑰麗偶像一下子燒成灰燼，我微微發抖了。

「哼！癩蛤蟆想吃天鵝肉！」我咕噥著，而兀自搞不清到底癩蛤蟆指的是江濱生抑或我自己了。

「銅鐘兄，你下班了？正巧我們打算去找你商量呢！你是個懂世故的人也許你能助我們一臂之力！」江濱生憂心忡忡地說。

「哼！『你們』到底有何困難？」，我酸溜溜的瞅了珠音小姐一眼，心情逐漸頹喪了。那珠音小姐一點也沒有害臊的樣子，天眞無邪的含笑看著我，好像深信不疑她和江濱生爲天作之配，這就叫我嫉妒了。

「銅鐘哥，他說只好用農藥了！」珠音小姐恰似說到一件新裙子或者別針之類細巧的女用裝飾品一般旣灑脫又滿不在乎的。

「什麼？農藥！呵！呵！千萬別這樣，你們已經走到這地步了，有事好好商量也不遲……」我緊張了。

「銅鐘哥你別誤會！不是我們想喝農藥！」江濱生連忙搖手，好似覺得非常抱歉似的。

「銅鐘哥！濱生說事到如今切莫遲疑，把農藥倒進飼料槽裏殺死這些可愛的猪仔呢！」珠音小姐很懊惱，顯然爲了江濱生固執的脾氣欠缺理性的主張。

「哼！虧你說得出可愛的猪仔，你暗地裏還在後悔失去良緣是不是？我說猪仔一丁點兒也不可愛。簡直同那冥紙店的少老闆一樣旣愚笨又醜惡！」江濱生咬牙切齒，忿忿不平的叫嚷。

「你總欺負我，我何嘗想到冥紙店去?」一向快活如一隻雲雀的年輕女郎，這時忍不住含淚嗚咽，這使我心痛如絞了。

「我一點也不明白，什麼農藥、猪仔、冥紙店，你們全都發瘋了?」我不耐煩地光火了。

「哦哦!原來你銅鐘兄什麼也不懂!」江濱生頗感意外，好似他們倆的海誓山盟已經是人人皆曉，戶戶所知的事實，唯有我這懵懂的呆瓜才昧於知曉，這叫我啼笑皆非。

「她的爹，哼!那易經狂，也沒徵求珠音『同意』擅自指腹為婚的，從小就把她許給那冥紙店傻里傻氣的少老闆。我央媒婆去說親，她爹死也不肯答應而且硬說依珠音的八字來說和那傢伙必琴瑟和鳴，白首偕老。眞好相配呢!」江濱生揮手叫嚷亂抓頭髮作悲憤狀。

「我爹要濱生拿出八字來，給他算命後才考慮這婚事。誰知道，什麼糊塗油蒙上了心頭，他死也不肯拿八字出來。後來我爹仔細端詳濱生骨相，說他有夭壽相，一生勞碌命，必潦倒終生死於陋巷呢!」珠音小姐頗擁護她爹的意見，卑鄙不堪地哼了一聲，這使得江濱生暴跳如雷了。我看見他氣呼呼地咂嘴不停。

「慢著，據說你是唸物理系的，果眞如此，也太思路不清了，既然說『指腹為婚』，施老先生斷沒法子徵求珠音小姐的同意呀!再說猪仔和這事又有啥關係?」我被江濱生弄得頭痛欲裂，一肚子晦氣了。

「他爹抓猪仔回來養，原是預備珠音歸寧之日宰割以供筵席之用呀！」江濱生爲我的頑迷頭腦失望，悵然說道。

「呵！呵！原來你想殺猪仔有這麼一個深奧道理在，不過這並無害於珠音和那少老闆成婚的吧？」我爲江濱生荒唐的邏輯弄得目瞪口呆了。

「不是光譏笑的時候！」江濱生惱怒了，哭喪著臉頗受委屈似的叫嚷。

我彷佛能看見施老頭用陰沉銳利的眼光，仔細端詳江濱生那頰骨突出，薄而大的嘴唇，坍塌的鼻子，不贊成地搖搖頭，斷定他是夭壽相的光景，不覺毛骨悚然了。既然施老頭子專心一意的咀嚼易經三十年，幾乎嚼爛了那本書，也許他業已獲得透視人家宿命的稟賦的吧？我不知道珠音小姐看上了江濱生身心上的那一處卓拔的地方；江濱生有的時候顯露出同常人迥然相異的奇特個性，這或者就是物理學家的通性吧，如衆所知牛頓就是一隻蘋菓掉落在他的頭上才想出萬有引力之法則呢！總而言之，以殺死猪仔一事來阻撓珠音小姐婚事的進展，實在是旣荒謬又幼稚的想法，令人噴飯又不敢苟同的事情。

我們三個排排坐，在那石獅子旁發楞，搜索枯腸也想不出任何妙策出來。這時候，忽然從葫蘆巷的一片漆黑裏驀地響起一陣急速的木屐聲，繼而響亮的幾聲咳嗽敲打著我們的耳鼓。

「噯喲！不好了，那是我爹！」珠音小姐尖叫一聲沒命抓住江濱生的肩胛臉色發白了。那江濱生卻茫然若失眼睛骨碌碌地轉，好似正在找尋一處可供藏身躲避的窟窿。這叫我禁不住諷刺的冷笑。

施老頭子從黑漆漆的巷子閃了出來，令人憶起駝背彎腰的巫婆。他把滑落的老花鏡往上一推，只是喘息著，眼睛骨碌碌地盯住我們三個人，氣得話也說不出來。

「珠音，你這是搞什麼鬼呀！你說，近來你每天晚上都溜出來直到鷄啼才偷偷地回去睡！你以為我全不知道？嘿！老子的眼睛雪亮得很。而且你每天早上總心不在焉，把粥煮得稀稀爛爛簡直如漿糊！原來你發雅興在此地和文人騷客品茗談詩了？」施老頭子喀——的一聲吐出一口濃痰，恰似把滿肚子鬱悶全唾在我們臉上。

「爹！你別生氣！我睡不著，偶而出來遛躂碰見他們兩位的呀！」珠音小姐拼命裝著平靜悅耳的聲音想躲過這一場災難。

「眞是如此，我們沒什麼，就只是閒聊，嘿嘿，我們這就睡了！」江濱生給我使了個眼色，便拔起後脚，打算溜之大吉了。

「這完全是淸談，高尚又規矩，你放心！」我忐忑著，暗暗捏了一把冷汗。

「騙肖！」那施老頭子突然大吼一聲，氣得七竅冒煙，揮動著雙手，一把抓住江濱生的衣領咆哮了；「你姓江的夭壽仔，我不吃你這一套。老子早就看穿了你鬼鬼祟祟的玩把戲！我家珠音早指腹爲婚許給人家了，斷不能讓你這假斯文插上一脚弄得烏煙瘴氣，你快給我滾！」然後他的眼珠一轉直盯住我不放，恰似那一把怒火的火花立刻會濺到我的頭上來。

「施老先生，你別生氣，這太不合修身養性之道！」我含含糊糊地說著，顧不得被他們倆斥爲懦夫和叛徒，暗暗繞過石獅子：「我回去睡了，明兒見！失陪！失陪！」便一溜煙地逃到葫蘆巷的黑暗裏，頭也不回地跑開了。我的背後響起了施老頭子氣喘吁吁的怒罵聲，珠音小姐的嚶嚶啜泣聲，江濱生支離破碎的喃喃聲辯；而這一切混合在一起造成刺耳的一闋三重唱，使我勾起無限的惆悵：嗳！這世間上瀰漫著不可理喩的偏見，人類只不過是被偏見和愚昧所操縱的可憐的傀儡罷了。這頗富哲學意味的想法並沒給我帶來多少喜悅和快樂，我憤然朝向在黑暗裏蠕動著的猪仔扮了個鬼臉，躡手躡脚地登上樓梯了。

四

正當我偷偷摸摸地從茉莉小姐房門口走過去，她房間裏的日光燈忽地亮了。我不希望在這種懊喪心情之下，同茉莉小姐喁喁情話，因此屏息靜氣地站在那兒等待她熄燈就寢。我希望今夜獨自一個捱過漫長的夜晚的折磨。不過，茉莉小姐對於我的舉動早瞭如指掌。從房間裏飄出稍微沙嗄的慵倦聲音：「銅鐘仔！你進來坐嘛！」

我不好拒絕她的邀請，只好滿臉堆著尷尬的傻笑踏進房去。

茉莉小姐臉上閃露著冰涼光彩，抿著嘴，嘴角盪漾著一絲絲奚落的訕笑。她的房間裏整理得一塵不染，我看見兩個鼓脹的皮箱放在衣橱旁邊，這叫我惴惴不安了。

「你要遠走高飛？」我滿臉狐疑地望她發楞。

「是的。你沒想到我有一天會離開這兒？」她的譏笑和冷寞一掃而空，繼而泫然欲哭，疲憊不堪似的坐在床沿上。她垂頭沉思，我看見她梳得烏黑發亮的秀髮，慘白纖細的後頸，忽然震撼心弦的憐憫悶住了心頭。

「茉莉桑！你這樣就離開了！」我望著她黯然神傷。

「是的，我過慣了飄泊的生活，反正在哪裏生活全都是一模一樣！」她決然的抬起頭來，柔和的聲音裏卻盪漾著不可挽救的絕望。我凝視著她白皙的前額，明亮的眼眸，沒有血色起皺的嘴唇，我渴望能給她溫暖和快活。

「你猜猜看，我剛才碰到一幕鬧劇！原來江濱生和珠音是一對情人，她的爹卻要拆散他們呢！」

我一心一意的想逗她發笑，用滑稽的聲調配著神采奕奕的表情。

「是的，我早知道他們倆天天在猪舍後面密會直到天明！不過銅鐘仔，我倒很奇怪你在這鬧劇裏扮演的是何等角色！你對珠音桑一廂情願的熱情究竟有什麼結果？你期待些什麼？老實說，我早已厭倦了你虛僞的善意了！」

茉莉小姐的冷言嘲語像一把鋒銳的匕首直刺進我的心窩，我的笑凍結在臉上，我的快活立刻雲散霧消，我語爲之塞，猶如被空氣槍擊中的鴿子，連羽搏的氣力也沒有了。

「哦！你全曉得了！」我望著她起伏不停的胸膛，纖弱的脖子直到淚光閃閃的眼眸，哀傷而羞愧。

「如果你不嫌棄，我們再共享這葫蘆巷最後的一夜吧！我希望你不要因我的離去而徬徨，你不會吧？」

茉莉小姐慘然一笑，用纖長的手指輕輕的撫摩她的枕頭，宛如她在愛撫我這懵懂愚笨的頭腦和冷酷凍結的心坎。於是她在我的面前，靜靜的脫下衣服，猶如在一個陌生的男人面前解衣的賺食女人一樣。冷不防有一陣搖撼心靈的唏噓襲上我，我禁不住熱淚盈眶了。

我在她旁邊躺下去伸手摟住她柔軟的肉體。驀地我底眼前浮現一片萋萋青草密生的丘陵；山腰有浴著金黃色陽光的果園。多沙磧的河灘上滿載著甘藷的牛車，車聲轆轆地涉河而過。藍天白雲的蕞爾小村，那正是在我心裏失落已久的故鄉。現在我多麼希望回到那兒去，帶著在我旁邊蜷縮著身子熟睡的這薄倖女子。當我用力摟著她，聞她肌膚幽香的時候，我業已分辨不出這女人到底是亡妻抑或茉莉小姐了。我把頭埋進她乳房之谷，靜聽那微細海浪的歌，慾情重又把我帶進日眩頭暈的火熱坩堝裏了。

五

乾而冷的晨風吹拂過葫蘆巷的因露水而濡濕的屋頂，晨曦柔和地照著鋪有花崗岩的巷路，痲雀已在電線上尾巴一翹一落地聒噪不停，葫蘆巷多事的一天又開始了。我提著行李在前頭走，茉莉略施晨粧婀娜多姿地跟在後面。我們決定告別喧囂都市裏這一條齷齪的盲腸，回到我的故鄉去。在那兒我重操舊業栽植果樹，茉莉就要替我養幾個出色的孩子抑或盤克夏種的猪仔了。我們倆本來都是來自窮鄉僻壤的荒村，在這兒我們根本無法找到一塊可供紮根生長的土地，我們一切的不幸和厄運皆由脚跟離地飄泊、懸盪而引起的。

正當我走過施老頭子的猪舍旁的時候，忽然有一種依依不捨的心情湧上心頭來。而且我總覺得似乎缺少了些什麼似的惆悵。原來我耳根清淨是由於聽不見這些猪仔可親的呼呼鼻息聲而來的呢！我示意茉莉停下來，把那滿臉詫異的茉莉丟在背後迅速地靠近了猪舍。果不出我所料，我看見這些猪仔東倒西歪的臥倒在自己排泄的污穢裏紋風不動了。

「嘖！嘖！那濱生眞絕！終於幹掉了！」我大聲驚呼！

「你說什麼來著？你這人才絕呢！大驚小怪嚇死人哪！」茉莉大惑不解地瞪著我嬌嗔。

「嘿！嘿！說來話長，好漢說幹就幹！你瞧！江濱生用農藥幹掉猪仔啦！」正當我沾沾自喜口沫四濺地向茉莉縷縷細述這些可憐的猪仔為什麼會僵直地躺在那裏一動也不動的時候，茉莉卻嗤之以鼻，顯然頗有姑妄聽之的念頭。

「哼！果眞有這樣事，那江濱生也太窩囊了些。不過恐怕你眼睛花了，這些猪仔沒有一隻是死的，牠們只不過是睡得不省人事罷了！」茉莉噘嘴反駁。經她這一指摘，我心中難免起疑，仔細察看，果然沒有一條猪是死的。牠們在微弱的呼吸，垂下的肚皮微微起伏，那令人發噱的大耳朵也抖顫不已，這使得我百思莫解了。

「呵！這猪仔厭厭欲眠，佳肴當前，也不想起來爭食，這可有些蹊蹺！」我嘖嘖稱奇。

「我猜，有人給猪仔下了安眠藥了，你瞧！牠們還流著黏黏的唾液呢！」茉莉滿臉厭惡，指著一條母猪怪叫。被她這麼一指點，我才恍然大悟猪仔正安然無恙地作著一頓豐富早餐的美夢呢！這鬼頭鬼腦的江濱生為什麼費一番手脚使這些猪仔沉睡不起呢？我始終無法找到答案。茉莉在我的背後狂笑不已，好似笑我這笨驢被人蒙騙而手足無措，這愈發使得我又洩氣又懷恨了。

我昂頭瞄了一下施老頭子的店舖，發見那施老頭子並沒有坐在紅漆桌子前面，啃他心愛的易經，而且那小圓桌子上也空空如也，不再有盛著醬瓜、花生米的小瓷碟，也看不見和藹可親的珠音小姐給我來一個快活如雲雀的寒暄。在幽暗的房間裏施老頭子孤單的站著，惘然若失地手中捏著一張信紙，他竟忘去把滑落的老花眼鏡推上去了。

「施老先生您早哇！」茉莉柔聲打招呼。施老頭子茫然不解地望著我們倆發楞，竟也看不出我們一身旅裝，好似他腦頂上挨了木棍的猛擊心智不清了。我望著這固執硬朗的老人，在一夜之間竟顯得老態龍鍾，如瀕死的病人頗感驚訝。施老頭子癡呆似的嘵嘵不休，可惜語無倫次，我聽不清他在咕噥些什麼。那皺紋佈滿的臉孔老淚縱橫，再也沒有那往昔威風凜凜叱咤江濱生的活躍神采了。

「您有什麼不妥嗎？」茉莉趕忙趨前扶著他。施老頭子癱瘓似的坐下來。那手裏死勁地捏握的信紙也就無聲地掉落在地板。

「珠音和那畜牲私奔了！」施老頭子破口大罵，然後倏地臉色黯淡下來細聲自語：「原來我沒法算到珠音今年有這麼一個劫數！」

「哦！」我驚嘆了一聲心裏禁不住有股譏笑湧上來，我拼命抑壓這不得其時的笑意，然後代之而起的是對於這被遺棄的老者深湛的憐憫；我想到今後施老頭子孤寂的漫長歲月，乏人照顧的如冰窖似的凄涼日子，惻隱之心油然生起。但我能替這心碎的老人所做的卻只是把珠音寫的信紙揀起來重新放在那紅漆桌子上，而正好完全蓋住那一本積著三十年汚垢的易經。

當我和茉莉拖著沉重的步伐離開老人的時候，那灼灼朝陽已高高升起，葫蘆巷已完全清醒過來。這是個晴美的春天！茉莉噙著眼淚反覆不停的說道。

——本篇原載《徵信新聞》「人間」副刊，一九六八年六月出版

群雞之王

一

我爲什麼淸晰地記得鐘釘仔回鄉的那一次可悲的日子，實在是有其憑藉，斑斑可考的事情，自不容我底黃臉老婆用卑鄙不堪的言詞來駁斥我，說我未老先衰，記性全無，業已達到非用電療醫治不可的地步，這眞是毫不足掛齒的謬論。

鐘釘仔在十二月二十日下午二時，從運材卡車上翹著屁股，煞有介事似地爬下來的時候，我正在阿桂嫂的店裏剪脚指甲。我素來不喜歡剪指甲，非到指甲長得像僵屍一般時絕不動手。因此，我特別記得這日子的原因在於此。而且，那一天，在阿桂嫂舖子裏，啃甘蔗、吃花生糖、喝維他奶、抓屁股的癢，口沫四濺地閒聊的村人，大約有一打左右，連本烏秋村村長鼎鼎大名的知高仔伯也包括在內。如果我底老婆毫不自愛，亦沒有悔改之意，硬指摘我患了健忘症而爭論不休的話，我當可以立刻召集一大群人馬，替我作證。可惜，我們烏秋村的摩西——村長知高仔伯，那一天貪嘴，中午多吃了些洋葱炒肉絲，加上一瓶又二分之一的太白酒，腹痛如絞，忙著去找茅坑爲伍，業已記不清那一天是何年何月何日，否則，他一定會用他宏亮如鐘的嗓子替我教訓我底老婆無疑。

原來，那一天正是冬節前一天，家家戶戶殺鷄宰鴨，準備「補冬」。故此，有許多村人川流不息地進來阿桂嫂舖子裏買佐料和「八珍」。這些補藥和應景的貨色，是上午阿桂嫂受衆人之託，到R鎭去辦回來的。烏秋村住民，平時省吃儉用，捨不得花錢大魚大肉的以饗口福，因此，個個面帶菜色，缺乏生龍活虎般的精神。而且，天還沒有十分暗，就爬進窩裏，幹的無非是那一套快活的勾當，於是顯而易見，個個瘦骨嶙峋，未老先衰，極需要衆多補藥來維持岌岌可危的健康。一到冬節，不管家裏的米缸是否見底，仍能東湊西借，隆重度過這一年一度打牙祭的好日子。

正當我起勁的修剪左脚大拇指的時候，忽然我底耳根清淨起來，一片噪雜聲戛然停止，村人皆噤若寒蟬，不再嚕嗦下去。這使得我微感驚訝，昂起頭來注視，便看到鐘釘仔滿面春風地朝向阿桂嫂的店舖走過來。鐘釘仔穿著一套畢挺的西裝，右手提著放樂器的黑色大匣子，此外身無一物，昂頭挺胸，神采奕奕地走進來幽暗的店舖。彷彿他是衣錦榮歸的大官名人，我們應以他的回鄉爲榮，起立喝采歡迎他才是。可惜，村人對於鐘釘仔深具戒心，不僅毫沒有動容歡呼，反而個個用懷疑恐惶的目光，眼睛骨碌碌地盯著他不放，就是沒有人膽敢跟他打招呼。後來那癡肥如母猪的阿桂嫂，爲了息事寧人，頗不情願地勉強開口了。

「哎唷！這不是鐘釘哥嗎？好幾年沒見到你了，你現時在哪兒得意？」阿桂嫂說話時，她那重疊的肥厚下巴，就不停地掀動著。

鐘釘仔滿臉堆著笑，好似全不把村人的敵意和仇視放在心裏一般，慢條斯理地把黑匣子小心放下，就找著一把圓凳子一屁股地坐下來。

「嘿嘿……托大家的福，日子還混得馬馬虎虎……」

又是一陣既謙卑又諂媚的笑，鐘釘仔頻頻點頭像把衆人摟在懷裏溫柔地撫摩了似的。這驟然使我想起一隻老貓藏起利爪，喉嚨咪咪嗚叫纏著人的褲管不放的諂媚情形。這時候，這些愚騃的村人被蒙騙，所有狐疑和戒懼一下子雲散霧消，竟七嘴八舌的問起話來。鐘釘仔始終鎮靜和善，對答如流，而且沒露出一絲不耐煩的神情出來。這愈發使得這些孤陋寡聞，有旺盛好奇心的村人興高采烈了。

我冷眼看著這情景，仔細打量鐘釘仔簇新的西裝，發亮的皮鞋，愈來愈不開心了。雖然我並非嫉惡如仇的道學者，也並非杞人憂天的悲觀論者，但我對於巴甫洛夫的條件反射卻有些嗜好；我相信在某一種設定的情況之下，某一類人有一定的反應。譬方說，我底糟糠之妻同我面紅耳赤地口角之後，她既不摔盤碟，也不號啕大哭，她就是連連打噴嚏罷了，這是屢試不爽的事實。至於她爲什麼只管打噴嚏而硬不哭，這始終是百思莫解的謎，我早已放棄「大膽假設，小心求證」了。事實上，鐘釘仔每隔幾年飄然回鄉，皆引起一陣騷動而以琅鐺入獄收場。簡而言之，他是不折不扣的鷄鳴狗盜之輩，他之歸來顯然心懷叵測，就是不知道這一次遭殃的到底是何人何家罷了。我很懷疑，他那質料頗佳，天鵝絨似柔軟的西裝是否順手牽羊得來的戰利品。這狐疑之意使得我禁不住多瞄了他幾眼。

「石頭哥，失禮，失禮！我一時疏忽沒給您請安了，嗳嗳您的剪刀落下來啦！我替您修剪修剪好不？自家動手剪脚指甲總不方便呢！」

鐘釘仔眼明手快，連忙揀起剪刀來。我在他屈身的時候，似乎看見他嘴角浮起一絲諷刺的冷笑。

「太客氣了，不用你操心，我自己來！」我忙不迭地彎腰拾起剪刀來。心裏禁不住一陣噁心。我明曉得他在阿諛我，而且他底這突如其來的友善也著實叫我吃了一驚。這時候，村長知高仔伯從屋後茅坑裏昂然走出來，在他巨大的鼻翼上面還留著閃閃發亮的汗珠，唉聲嘆氣的坐下來。他底樣子頗似一隻鬪敗的雄鷄，他連聲咀咒他不爭氣的肚子以及惹禍的該死的洋葱炒肉絲。他起初看不見鐘釘仔在場，因此忙著擦汗、喝開水，而不幸正當他把諸事弄妥，清清喉嚨，準備對洋葱之害來一個慷慨陳詞的時候，他底視線偶然落在鐘釘仔身上。鐘釘仔滿臉堆著謙恭敬畏的笑，正向知高仔伯頻頻送秋波。由於一連數次的排泄，知高仔伯業已精氣全失，眼神無光，幾乎認不出鐘釘仔的嘴臉出來。不多久，當他發見在他面前裂嘴傻笑，曲意奉承的，竟是曾經幹那偷鷄摸狗的勾當，使他傷透腦筋的樑上君子的時候，他底一肚子怒火，全湧上了心頭。平心而論，這怒火一大半當然起因於鐘釘仔的顯赫劣蹟，而那一小部份倒不容懷疑，的確是由於那油膩可口的洋葱炒肉絲而引起的。

「幹伊娘！什麼黑風吹回來了你這地賊星時遷！」

知高仔伯的眼睛露著兇光，炸開了。

「嘿……嘿……村長伯呀！你別生氣！我這一次坐滿了牢，洗面革心，打算回來耕田呢！難道耕田也是犯法的？」

鐘釘仔倒也不動聲色，從容的講完了話，乞憐似的掃視了一下衆人。

「哼！」知高仔很不屑的在鼻子裏哼著，毫不客氣的盯住鐘釘仔簇新的西裝，滿面露出狐疑不信任的神色，偶而他的視線落在鐘釘仔那唯一的行李黑色大匣子，微感驚愕，眼睛驟然亮了起來。

「呵！呵！你這是啥東西，莫非是那一套營生用的道具？」知高仔伯像一隻發狂的蜜蜂使勁的螫著。

「不!不!這是吉他呀!這是唯一安慰我寂寞芳心的伴侶!」鐘釘仔可憐兮兮的撫摩著黑匣子用哀傷的聲調說道。

「啐!騙肖!我倒也想聽聽你怎樣彈奏吉他!」知高仔全不相信鐘釘仔的辯白,彷彿那匣子一打開,裏面赫然裝滿著鉗、銼、鋸、鋏之類打家劫舍之利器。鐘釘仔憂傷、溫和,只把那突出的蟹眼一轉,從容不迫的打開了黑匣子。大家屏息靜氣的凝視著那黑匣子,沒人膽敢吭一聲了;好比大家深信不疑從這神秘的黑匣子跑出來的,必定是一條條吐舌噴毒氣的蟒蛇抑或什麼嚇唬人的玩意兒。其實,這都是疑心暗鬼,黑匣子裏面果眞端端整整的放著一把光滑潔淨的吉他,這使得大家全都洩了氣。鐘釘仔小心翼翼的提起吉他,用綠色絨布揩拭,調調絃,清清喉嚨,然後用使人起鷄皮疙瘩的尖細顫音邊奏邊唱:

我底可愛的吉他……

你是我底愛人……

聽著你憂愁的旋律……

眼淚簌簌流下……

鐘釘仔瞇縫著眼睛，陶醉於自己的歌聲，愈發神采飛揚了。我看見阿桂嫂擺動粗大如豎桶的腰肢嘖嘖有聲地咂舌不已，顯然鐘釘仔優美的彈奏神態以及繞樑三日的琤琮樂音打動了她一向唯利是圖的心絃。不過，我倒不驚奇於鐘釘仔傑出的音樂才能。我相信他自幼擅長於這種行業，該敲出聲響的時候，他肆無忌憚地敲破東西，該躡手躡脚幹那不見天日的隱秘勾當的時候，你休想聽得出一丁點兒聲響出來。

「啐！肉麻死了！」

心直口快的知高仔伯，一點也沒被他底矯揉造作的姿態所感動，連連唾了幾口濃痰。一向以知高仔馬首是瞻的村人恰如噩夢初醒，尷尬異常了。到此，那溫順如羔羊的鐘釘仔也忍不住了，樂音戛然停止，他把吉他放進黑匣子，怒氣沖沖地準備發作，跟這毫不識抬舉的村長知高仔伯理論了。我手裏捏著一把冷汗。給知高仔使了個眼色，警告他不得惹起一場無聊的風暴，這只會給他帶來虧損和煩惱。誰知，也不用我費心，只見那知高仔伯額上冒出粒粒綠豆大小的汗珠，「哎唷！」的一聲裂帛似慘叫，他又腹痛如絞了。他顧不得失儀，一手提著鬆弛的褲帶，匆匆跑進屋後茅坑去了。這時候，瀰漫在店鋪裏的火藥氣味一下子雲散霧消，代之而起的是掀動屋頂的一陣哄然爆笑。

可是我注意到鐘釘仔連一絲絲笑意也沒有，他底蟹眼愈來愈突出，骨碌碌地轉動，而且黑白分明的瞳子裏閃露著惡意邪念的光彩。原來他渾然忘我地盯著一件東西望，已經達到失魂落魄的地步。我沿著他底視線，找尋了片刻，才發見引起鐘釘仔狂熱興趣的對象竟是一隻雄壯的大公鷄；牠後面跟著一群咯咯鳴叫的母鷄和小鷄。這大公鷄有帝王般的威儀；那深紅色的鷄冠，猶如古羅馬戰士的盔甲，在和煦的陽光和微風中微微顫抖，牠蠟黃如塑膠般的強韌雙脚像堅忍挺拔的松樹般直立，而牠孔雀般發亮的暗綠羽毛有虹色幽光；當牠昂頭搖擺身軀的時候，我驟然憶起後宮藏著佳麗三千的回教教主。這確實是使人吃驚的一隻大公鷄。牠的美和儀容使人禁不住讚嘆幾聲，至於牠的統御六宮粉黛的精力和偉大雄心，又使我們這些靠補藥苟全性命的可憐蟲，既慚愧又汗顏。難怪，鐘釘仔若有所思，嘴角淌著口水，惘然若失了。

「多肥美的公鷄呀！」鐘釘仔呻吟也似地嘀咕著。

「那是龍山伯的公鷄呢！」

我一時疏忽說滑了嘴，竟提到龍山伯的姓名來。果然，鐘釘仔臉上掠過深惡痛絕的烏雲，愁眉苦臉，好似龍山伯的名字刺痛了他底心窩，勾起了滿肚子怨恨似的。

說到這一隻大公鷄，倒也有些恩恩怨怨，枉費唇舌也不容易說淸的因果輪迴在裏面。這一隻怕有十多斤左右重的龐然大物，原是烏秋村第三鄰鄰長龍山伯所養的一窩珍貴種鷄之中碩果僅存的一隻。龍山伯本來種有一甲多枇杷園，那年風調雨順，既沒有颱風亦沒有蟲害，他底枇杷果實纍纍，著實替他賺來了一大筆錢。如果按照他當初的打算，把這筆錢拿去翻修猪舍倒也罷了，但他卻忽然心血來潮，竟拿去買了幾兩金子，又苦於沒地方收藏，就把它放進他家米缸裏面，以爲這樣做，神不知鬼不覺，斷沒有失竊的道理。哪裏知道，某年某月某日的一清早，他率領闔家男女老幼及一隻哈叭狗幹活兒去的時候，他的脚還沒跨越前門的檻，從後門鐘釘仔便靜悄悄地溜進來。那鐘釘仔好似腦子裏裝著一架靈敏的「金屬探測器」，不費絲毫工夫便輕而易舉的嗅出金子的所在。鐘釘仔偷走金子以後，在R鎮的窰子窩，花天酒地著實樂了三天三夜，就花得一乾二淨了。不錯，善有善報，惡有惡報。不用說，鐘釘仔樂極生悲，由此身陷囹圄，去度那搥胸頓足的懺悔生活，而龍山伯卻養起一窩鷄來。他指望這些鷄能彌補他這莫大的損失。可惜，他底流年不利，夏天的一場颱風似的鷄瘟使他的鷄全軍覆沒，統統翹了辮子。就只剩下這雄赳赳的一隻大公鷄——群鷄之王！「哼！你瞧！多神氣！」鐘釘仔惡狠狠的盯住那大公鷄啐了一口痰。然後，臉上浮起了一陣狡黠的笑，頻頻搓手，彷彿他想到什麼神機妙算似的咯咯……的放聲大笑。他的笑聲裏含著某種叫人毛骨悚然的成分在，致使在場的村人鴉雀無聲的望著那龍山仔心愛的大公鷄發呆了。

二

第二天一大早，正當我捧著第二碗甜膩膩的「圓仔湯」勉強灌下一半連連打飽嗝兒的時候，從山脚的椪柑園忽地出現了兩個人。前面那氣喘如牛，擺動肥胖身軀的，正是村長知高仔伯。在他後面瘦長如竹竿，失魂落魄地跟著的龍山伯瘦瘦高高的宛如廟裏供奉的大爺，而知高仔伯矮矮敦敦的倒像二爺。龍山伯鐵青著臉一言不發，伸長著他本來夠長的脖子，氣得七竅冒煙，雪白鬍鬚一根根豎立。村長知高仔伯也漲紅著臉氣得久久說不出話，只瞪著我底「圓仔湯」發呆，好似我喝的是一碗毒性猛烈的青酸。

「我說石頭哥仔！嗯！噁……我們當時選舉知高仔做村長爲的是什麼？我說把那畜生綁起來解到派出所去，他硬是不肯！」龍山伯用藏垢納污，邋遢透頂的黑指甲直指著知高仔前額理直氣壯地聲辯。

「這是個什麼屁道理？我也不是個檢察官，那來的權力可隨便抓人？而且你也提不出任何證據來，只管叫人去拚！」知高仔簡直氣昏了頭，暴跳如雷了。

「哼！平常盛氣凌人，全不把我放在眼裏，原來你這傢伙是個膽小鬼！」龍山伯全不理睬知高仔的發怒，固執地貶抑下去，乾咳了幾聲。

「慢著！我一點也不明白你們吵的是什麼？有話從頭細說！」我拚命抑住那該死的

飽嗝兒，連忙勸告。

「原來你這石頭仔也是不明事理的糊塗蟲！」這倔強的老貨仔趁便也把我咬了一口，而且伸長脖子連搖了頭。

「嗳嗳……你聽我說，這老貨仔的那一隻大公鷄昨大晚上丟掉了，他就怪到我的頭上來，說我既是一村之長，應該有責任維持治安，不管是村民或牲畜都歸我保護，現在他底鷄丟了，就是我沒盡職……嘿嘿……」說到這兒，知高仔啼笑皆非連連冷笑了。

「這都是你做村長的，平時放縱歹徒的結果。那鐘釘仔一下了車，你該把他押起來解官去，你倒同他稱兄道弟，在阿桂嫂的店舖裏親熱得不得了。什麼事能瞞過我這老貨仔的眼睛？」這龍山伯一口咬定他底大公鷄是鐘釘仔偷的，而且還懷疑是知高仔唆使的呢！我忽然憶起在阿桂嫂店舖裏的一齣齣情節來。我記得很清楚，當時鐘釘仔的確盯著大公鷄垂涎三尺，大有一口把大公鷄狼吞虎嚥下去之勢。

「沒錯！」我拍拍手興高采烈了：「這定是鐘釘仔幹的好事！」然後我壓低了嗓子詳細縷述昨天我所見到的枝枝節節。

「呵！」龍山伯讚嘆的說。

「嘖！嘖！」知高仔眉開眼笑的驚訝不已。

「那時知高仔起勁的佔著茅坑不放，因此，當然他沒看見鐘釘仔和公鷄一見鍾情的景況了！龍山伯你別寃枉好人哪！」我洋洋得意的瞥了一下龍山仔頗有責怪他魯莽的意思。

「既然如此，事不宜遲，何不把鐘釘仔押起來？」龍山伯誤解冰釋，聲嘶力竭的叫嚷。

「不行！這是人權蹂躪呢！找出證據來！你怎麼憑這猜測就斷定是他偷的？」知高仔毫不含糊的叱斥了。

「哭父！」龍山伯也並不示弱，立刻回敬了一句。這時候，正是戰雲密佈，一觸即發，猶如隔河虎視眈眈地對峙的以色列和埃及兵了。

「得了！咱們往鐘釘仔那裏察看去，再做計議！」我趕緊鳴金收鼓。

我夾在這一高一矮，兩個死不認錯的老貨仔中間，左右爲難，猛地憶起當年聯合國副秘書長黑人彭區的諾貝爾和平獎金實在得來不易而重新肅然起敬了。越過老是搖擺不停的吊橋走過我底開滿白花的李子園，那一條小徑蜿蜒曲折地通到林坑村去。我依稀記得鐘釘仔的家就坐落在林坑村西邊一叢竹林子裏。那竹林下面有一條淸澈見底的溪流潺潺流著，我常去河堤採摘蕨類植物的嫩芽以資佐膳。現今鐘釘仔的父母皆歿，兩個姐姐早已嫁出，鐘釘仔孑然一身，那屋子長年沒人居住，怕早已屋頂坍塌，牆壁傾圮了。正當這兩個頑固老者頻頻咳嗽以掩飾尷尬神情的時候，從那蓊鬱的竹林裏飄出快活的歌聲和斷斷續續的吉他樂音。鐘釘仔眞是雅興不淺，大白天撫琴高歌，這叫那兩個老貨仔愈發的怒髮衝冠了。

「眞豈有此理！這小子倒蠻愜意的呢！」知高仔忿忿不平的嚷道。

「幹伊娘！這小子眞不得好死！」關於鐘釘仔的觀感上兩個人完全一致，於是他們倆摩拳擦掌準備大大的發作一番了。

龍山伯仔伸長脖子猶如非洲長頸鹿，剛好找到牆壁的一個隙孔，把臉貼住窺伺了片刻，然後不知看見了什麼，大腿像裝了彈簧似地一躍，而且嗚——嗚地呻吟起來。我和知高仔丈二和尙摸不著頭相對發愣。這時，驀地聞到一股濃郁的香氣；那是補藥八珍芬芳氣味和肉香混和在一起的香氣無疑。我才恍然大悟何以龍山伯仔如此傷心的緣由了。我彷彿能看到狡猾如狐狸的鐘釘仔悠然自得地彈奏吉他，引頸高歌，而在他旁邊火焰熊熊的爐上那鋁鍋子裏正煮著一隻拔光了羽毛的雞，發散著誘人直淌口水的濃香。鐘釘仔正等待著大啖雞肉，而這雞肉必定是龍山伯仔心愛的大公雞——群雞之王！

「人證物證俱在，現在可以一網打盡，不容他狡辯了！」知高仔恢復村長的威儀，昂頭挺胸莊嚴地說。

「幹伊娘！正合吾意！」龍山伯大吼一聲，用脚踢開腐朽的板扉，許是用力過猛吧，可憐，那坍塌的茅草屋頂嘩啦一聲，茅草和泥土紛紛落到他的頭上來。於是龍山仔活像一個頭上蒙灰致哀的猶太人了。但我和知高仔全不覺得好笑，只是渾身發抖，宛如撞見正在偷漢子的自家老婆。

果不出我所料，鐘釘仔傲慢的坐在一把不甚穩定的板椅上，滿不在乎地睥睨我們的入侵，恰似胸有成竹地冷笑著。遇到這泰然自若的神態，我的銳氣先挫了一半。那兩個老貨仔也萎縮了，好似犯罪的並非鐘釘仔，而他們兩個倒眞像不折不扣的偷鷄者。鐘釘仔旁邊有一個裝沙丁魚罐頭的木箱上面，不知從那兒信手牽來的，放著一個大火爐，香氣是從滾沸而掀動的鍋蓋隙間溢出來的。

「嗨！唷！」鐘釘仔不淸不楚咕嚕了幾聲，然後笑容可掬的說道：「你們三位老前輩有何指教？大淸早就來敲破我的門？」

「誰是你的前輩！哭父！」龍山伯像被刺傷似的怪叫。

「哼！你們確實夠不上當我底前輩啦！」鐘釘仔恰似受了萬分委屈般扮了個鬼臉。

「鐘釘仔你看過龍山伯的大公鷄是吧？他底大公鷄不太規矩到處亂闖，或者走錯了路，跳進你這鋁鍋裏也未可知。你原諒我們莽撞好了，把那鍋子悄悄弄下來給我們看看裏面到底煮些什麼，如何？」知高仔倒也像一村之長，文謅謅的說道，那風度之佳，令人心折。

「好哇！我懶得去弄，何不自己動手？」鐘釘仔露著白眼斜視了一下龍山仔。

「怕什麼！你偷我底鷄還要強辯！」

龍山仔怒氣沖沖地靠近去，顧不得燙熱，把那鋁蓋掀了起來。赫然映入我眼簾的是碩大肥胖的鷄腿，還有一層厚厚黃黃的鷄油浮在湯上，濃郁誘人垂涎的香氣猛然撲鼻，使我底饑腸轆轆了。

「我底大公鷄喲！」龍山伯不勝唏噓，看著他大公鷄的殘骸哀悼不已。

我想起這一隻大公鷄生前那豔冠群芳的威儀，悵然若失，蓋世英雄竟落得這麼一個悲慘的下場，眞使人柔腸寸斷。

「鐘釘仔你認了吧！趕快向龍山伯陪罪，免得我不得不把你解到派出所去，須知你偷龍山伯的東西這已經是第二次啦！」知高仔諄諄訓誡。

「究竟就只是一隻鷄罷了，吃掉也算了，犯不著爲之而坐牢受苦！」我也悲天憫人的說。

「嘿！你們這些傢伙倒充起好人來了，我絕不同意！這小子非扭進派出所不可！」龍山仔揮動雙手，邊跳邊嚷，愈發像濃眉大眼吐舌擺頭，好嚇人的廟裏大爺了。

「哼！慢著！你說龍山仔丟了那一隻大呆鷄，是吧？這又和我何干？他心甘情願的丟他的，老子心滿意足的吃我的，井水不犯河水，這，怎能怪到我身上來？眞是見他媽的鬼！」鐘釘仔從容不迫的挺直身子，把我們三個人當做木偶似的，從頭至尾端詳，一絲惡作劇的冷笑掠過了嘴臉。

「呵！一車子廢話！眞是不上進的東西！你鍋裏不是煮著他底鷄嗎？」知高仔愕然愣住，沒想到鐘釘仔竟有這麼一著，明放著贓物，死不認罪。

「不錯，我這鍋裏煮著一隻大公鷄！但你怎麼能證明牠是龍山仔的一隻？老子花了一百多塊錢買來補冬的，一年多的坐牢使得老子陽氣全失，需要來補補，難道吃鷄補冬也是犯法的？」鐘釘仔理路井然，嘵嘵不休的反駁，這使得知高仔語爲之塞，頻頻吐痰，急得如熱鍋上的螞蟻了。

「放屁！哭父！老子同你拚了！」龍山仔慘叫一聲，像一陣風猛撲鐘釘仔，丟掉幾兩金子和一隻大公鷄的心痛和怨恨使他發狂。他起勁的用長指甲亂戳、亂抓，活像那一隻屍骨未寒的群鷄之王的亡魂顯靈了。

「啐！你這老不死的，你這吝嗇鬼！看老子把你碎成萬段！」鐘釘仔亦毫不示弱，輕輕地一閃，躲開龍山仔的猛抓，朝向老貨仔的腰肢一踢。那外強中乾的龍山仔撐不住身體的均衡，驀地栽了個跟斗，猶如壓癟了的癩蛤蟆伏在地上，雙脚亂踢，嗚嗚地呻吟，哭爹喊娘了。知高仔看在眼裏，痛在心裏，大聲怒吼，「住手！」就用他渾身的力氣揮拳猛摑，鐘釘仔便應聲倒地不起，正巧倒栽在龍山仔身上。這兩個仇人竟如琴瑟和諧的夫妻，乖乖地摟抱在一起了。我目瞪口呆的望著這一場震天動地的血戰久久說不出話來。

現在屋子裏忽歸靜寂，只有一片喘息聲和嗚咽聲，眞是慘不忍睹。我和知高仔相對啞口無言，想不出妙策來收拾這殘破的局面。

這時候，我忽然聽到咪咪……興高采烈的鳴叫。把頭一轉，果然看到一隻皮毛烏黑發亮的大黑貓，從窗口一躍像一陣風掠過我底面前，撲上鋁鍋。說時遲，那時快，這兇悍獰惡的黑猫，一口咬住鷄腿，用牠靑綠如玉的瞳子掃視了一下扭在一起的兩個角鬪者，算是打招呼，猛轉身，又是一躍，跳到窗口，無聲無息地消失於外面竹林裏。

「畜生！」知高仔大叫一聲，便從門口衝出去。那兩個仇人躺在地面上死賴著圖舒服，這時也霍地一躍而起，爭先恐後地追趕黑猫去了。我也義不容辭地跟著起跑。竹林裏一片幽暗，地面上厚厚地敷著枯葉，恰似踩踏在柔軟的地毯上一樣，可惜黑猫早已不知去向了。大家喘息未定，喉嚨發乾，呆站在那蚊蚋嗡嗡飛繞，蜘蛛網處處的地方，頗像竹林四賢人，瞑想了片刻。

「瞧！這不就是那畜生嗎？」忽然知高仔欣喜萬分地指著一棵相思樹根邊嚷了起來。我看見不知從那兒出現的那一隻大黑猫前爪緊抓地面，屁股高高翹起，尾巴微微抖顫，靑綠的眼睛閃露著陰險奸詐的燐光瞪著我們，頗有牠底同宗獅子老虎之威風。可惜，鷄腿早已納入牠的胃腸裏，再也看不見了。但牠仍然咬著幾根羽毛，並且在牠前爪落地的地方，還有一堆散亂的鷄毛。這時候，那鐘釘仔好像洩氣的鼓，長吁短嘆，一顆顆汗珠直冒上前額。

「哦哦哦……那是我大公鷄的羽毛，絕沒有錯！我可憐的大公鷄呀！你死於非命，給壞人暗算了！」龍山仔傷心欲絕重新呻吟起來。

「呵！你還有什麼話說？你偷宰了鷄，把鷄毛藏在那相思樹下。可惜，天網恢恢，究竟也有敗露的一天，你認罪了沒有？」知高仔這時恢復了一村之長該有的權威，用莊重的聲調宣布破案。「大家都熱熱鬧鬧的過節……嗚嗚……大家都有家，歡天喜地的殺鷄宰鴨補冬……而獨有我沒有……嗚嗚……什麼也沒有……」

我看見鐘釘仔的眼淚從突出的蟹眼，滂沱的流下臉腮，最後他悲鳴也似的哀哀大哭了。

那哭叫聲裏含有一股說不出的悽愴和暗鬱猛敲打著我們的心胸，使我們愈發覺得偷鷄的並非鐘釘仔，而是在場的我們三個人了。

「唉！算了吧！雖然那是隻蓋世無雙的大公鷄，不過究竟是鷄，早晚也要宰掉的，我不想追究到底了，這眞是一場無妄之災！」龍山仔無可奈何地下了結論好似他不忍看見一個軒昂漢子像喪夫的婦女嚶嚶啼哭。

「也好！就是鐘釘仔你該悔罪，不能再犯錯了！」知高仔不愧爲烏秋村村人的摩西釘下最後一根牢固的一釘。

我們把鐘釘仔丟在適於懺悔的幽靜場所，魚貫地走出了竹林，我彷彿又聽到群鷄之王嘹亮的報曉凱歌！

——本篇原載於《徵信新聞》「人間」副刊，一九六八年三月出版

墓地風景

一

「請你，請你，讓我進去！」

我渴望快一點進到室內去。我聞到一股濃郁的杏仁氣味，還有被朝陽曬暖的女人體香。

伊把門半開著，一雙水汪汪、溫柔、疲倦的眼睛瞪著我，但伊並沒有露出驚訝或拒絕，伊的手就只是握住門把，好像不知道怎樣做才好的樣子。

「你是誰？」伊終於開口說話，聲音略帶沙嗄，彷彿一個晚上沒有睡好而有些虛浮浮的。

「我是阿淳啊！你不記得啦？你不是以前住在開仙宮廟旁的胡同嗎？我就是住在你

隔壁的！」我焦燥不安的說。

「是啦！是啦！我以前住過那兒！」伊的臉蛋陡地浮上一抹憂愁的陰翳。伊終於把房門打開，讓我進去。可是伊彷佛還不明白我到底是什麼人的樣子。

這是城市郊外如雨後春筍般蓋起來的販厝二樓。淸晨八點鐘。從面對外頭窪地的窗，明亮的陽光一汪一汪地瀉進來。靠窗放著雙人床，是普普通通的鐵床。蚊帳已經取下來信手疊好甩在地板上。床上被單、毯子和枕頭亂糟糟地堆在一起，好像昨夜並不是伊一個人睡在那兒。床邊放著一個小圓桌，有兩把椅子。桌面上空空的，很是光滑。但是什麼東西也沒放。那麼剛才聞到的杏仁味不知是什麼一回事，也許是幻覺吧！桌子和床中間靠近牆壁放著冰箱，可是我卻沒看到電視機。也許伊壓根兒就不作興看那哭哭啼啼的歌仔戲，也許伊還沒有攢足夠的錢去買。

我坐在那小圓桌旁。伊就坐在床沿。床不太高，所以伊修長的腿就堅定地踏著地板，好像小學生正襟危坐地聆聽老師講解一樣的神態。不過，我知道伊是跛脚的；大概是左脚有點兒短，但不礙事，所以除非伊疲倦得要死，不然伊總是走得筆挺的。

「你還沒吃早飯哦？我早上不吃飯。不過冰箱裏還有半條麵包！」伊漫不經心的說。

「你在外面吃，自己不燒飯？」我耐著性子說。

「有時也自己燒飯吃，不過一個人吃就沒有什麼味道了！」伊開始有些心思重重起來。

我打開冰箱，看到用塑膠紙包好的半條麵包，還有一罐草莓果醬。除外有紅肉李子，不過我比較喜歡吃香瓜，李子的酸味總叫我的胃受不了。我把冰箱裏的食物統統搬出來放在桌子上。我撕裂麵包，每一片都蘸些果醬就這樣狼吞虎嚥起來。不過我也沒放過李子，想了一想，我還是吃下幾粒。

「一清早就吃李子，你眞是好胃口！」伊看著我津津有味地吃，有些快活起來。

「幫助消化呢！李子的果肉並不酸。你只要把果皮和果核拿掉就一點兒也不覺得酸了！」我把最後一粒李子小心地剝皮，取掉果核，把果肉送進嘴裏去，這樣我就吃飽了。

「請你，請你坐一會兒，我洗澡去。你知道昨夜有客人，剛剛才回去！」伊羞澀的說。

「洗澡間就在外面走廊盡頭吧！」

「是的，那是大家公用的！」

伊站起身子來，從床頭上面牆壁上拿下一條毛巾。走到我身旁時，彎腰屈身地又取出口杯、牙刷、牙膏和香皂。原來圓桌下面板子上放著這些東西，我剛才倒沒有注意到。在那一刹那，我從伊敞開的衣領瞥見伊雪白的乳房。原來伊只披著一件睡袍，裏面沒穿著內衣。伊的肉體一向美好，總是發散著被陽光曬暖的花的芳香。

的確很疲倦了。

「你再坐一會兒！」伊柔媚的笑著，露出雪亮的貝齒，這就一顛一簸地走出去。伊走出去以後我坐在那椅子上有些疲乏得想打盹。這是由於吃飽了飯，或者被陽光曬得暖和的關係，我不太清楚。實在睏極了，我就想到那床上去睡片刻，但想到我今天也許還有些事情要做，所以也不敢去躺下。我很無聊地坐著，實在什麼也沒想著。等了好久，伊老是不回來，我有點兒寂寞了。

這時，那明亮的窗好像有不可抗力的一股力量吸引住我，而且房間裏的確也有些悶熱，也許打開窗讓外面的風吹進來比較好些。我站起來走到窗邊，先坐下床尾，這樣子，我就可舒舒服服的，把外頭風景盡收眼底。我徐徐地開窗。原本期待著像羽毛一般柔和的微風吹進來。可是並不是這樣。窗一打開，一陣強勁的風猛地吹進來，幾乎使我睜不開眼睛。眨了眨眼，映入我眼簾裏的是一片悅目的綠色波濤。

原來這一排販厝是蓋在山崗邊緣。窗下是十分廣大的窪地。窪地在下雨天是泥塘；現在由於一個月沒下過雨，所以乾涸得很。不過這窪地長滿著菅草和灌木，的確是很適宜於昆蟲和小動物棲息的地方。越過這十多甲大的窪地，對面同我的視線齊高的地方，是兩旁植有木麻黃的一條土路。我這樣坐在房子裏看，那條土路倒顯得陰涼而明朗，恰像是一條長而亮的舞臺。這條土路從窪地逐漸昇高而延伸，終於消失在我的視界左方的山崗裏。不過由於路是穿過山崗中間狹窄的谷地進去的，所以我看不見那路的盡頭有些什麼。

我把視線轉回來，想像著木麻黃枝頭上麻雀的聒噪，透過葉隙間落下來的陽光斑紋，陡地心花怒放。我好久沒有在清新的早晨山野裏散步過，因此，我恨不得一下子化成一隻鳥，一鼓氣地振翼飛向那條土路上去徜徉。

就在這當兒，我赫然看見一個光頭和尚，從坡下，手裏不停地搖著銅鈴，緩慢地走上來。和尚穿著一身紅底白格子的袈裟，孤零零地邊打鈴，邊誦經著，我彷佛能聽見清脆的鈴聲還有一聲聲蒼老的誦經聲。他的後面跟著八個脚夫扛著一付棺材，那棺材所漆的顏色是朱紅的，剛好和和尚袈裟的顏色一樣。棺材光裸裸的，既沒有覆蓋著毛毯也沒有架著鮮花棚子，因此我看得見壽材前面用龍飛鳳舞的金字，寫著很大的一個「福」字。棺材後頭跟著披蔴帶孝的家族：就只是一個年輕女人，兩個小男孩罷了。

我不禁打了冷顫。

那年輕女人卻是跛脚的，伊一拐一拐的，跛著脚，很吃力地走著。

那麼，那棺材裏面殭直地躺著的死人到底是誰？

是我，是我！我陡地毛骨悚然起來。

二

他又饑又冷，好容易才走到城市郊外舊城城牆的時候，夜幕驟然籠罩大地，眼前一片茫茫夜色。連綿不斷的秋天霪雨下個不停，使這夜晚更加悽清起來。

他站在路叉口呆呆地望著前面兩條路。拐到左方去的一條路較窄小。正面的路較寬大。他一時下不了決心走上那一條路。他原本打算到仁德厝去的，那麼就該走正面的路，這是他所知道的。不過到仁德厝去，也許還要走好長的路，並且說要到仁德厝去，其實也並沒有什麼要緊的事非去不可，就只是那邊有遠房親戚罷了。打從左方的路去，雖然沒什麼親戚朋友之類的目標，但也沒有絕不可去的理由。反正，走那條路都一樣，他是無所謂的。這樣躊躇不前，顯然不是個辦法。他冷不防打了一個寒噤，飢腸轆轆起來。

正當這時候，一輛牛車慢吞吞的掠過他身旁，濺了他一身污泥。牛車前頭坐著，五十多歲的老頭子，好像拚命地在趕路似的，不時抽打牛背，用蒼老的聲音「嘁！嘁！」的喊著。那畜牲仍然慢吞吞的，一點兒也不著急。牛車前頭一盞小油燈，在雨霧濛濛之中搖晃不停，發著微弱的光亮。

「你想到那兒去？」趕車的，忽然問他。

「這一條路是不是到仁德厝去的？」

「正是。我載一牛車甘薯去賣，現在要回去。這年頭甘薯價錢賤得很呢！你上來吧！我可以載一段路！」

他爬到牛車上去，剛好那上面有許多麻袋。他信手抓起來裹著身體蹲下。這樣感覺稍溫暖些，也不再給雨淋得像落湯鷄。他聞到一股潮霉的泥土氣味。

「牛也老了，人也老了。眞是老牛破車咧！」趕車的，頭也不回地自嘲著。

牛是印度白牛和黃牛的雜種。牛角又大又彎，拖起車來懶洋洋的眞不起勁。不過也許快到家了吧，突然猛拖起來。

「拐向右邊去，是竹仔厝，我家在那邊。你可以下來啦！」趕車的，仍然頭也不回的說著，牛車倒戛然停下。

「哦！是嗎？多謝！」他說著，但並沒有下去。

他並不是不想下去，可是習慣於這牛車的顚簸以後，筋骨鬆懈得有點兒疲乏，他一時也支不起身來。再想到這泥濘的路，暗夜和秋雨，他懶得下來走路。

趕車的，這才回頭過來看他。「嗯……」他搖了搖頭，其實在這樣被濛濛細雨籠罩的曠野裏，那趕車的，根本看不清他的模樣。

「噢！叱！叱！」趕車的並沒想多久，便猛地抽打牛背，牛車又在路上開始行走了。路邊是不太高的山崗。走沒多久，遠遠地看見路旁竹林裏隱藏著一間茅草土角厝。從屋內漏出的黯黃燈光彷彿在他心窩上點燃了一盞燈，他有些溫暖起來。

「你在這兒等一下。我把牛牽到牛欄裏去！」趕車的忙著從車軛裏把牛放出來牽到屋後去。不久，他看到一把點燃的稻草。趕車的正用那火把趕走牛身上的牛虻。

「進來坐嘛！」

這是一間普通的農家正廳。正面有八仙桌，桌上奉祀著神像和公媽。兩旁的房間是臥房吧。臥房裏靜悄悄的沒有聲音，人早已睡著了。有幾把破舊籐椅靠牆放著，牆倒粉刷得雪白。壁上有玻璃匾額，裏面大概有全家福一類發黃的照片。沒油漆過的餐桌和長凳放在右方房間入口旁。

「家人都睡了！」

趕車的，把污穢的短大衣脫下，掛上牆壁鐵釘，那是一件襤褸的短大衣，很像美軍穿的那一種夾克。趕車的，頭髮斑白，臉頰憔悴，只有一雙深陷的眼睛溫暖地亮著。

「眞打擾啦！」

「出外人免客氣啦！來！來！吃一碗麵條！坐下！坐下！」趕車的，忙著張羅起來，在大碗裏盛滿了麵條。

他們默默地吃喝起來。麵條不知是什麼時候煮的，既蠟黃又軟軟的，湯是沁入心脾的冷，但那青翠的韮菜倒很香脆可口。

他吃著，吃著，冷不防一滴眼淚落到碗裏去。不久，肚子塡飽了。趕車的用髒兮兮的手抹了一下嘴巴。從口袋裏摸出一包吉祥香煙，可惜都給雨淋濕了。他抽出兩枝遞給他一支，濕了的煙草好容易才燃著，而且煙味辛辣。雖然如此，照樣抽得津津有味，把煙貪婪地吞下肚裏去。

「這樣吧，你就在雜物間睡。那裏沒有床，但有幾袋裝滿棉花的蔴袋。你睡在上面等於睡在床上一樣暢快。也許有蚊子，但你用蔴袋蒙頭睡也沒有什麼了。老鼠好像沒有！這眞奇怪呢！」

他跟著趕車的走進雜物間。趕車的點著一盞小油燈，那光線照出一大堆鼓脹的蔴袋。這就是棉花袋子吧。此外，有些農貝和雜物胡亂地堆在靠牆的一個角落，但地板上倒很乾淨，也沒有什麼難聞的氣味。

「要是你覺得口渴，門口右方有井，打水喝吧！」

趕車的，並沒有把油燈帶走，反身把板門關著。

他站在這陌生的房間裏倒沒有陌生的感覺。彷彿這房間是他所熟悉的，彷彿這房間是他的祖宗傳下給他住的地方一樣，他屬於這房間。他有一股親切溫暖之感。

他拖出六袋裝滿棉花的蔴袋，把它們整齊地排列著。一躺下去，軟綿綿的，眞不輸給眞正的床。他找到幾張空蔴袋蓋在身上，吁了一口長息。不久，他又爬起來把油燈弄熄；這油燈的光沒有什麼用處。起初，他睡不著，胡思亂想了片刻，後來覺得沒有什麼事情值得苦苦地想，於是睡著了。他的睡眠是甜美的，安寧的；就只是在夢中，他老覺得他伸直的大腿旁邊似乎有一包冷冰冰的東西。但他懶得爬起來點燈察看也就迷迷糊糊地睡去。

晨曦從打開的天窗射進來的時候，他也醒起來了。也許這農家沒有養雞吧，他好像也沒有聽見公雞的啼叫。他一起身就不知不覺地看到自己大腿旁邊去。這是因爲在夢中始終覺得那邊擱著冰涼不快的東西的緣故。

這一看，倒敎他驀地臉色發白，牙齒格格作響起來。他啞呆地望著那一條蛇，渾身的血液陡地凝住了。他屛息靜氣，瑟瑟發抖，絲毫不敢挪動身體。

那是一條粗大的眼鏡蛇。牠正翹起上身，吐著深紅如火焰的舌尖，兩隻邪惡的眼睛冷冷地盯著他。

他彷彿能聽見那舌尖相摩擦的啾啾聲音。他和眼鏡蛇僵持了片刻。陡地，那蛇一扭動就蠕蠕地滑落下蔴袋。一下了地面，蛇就頭也不回地朝向門口筆直地行去。

「畜生！」他的滿腔委屈此刻猛地湧上心頭，他信手抓起一截竹竿追過去。但那條蛇早已從板門隙間溜之大吉。

他忿忿不平，咬牙切齒地打開板門。

映在他眼簾裏的是房屋對面菅草茂盛的山崗。那是一塊榛榛狉狉的墓地。在一片柔和的晨曦普照的墓地裏，卻豎立著一根高大的三角形混凝土大柱。他清晰地看到那柱面上浮彫著「仁德厝第一公墓」幾個粉白人字。

——本篇原載於《徵信新聞》「人間」副刊，一九七〇年八月出版

福祐宮燒香記

光緒十年……法軍分別以四艦取滬尾。九月十九日黎明。將入口。砲臺擊之。乃去。翌日復至。潛渡陸軍上岸。肉搏進……

孫開華邀擊之。張李成率士勇三百截其後。往來馳驟。當者辟易。法軍大敗爭舟。多溺死。陣斬五十。俘馘三十。於是不敢窺臺北。李成小名阿火。爲梨園花旦。姿質娥媚，顧迫於義憤。奮不顧身。克敵致果。銘傳嘉之。授千總。其後以功至守備。

連橫《臺灣通史》卷十四外交志法軍之役

一

「麗花姑娘！姑娘！噯！麗花！你到底去不去？轎夫等得不耐煩啦！」

伊聽到奶媽不纏的尖細嗓子愈來愈顯得焦躁不安，最後尖銳如笛子一般，每一個跳動的音符，像一根根細針扎進伊耳鼓裏去。伊嘆了一口氣，懶洋洋的對鏡略略攏了一下後頭散亂的髮絲，走進天井裏。

已經是初秋時節了，九月下旬的朝陽顯得有些軟弱的秋意，暖和的照射著伊。天井裏種著幾棵石榴，但已看不到火舌似的朱紅花兒。葉子稀稀疏疏的，有些且帶著枯黃的顏色。只有鷄舌紅仍然盛開著花，但伊不喜歡這絲毫沒有姿色的花。

伊剛走到客堂門外就看見奶媽不纏梳得烏黑發亮的大頭髻插著一簪茉莉花；伊彷彿能嗅到那茉莉花清爽的幽香。不纏正指手劃脚，口沫四濺地嘮叨得很起勁。門外停著清一色天藍色的轎子。四個轎夫雖不敢太放肆，但仍粗聲粗氣的有問必答。看樣子，不纏正和他們展開著一場舌戰，方興未艾。

「姑娘，這都是你不好，慢吞吞的讓他們多等了一些時候，他們就有藉口啦！抬我們到福祐宮燒香去，平常給兩百文也就夠了。現在他們獅子大開口，每一臺轎子索四百文，眞貪得無厭！我說，等幾天老爺回來了，把他們捉將官去訓一頓才好咧！」不纏氣虎虎地直指著那老貨仔轎夫金旺仔的鼻尖，很潑剌的怒罵。

「姑娘！下人請你評評理吧！從早上六點鐘來府上等姑娘，已經過了約莫有一小時光景。這一去，到福祐宮也要幾里左右路程，來回一趟包括等姑娘膜拜燒金也得費幾小時光景。這樣大半天都打發過去了。不過，這要是在平時倒也不想同您計較。噯噯！現今是什麼時候喲！這是亂世啊！這幾天據說西仔兵（法蘭西兵）又來侵犯鷄籠，看樣子，我們這滬尾也不得安寧啦！賺您區區四百文每個人剛夠糴半斗米咧！」

那頭髮斑白，瘦如竹的金旺仔低聲下氣的解釋。

「奶媽，既然有心燒香去，同他計較這幹嘛呀！四百文就四百文給他們算了！」伊細聲叱責了不纏，就走向前頭那一臺轎子。金旺仔捲上轎簾讓伊進去。

「哼！眞會糟蹋錢哪，他日嫁出去做人家媳婦兒，看你會不會這樣寬宏大量！」不纏在伊背後仍然數說了幾句，也就趕緊拎著裝滿香燭、金銀紙的竹籃跨進轎子裏去。

「喲！嗬！」四個轎夫齊聲發出短促的叫喚，伊的身體突然浮上來。伊把身子歪斜著，正好看到滬尾港口一片蔚藍的海洋。

秋天清晨的海，溫和地舒捲著，伸展如一張起皺的草蓆。伊驟然想到，睡在那上面任大海的搖籃搖盪如嬰孩，多舒服，伊不覺鬆了一口氣。

「姑娘，老爺這幾個月來在那兒做事？怎沒看見他老人家出來走動？」

也許正好遇到和緩的上坡路吧，那金旺仔抑壓住喘息聲問著；這老貨仔素來喜歡問長問短的。

「噯！」麗花輕喟了一聲：「打從今夏六月中旬，法蘭西艦隊侵犯鷄籠以後，爹就一直帶兵被調在外備戰，沒閒回來。這一次仗不知要打到什麼時候才罷休？」伊怏怏的說。

「我聽唱戲的阿火說，上一次來犯的法蘭西鐵龜甲船共有五艘，他們的提督倒也是一個老貨仔叫做那拔（番石榴）什麼的，不是嗎？」金旺仔蠻好奇的說。

「啐！你胡說，什麼那拔不那拔，他其實叫做孤拔，他所搭乘的戰艦叫做奧爾札號，這是我聽爹說起的……」伊噗哧一聲笑了出來，這一笑使得伊梳作墜馬形的鬢髻又鬆開了一些；「討厭！」伊邊罵邊理起後頭烏黑發亮的髮絲。

「老爺在此地水師營做了好幾年的官，錢積多了，將來姑娘出閣，嫁粧可多著咧！」金旺仔話題一轉，竟扯到伊的嫁粧，這使伊害臊得粉白的臉頰倏地泛紅了。

「金旺仔，你怎的又沒頭沒腦地提這幹嘛呀，眞討厭！爹不過是一員守備，俸銀就只是二十七兩銀罷了，平常就覺得捉襟見肘，那來的錢可存下來給我備嫁粧？」伊悄悄地叱斥了。

「呃！二十七兩這難道不算多？」

伊想像得到這瘦骨嶙峋的老貨仔，此時正作吐舌驚訝狀，不覺好玩起來：「你那裏知道這二十七兩眞沒多少用處哪！」伊斬釘截鐵的說。

轎子一上坡頂，伊把身子更歪斜一邊，猛抬頭，從轎窗望到那山崗上砲臺的一角。

適才伊因為專心關注那清晨一平如鏡的港口外的秋海，倒沒注意到這砲臺。此刻，這有砲臺的山崗景色正好在伊視角之內，所以伊看得一清二楚。

砲臺外面原來是空宕宕的一片青翠草地，那兒平常頂多有幾個士兵在站崗罷了，常顯得淒涼寂靜。然而，現在倒有幾十個士兵正忙碌不堪的搬運著一箱箱彈藥往砲臺裏送。不僅如此，從山腳下，一隊隊馬兵正拖著一車車糧食飛快的疾馳上去。儘管伊無法看得清那些馬兵汗流浹背的模樣，但伊從戰馬給風吹散的馬鬣而想得到，那些馬兵跑得多賣力，多快速。

一股怔忡不寧的烏雲驀地充塞在伊心窩，伊的一顆心猛跳如鼓，幾乎要跳出胸膛外，伊把身子歪斜著看，連脖子也有點兒發酸了。

「姑娘！不好啦！那砲臺有事啦！嗳嘛！西仔兵又要來轟擊港口啦！」

不知那一個轎夫喊出來的，這一聲慘叫的催叫得使人心驚肉跳；猛地，伊的轎子一搖撓便粗暴地被甩在地面。伊再也顧不得失儀，一骨碌地坐起身子就從轎子裏屈身走了出來。

起初映在伊眼簾裏的是一片清清爽爽的藍天白雲，天空出奇得廣坦而青碧如玉，這叫伊頓覺心曠神怡。那天空恰巧如半圓形的巨大屋頂正蓋住整個兒滬尾的港口。築有砲臺的山崗正像在這屋頂下的一個高聳的舞臺，遠遠望去，那些馬兵又好像在做戲似的來回不停地奔跑；他們是那麼微小而可愛，伊不覺微笑了。

然而，砲臺之所以顯得異常忙亂也並非沒來由的；當伊把臉蛋兒側過去看到水天連成一線的海際時，禁不住吐出一口重重的嘆息；伊驚奇得久久說不出話來。

「姑娘！姑娘！你這是做什麼的？一個大家閨秀怎麼可以拋頭露面的站在路頭發呆？嗳嗳！」

那肥胖的奶媽也好容易從轎子裏擠出來，兇巴巴地瞪住伊嚷著，好似叫回離散的小鷄而心焦如焚的母鷄：「我說姑娘你野性太重終不成器，人家會笑你沒教養喲！金旺仔你發什麼呆？還不趕快把轎子抬起來走啊？」奶媽轉過頭去厲聲呵斥轎夫。

「奶媽！你瞧！那海上的鐵龜甲船駛得多快哦！」伊快活的說。

「什麼？鐵龜甲船？嗳喲！那不是法蘭西戰艦嗎？不好啦！這……這怎麼辦？」奶媽怪叫一聲，牙齒格格地作響，幾乎要暈過去了。

「奶媽，這不是光害怕的時候！是要回府去呢，還是要到福祐宮去，你說呀！」金旺仔倒也鎮靜如常，連連催促。

「已經過了半路了，還是到廟裏去。那兒地方大，夠容納大家躲一些時候！」伊說。

「就這麼辦！嗳，眞倒霉！這一躲不知竟要躲到什麼時候！去！去！別躭誤時間挨到西仔兵的砲轟才好！」金旺仔說。

「早也不出門，晚也不出門，偏要在西仔兵來犯的日子才去燒香，你這姑娘也太作孽了些！」奶媽恢復了神智，仍然嘰哩咕嚕的埋怨了幾句，這才悻悻的擠進轎子裏去。

「嘿！喲！」

伊聽到轎夫們不心甘情願的一聲吶喊，而後身子又驀地浮上來。這一次這些轎夫不再忸怩地走，個個精神抖擻，疾步如飛，彷彿後頭有一羣惡鬼羅刹在追趕似的。伊在轎子裏被搖晃得天旋地轉暈眩不已。不久，轎子一口氣地走下蜿蜒如蛇的下坡路，戛然停止。山坡下正是這滬尾鎮唯一的大街。在大街盡頭有一所福祐宮，那就是麗花要去燒香的廟宇。

二

平時人群熙熙攘攘夠熱鬧的這一條大街，此刻卻看不見任何人影了。只有初秋溫暖的朝陽落寞地流瀉著空寂的街道。街道兩旁的店舖都把門窗拴牢；要是沒有這黃金色和暖的陽光灑滿一地，幾乎使人疑為這是個月光格外分明的深夜，店舖早就打烊，鷄犬也不再相吠了。不過也並非完全沒有聲音的；不知是否給轎夫的步伐聲驚醒的吧。陡地有一群鵝從胡同裏跑出來振翼嘎嘎鳴叫，而後忙著擺頭搖尾地走開。路旁賣魚攤子上，有好多鮮蹦蹦的海魚翹著尾巴乾瞪眼，彷彿正奇怪為什麼喧嘩的街上突然寂靜下來似的。

消息傳得如野火一般快。滿街吵吵嚷嚷的人群一下子都躲進屋子裏去，正屏息靜氣地等待著災禍的降臨。

但，也不都是這般懦弱的人；當他們的轎子在這幾乎毫無人影的暮氣沉沉的街道一直往前衝去，快到福祐宮的時候，他們驟然聽到喧囂如雷的一陣陣鼓譟隨風飄進耳鼓裏，繼而聽到大刀、戈矛之類武器相碰而發出的刺耳響聲。

突然一陣震天動地的吶喊聲響徹雲霄，叫他們幾乎嚇破了膽。

「噯唷！這又是什麼聲音！」冷不防伊聽到奶媽一聲尖叫，使伊原本還算鎭靜的心冷了半截，冷汗驀地冒出腋下。伊顧不得失儀，又從轎子裏彎腰屈身地走出來。

他們是一群大約有三百多人的隊伍，大都是年輕漢子。伊認得出隊伍裏的幾個莊稼漢。爲首的一個漢子倒是氣宇軒昂的人。別看他細皮白肉，眉目清秀一如纖弱女子，走起路來倒雄赳赳的確實頗有威壓衆人的儀表。那人絕不像幹粗活的莊稼漢，可也並不像秀才、舉人之類的白面書生，因爲他的衣飾和風度上流露著濃厚的江湖氣，就只是猜不出他究竟是幹那一門活兒的人。

那些帶著刀槍、棍棒之類武器的一群鄉勇，氣勢兇兇地來到他們轎子側面就突然緩慢下來。可是伊並沒聽到過任何口令，彷彿他們驚奇於這危急的當兒，驟然撞見像伊這麼標緻的姑娘。

「哦！這位是守備大人的姑娘了！」那為首的漢子露齒一笑：「我認得姑娘。去夏，守備大人五十大慶的那一天，我在姑娘家裏唱了一整天的戲呢！」他說。

「那麼你就是霸王別姬那一齣戲裏的虞美人啦！」伊仔細端詳他白皙略帶女孩兒氣的臉蛋，依稀想起去夏老爺擺生日宴時的一幕京戲；儘管那時他的扮相艷麗而哀悒，但眉宇之間仍然流露出一股靈秀之氣，也顯露著放蕩不羈的英雄氣概，因此伊留了些模糊的印象。

「阿火哥，這位正是守備大人的姑娘，要到福祐宮燒香去！」金火仔蠻親熱的搭腔了。

「嗯……」那叫做阿火仔的梨園花旦仍存留些嫵媚的忸怩姿態：「姑娘若是要燒香去，直去無妨。就是不久，西仔兵果眞登岸侵犯，擄掠燒殺，姦污婦女恐所難免。這樣子吧，我把幾個鄉勇留在福祐宮廟庭照顧你。萬一有了什麼差錯好歹有人跟我報訊，我就能趕回來把姑娘護送回府。老爺一向看得起小人，就算小人報答他提拔的恩情！」他說完了話，又露出雪白清潔的門牙莞薾一笑，笑得那麼天眞開朗，這叫伊也不覺快活起來。

「我說，阿火哥，你現今帶著這麼多人到底幹啥去？」金旺仔這才記起了這一群人全都是一身使槍弄棒的裝束而微感驚訝了。

「他們嘛！」阿火仔望著正爬坡而上，黑壓壓如一條長蛇的隊伍：「他們到海灘去阻擋來犯的西仔兵呢！現時滬尾守兵不多，實在不足以擊退來犯敵人，只好由我出面帶他們防守，略盡綿薄之力！」他說。

「哦！哦！你眞了不起啊！」金旺仔眼睛骨碌碌地亂轉，一副讚嘆不已的樣子。

「怎樣？金旺仔哥，你也去嘛！」那漢子說。

「阿彌陀佛！我是老貨仔啊！而且家裏有老婆孩子等著呢！」金旺仔畏畏縮縮的倒退了幾步，幾乎撞到伊身上，好像害怕阿火會強要拉他去似的。

「其實國家興亡匹夫有責啊！難道你沒聽人說過？罷了，罷了，給你開個玩笑罷了！你別當眞！你好好照顧姑娘才是正經事。我走了，快抬到廟裏去！」

那漢子一拱手便邁著大步追趕隊伍去，再也沒見回頭過來。

伊目不轉瞬地盯著他修長的背影，忽然打從心底油然湧上一縷哀傷。伊並不知這種情感可以叫做什麼，伊只是覺得捨不得他決然離開。

正當伊被一片柔情淹沒的時候，冷不防伊的背後又響起了奶媽聲聲嘀咕。不知什麼時候悄悄靠過來的，一看到阿火仔離開了好遠再也聽不到她的貶抑，這狡黠的奶媽才理直氣壯的奚落他起來。

「哼！我以爲是那一路皇上的兵，原來是地痞流氓和唱戲的混在一起胡鬧。打仗可不是鬧著玩咧！那張李成也眞不要臉，看見了姑娘也不想廻避，盡說些廢話！姑娘！你說，這成什麼個體統？堂堂一個官家女孩兒倒和唱戲的搞在一起攀談起來了！」

「早也不出來，晚也不出來，一看到人家走了，這才在背後裏罵起皇帝來！」金旺仔笑呵呵的說。

「沒叫你說話，你就別說話。從早晨一直跟我抬槓，你這是存什麼個壞心眼兒！」奶媽氣得咬牙切齒，恨不得一口咬死金旺仔。

「奶媽，算了！這本來也不算阿火仔哥的錯呀！是我先跟他講起話來的，而且，你也別以爲他是唱戲的下人，萬一他立了功，說不定皇上會賞給他一官半職，那時候他就跟爹稱兄道弟啦！」伊用顫抖的聲音輕柔地說。

「哼！大家等著瞧吧！」這倔強的奶媽並沒有認輸，仍然固執的貶損著阿火仔。

三

走進廟裏去，猛一抬頭，伊便看見當今皇上御書的巨幅匾額：那上面寫著「翼天昭佑」四個龍飛鳳舞的金字。

天上聖母在佛龕裏面很端麗的微笑著。不知打從何處吹進來的，每當有一陣微風吹拂過神像的時候，那天上聖母的珠冠和瓔珞便微微搖擺著。伊彷彿能聽見那些象牙色的珠玉相碰而發的叮叮噹噹的清脆響聲；不過這只是伊的幻覺罷了。天上聖母仍然莊嚴慈祥的望著伊，彷彿正要張開豐滿的紅唇細聲安慰伊，叫伊別害怕法蘭西兵的侵犯。

伊點了線香，敬虔地跪坐在蒲團上。伊閉眼喃喃的禱告。伊希望天上聖母庇護伊爹，打敗可惡的西仔兵安然無恙地凱旋歸來。伊也暗暗爲自己請求了一點兒垂憐；那就是這一次仗打完，伊爹回來之後能夠替伊找到終身歸宿之處，像適才伊看見的阿火仔一樣，一個既英俊又溫柔的好夫婿。這願望驀地浮現腦際時，禁不住害羞得臉上泛了紅。

「麗花啊！趁著西仔兵還沒登陸的這當兒，還是趕快回去才好！」

不纏在伊旁邊一本正經地跪拜，她不時動著嘴巴振振有詞地禱告著，忽然歪著頭向伊講話。

「剛才阿火不是叫我們在這兒躲藏些時候嗎？他特地派了幾個漢子在外面警戒，怎好意思溜回去？」伊說。

「哼！又是阿火仔，姑娘你眞不害臊！他也不是衙門派來的兵哪裏管得著咱們，休聽他胡說！」奶媽嘆了一口氣，疲乏不堪地從蒲團上站起身來。

「不過現在回去怕不是辦法。要是在半路上遇到西仔兵的侵犯可沒處躲哪！」伊不耐煩了，就用嚴厲的語調嚇唬奶媽。

「阿彌陀佛！」奶媽嚇得默不作聲，使勁的擲下杯筊。

正當伊直起身子在那青瓷香爐插進線香的當兒，聽到一陣遠方打雷似的砲聲。這砲聲儘管是從離此地很遠的地方傳過來的，卻也很有力地敲打著伊的耳鼓，使得伊的整個身子彷彿挨了一記悶棍一樣，驟然抖動起來。一絲絲不祥之感陡地湧上心頭，伊失魂落魄的發楞著。沒多久，伊接著又聽到更猛烈的大砲怒吼。這一次倒很靠近，好像在伊耳旁響起來一樣既清楚又兇狠，伊害怕得牙齒格格作響。

「姑娘！噯唷！不好啦！法蘭西的鐵龜甲船開始砲轟滬尾港口了！那些夭壽短命的轎夫眞沒用，不知躲到那兒去啦，鬼也看不見一個！」不纏臉色發白，搖動著肥胖的腰肢，尖聲亂嚷。

「奶媽，這不是只管嚷的時候，喨噯！這只是遠處砲擊罷了，斷沒有落在我們頭上的道理。頂多一、兩個小時躲一躲忍耐些也就沒事兒啦！」

纏著足而行動不靈活的伊，倒拖著大足的奶媽趕緊彷狗爬進堅固的祭壇下面去。那祭壇像一個屋頂蓋住她們倆，使她們有了些安全感。在幽暗的桌子下面她們屏息靜氣的躲著。麗花驟然嗅到一股濃郁檀木香味。這芳香彷彿具有某種鎮靜神經作用，伊竟迷迷糊糊的心智恍惚起來。

伊的眼前忽然浮上那花旦阿火仔柔中帶剛的臉蛋兒，溫熱動人的聲調。然而現今他到底在何處呢？也許正在海灘虎視眈眈地守著西仔兵登岸侵犯抑或正在拼命放著火槍，用伊適才看見的那樣式很古老的火槍？伊怎麼也想不出阿火那殺氣騰騰的樣子出來。

隆隆砲聲愈來愈大。簡直響得天翻地覆。好似以這福祐宮爲鵠的，打從四面八方無情地落下許多雷似的砲彈。每一聲落雷帶來天坍塌下來似的巨響和震動。伊的身子就在搖擺如搖籃的地板上左右搖撓，伊的神智也跟著逐漸朦朧不清。伊趕緊抓住奶媽的衣袖，那裏知道，這膽怯如鼠的不纏早就暈迷過去了，伊這一抓，倒叫不纏像一具巨大泥娃娃似的倒下，直挺挺地躺臥在地板上。

「噯唷！」伊輕叫一聲，害怕得臉上毫無血色。伊抱著奶媽軟綿綿的身子莫知所措，一股孤獨無助之感猛然湧上心頭，伊顫抖如一枚風中的柳葉。

轟然一聲巨響，伊的眼前驟然一亮，伊看到冲天的火光和一團煙霧。伊的身子被彈上來又給摔下去。眼前火光熄滅，一片漆黑，伊暈迷過去。

一顆砲彈落在廟庭炸裂，爆風把福祐宮繪有門神的彩色門扉狠狠地吹倒了！

四

「Bonjour mademoiselle!（日安！小姐！）」

正當伊緩緩地清醒過來眨了眨眼的時候，似乎聽到一聲奇異的聒噪，那好像是某一種小鳥的啼叫一樣非常悅耳。

起初映在伊眼簾裏的是裹著白細麻布軍服的魁梧身軀。那軍服耀眼的雪亮光澤陡地叫伊眼前一片泛白，伊驚愕了。沿著那人筆挺的褲管一直向上望去，伊終於看到那人的臉蛋。伊整個肉體的血液全凍住了。

「噯唷！」伊輕喟了一聲猛地坐起身子來，才感到四肢麻木發酸得全不聽使喚；適才被爆風一摔，不知是否受了傷，伊噯噯的呻吟著。

伊用恐怖不堪的眼色直盯著眼前這大個子的法蘭西兵，雙手摸索著，想信手抓起任何找到的東西，用力砸爛他白裏透紅的臉蛋。

那法蘭西兵其實也並非年輕人，約莫有三十多歲的樣子，也許更多一些，可是生平沒看見過任何洋人的麗花無法猜得出他確實的年齡。那傢伙下巴倒刮得很是乾淨，一片清潔的青色。上唇留著短短如眉毛的兩撇褐色的鬍髭。鼻樑挺直高聳，有青翠如葡萄的瞳子，整個臉蛋不這麼乾淨，被汗水、硝煙和泥土弄得髒兮兮的，但他並沒抹拭。

現在這法蘭西兵，用柔和的眼光，誠摯的表情，不停地說著伊不懂的話，一伸手就試圖將伊抱起來。他巨大汗濕的手掌剛摸到伊肩胛的刹那，伊霍地一躍而起，用渾身的力氣摑了他的臉頰。

那法蘭西兵並沒料想到這纖弱優美的少女竟有這麼兇狠的一擊，他被摑得有些憤怒起來。但並沒有反擊，只是臉色尷尬地呆站著，不住地喘著氣，汗珠從他額間一顆顆地滾落下來。

伊知道伊沒有任何生機了，伊不想屈服於敵人的暴力被汚辱而死，伊打算撞柱而死。

正當掙脫他的手掌覓死的時候，從後頭驀地跑進來幾個西仔兵，一看見伊和他僵持對立的局面，目瞪口呆地站著不動了。一兩個西仔兵原本喝得醉醺醺的，手裏還拎著搶奪到手的金屬珠寶之類東西，倒像一群亡命之徒，全沒有半點兒軍人氣概。他們手舞足蹈的興奮和歡樂業已雲散霧消，拎著的財物嘩啦一聲掉下地面，碎成片片。

和麗花僵持的那傢伙也許是這些野獸的首領吧，只見他臉色發白，用很有威嚴的聲音連連呵斥，最後好像耐不住心裏的盛怒似的猛然撲過去。

麗花看到他信手抓起一把步槍，用那槍托使勁地毆打著那些士兵，猶如他揍的是一群愚笨卑鄙的牲畜。

他每一揮動，麗花就聽到慘叫和槍托撲打肌肉的聲響，彷彿把水漬的破布摔在堅硬的木頭上一樣重濁聲響。伊不忍聽見那悲鳴就趕忙雙手摀住耳朵。

不到幾分鐘光景，那些士兵一個個東倒西歪地癱瘓在地板上，而且呼爹喊娘的呻吟起來。

然而，那軍官似乎意猶未盡，再用脚猛踢了幾次，這才悻悻的站著發楞。

麗花看到他神色凝重的微微顫動的鬍髭。伊雖不懂得這軍官所講的話，但伊已猜到他內心的一股悲哀。如果伊沒猜錯，這軍官由於自己士兵的穢行而深覺愧咎；伊很明白恪守軍紀的好軍官內心的感觸；伊爹就是這樣一個武人的典型。

現在伊對於這法蘭西海軍軍官的敵意逐漸淡薄了；既然他是一個好軍官自然也不會是一個歹徒。伊只希望這軍官儘快地把這一群侵略者帶回去鐵龜甲船，不再來干擾這一片寧靜和平之地。

正當那軍官把士兵一個個抓起來頻頻加以教訓的當兒，從外面像一陣風又跑進來了一個西仔兵。這西仔兵的裝束同那軍官一模一樣，也是潔淨雪白的一身白麻布軍服，就他既沒帶任何武器也沒有拎著掠奪品。然而他並非白人，雖然臉色較黝黑，但顯然是同伊一樣中國人。一看到這出賣靈魂給敵人的漢奸，伊倒抽了一口冷氣。猛地一股深惡痛絕的仇恨和輕蔑湧上心頭，伊一骨碌地坐起身子來，冷眼望著這畜生恨得要死。

那漢子一走進來就恭敬的望那軍官敬了禮，而後用那彆脚的鳥語輕快的交談起來，而且不時拿眼角瞄伊一下，可能他們講的是伊的事情。那漂亮的軍官有時溫和地點頭，有時搖頭否認，終於兩個人一齊轉身面對著伊。

「姑娘！這位是法蘭西共和國海軍軍官朱里安．維奧（Julian Viaud）中尉。他對於你並沒有惡意。他看你暈倒在這兒，怕你受傷了，想把你帶到軍艦密特號上去治療。因爲語言不通就有了誤會！他叫我替他向你道歉！」這淺黑臉色的漢子竟忝不知羞地用流利的閩南語說著。

「用不著！縱然我受傷而死在這兒也是死在我自己國土上，自然有人會照顧！我是淡水守備孫克章的女兒，怎可以受敵人的恩惠！你就替我謝謝他！」伊把每一句話使勁地從齒縫間吐出，彷佛要把口水啐在那人臉蛋上。

「姑娘，原來你是官家千金，你可別生氣呀！我知道你內心的想法，你放心，我不是華人，我是安南人。自幼住在華人的村莊裏長大，因此我會講中國話。原本我是在劉永福將軍麾下黑旗軍裏當一名把總。不幸，在紅河一帶打的一次仗裏受傷被俘，從此以後就被迫變成法蘭西海軍的通譯了……。」

這安南人說起前塵往事不勝唏噓，黯然神傷了。

「噯唷！我太失禮了，剛才我誤以爲你是通敵叛國的華人，眞恨得牙根發癢了呢，這麼說你以前也是爹的同行啦！」

伊禁不住抬頭瞅了下那軍官，正看到他一雙青翠如玉的眸瞳閃露著異樣的光彩。伊害臊得從脖子一直紅到臉頰。伊知道那灼熱的眼色表示著男人的某一種愛慕和情慾，伊又氣又羞，很不是味道。

「姑娘，你還不知道這朱里安・維奧中尉不但是一個好人，而且是一個鼎鼎大名的文人呢！他的筆名叫做皮耶爾・羅蒂（Piere Loti），他寫了很多小說呢！」

這安南人蠻風趣地談著。

「皮耶爾・羅蒂……」伊鸚鵡也似地反覆不停地說著他的名字，那新奇的語感叫伊有些快活了。

「烏伊！烏伊！」軍官隨著伊的話語連連點頭微笑，很傷感地盯著伊而發楞。也許伊清脆悅耳的腔調引起了他濃厚的鄉思。

「姑娘，你別害怕！雖然這一小股法蘭西兵僥倖登上了岸，但都是些漏網之魚，不久只好死命的奪路退回船上去，不然都有可能斃在這廟裏……。」

安南人的話還沒說完，外頭已經響起了一陣陣炒豆子似的火槍聲，正好證實他的話並非虛假。儘管那火槍聲斷斷續續，有一搭沒一搭的並非密集如落雨，但愈來愈靠近了。果然不久，有一、二顆流彈咻咻作響地呼嘯而掠過他們的頭上。

「不好了，這所廟被圍起來啦！姑娘！快！快躲進八仙桌下面去！」

安南人慌慌張張地把伊推進桌子下面去，他自己也趕忙把身伏著，他已經被嚇唬得魂不附體了。

這些西仔兵也在那叫做朱里安・維奧的軍官一聲壓低嗓子的口令下，倒也恢復了一點兒軍人本色，只見個個狼狽不堪地抓起槍來，躲在順風耳千里眼的巨大神像之下，吐舌喘息宛如喪家之犬。

廟裏靜寂如深夜，麗花在這片刻的突然沉默之中，彷彿能聽到自己心臟突突地猛烈跳動的聲響。

五

不知這樣呆了多久，突然麗花聽到一聲聲扯破嗓子高叫的吶喊。這聲音發自幾十個人不約而同，同仇敵愾的肺腑，顯得粗獷而有勁。接著密集的射擊聲在廟前四周彼起此落，劈劈剝剝地響起來。現在接連而來的飛彈如雨點般猛烈地敲擊著伊的周圍，穿貫著紅漆的木柱，擊中巨大的鼎形銅香爐，伊聞到一股濃厚撲鼻的硝煙氣味。

雖然如此，但伊始終沒看到西仔兵扳動槍機，那軍官並沒有下令反擊。這幾個西仔兵早已汗流浹背，臉色如槁灰，靜伏在地板上紋風不動，乍看很像一條條凍僵的大魚。陡地，伊聽到軍官一聲低沉有力的口令。那些士兵活像上了彈條的玩具一般，迫不及待地直起身子來。伊以爲他們要衝向廟門去，但卻不是如此。他們猛地一起身，便向後轉奔向廟背果樹園。通過那一片蓊鬱的龍眼樹林，翻過山崗，他們會找到一條通往海灘的捷徑，要是他們夠運氣的話那就是唯一生路了。伊剛才失去意識並沒有看見他們從那兒繞過來，也許他們對於此地的地勢已有了幾分認識。

「Adieu! mademoiselle!」

那文質彬彬的法蘭西海軍軍官投給伊憂傷深情的一瞥，依依不捨地離伊而去，這是一個多情的漢子呵！伊想著。

「姑娘，他跟你道再見呢！」

安南人邊說邊跑，不久消失於神壇後面。

但伊壓根兒就沒有跟這些敵人道別的意思，伊只楞楞地望著散滿一地的碎瓦斷磚，恍若惡夢初醒，頗有歷盡滄桑之後獲得重生的淒楚感覺。伊的眼淚這才開始一顆顆地滾落臉腮。伊疲乏得全沒有氣力喊叫求援。

「你們這些狗養的！有種，快爬出來亮相！不然老子宰你！」

伊聽到有人躲在廟前石獅子背後尖聲怒罵。這聲音帶有一縷沙嗄的顫音，似曾相識，就只是恐惶之中一時倒想不起來。伊正在疑惑不堪的當兒，躺在伊旁邊的奶媽忽地睜開眼睛甦醒了。奶媽一聽進這叫罵聲便一下子精神抖擻了。

「你這唱戲的，你膽敢罵我們是狗養的，你才是不折不扣的路旁屍咧！」不纏也不問來由，滿臉怒氣，沒頭沒腦地損人起來。

「哎呀！奶媽你罵的是誰呀！這兒那裏有唱戲的，眞見鬼！難道你還在做夢不成？你暈過去了很久，西仔兵差點兒把我殺死的當兒，你也只管睡你的，連屁也不放一個。好容易看你醒起來了，一開口便不分皀白的損人！」

伊想起則才受過的滿腔委屈，忍不住結結實實地埋怨了奶媽一頓。

伊的牢騷還沒發完，廟門前一聲喧囂的鼓譟陡地揚起來，夾雜著雜亂笨重的脚步，一群鄉勇滿臉寒霜地衝進來。爲首的漢子正是唱戲的阿火仔，這敎麗花又驚又喜；那糊塗透頂的奶媽倒也有辨別聲音而認人的奇異能力。

阿火仔雄赳赳的昂頭站著，右手提著一把笨重的大刀，刀口上血漬斑斑，可能在一場惡鬪之中砍殺了不少敵人。臉上，泥巴、硝煙和汗水混在一起汚穢不堪，彷彿把暗色的顏料肆意地抹上一把；這臉蛋頗似油料剝落的佛面。

然而這汚穢無法掩住眉宇之間一股剛毅凛冽之氣。

「姑娘，你無恙哦？眞好！」他驚喜萬分地垂手站立；「我確實看見幾個西仔兵從廟後溜進來，到底到哪兒去啦？」

「他們並沒有爲難我，從後頭逃回去了！」伊羞澀的說。

「還好！我一直牽腸掛肚的……呃……惦念著姑娘的安危呢！今天來了四艘鐵龜甲船。他們的短艇好幾十艘，載著幾百個士兵偷偷上岸來，剛好和我們躲在海灘林投樹下的這一隊伍碰個正著。我們斬了五十多個，俘馘三十。他們嚇得奪舟狼狽逃走，有些短艇弄翻了就淹死了好幾十個。只有一小股西仔兵逃到街鎭來。我很擔心他們放火殺人呢！」

「阿火哥眞多謝你了！」伊含情脈脈的說。

「謝什麼！他也並沒眞正幫過我們什麼忙嘛！」奶媽仍沒有屈服的意思。

「奶媽，你眞是個嘴硬的老古董。我剛聽到砲臺那邊林老爺說，阿火哥這一次的汗馬功勞甚大，巡撫大人要授他以千總的官職呢！」

這時候不知從那兒闖出來的，那脚大金旺仔眉開眼笑的給奶媽報以早上那一箭之仇了。

——本篇原載《徵信新聞》「人間」副刊，一九七〇年出版

鬼月

我不得不趕到噶瑪蘭大學分部的人類考古學系的教室去。半年以前，當我被派到這雪溪部落裏來從事一項研究工作的時候，噶瑪蘭大學的分部還沒有成立。說實在的，那時候我壓根兒就沒聽說過有朝一日，大學打算在這東部偏僻小鎮設立分部的任何消息；但這也不算什麼，既然已經成立了，也就讓它成立好了，用不著我去煩惱。

可是事過半年之後，我在那深山幽谷之中卻接到一封由大學寄來的公函，說要我即刻動身趕回大學分部，向Dr. T. L. Chiou報到。這可就大大的惱了我。因爲這公函裏隻字未提那大學分部究竟位置在那兒，也沒註明這位Dr. T. L. Chiou到底是怎樣的一個人；譬如，他是否我系裏新來的教授，他是中國人或者外國人，諸如此類的細節。

過去的半年時間我也不是白白浪費掉的，我已經完成了我的研究工作，而且也寫成了一篇很不錯的Paper，自然有自信絕不會空手而返，使教授大失所望。但這總得要看看那教授究竟是怎麼樣的一個角色啊！假若他是個對於臺灣泰雅魯族部落模式一無所知的外國人，那麼任我多費唇舌，也很難使他了解我這Paper裏別出心裁的觀點。

我左思右想，足足惱怒了一夜，結果只好第二天一清早就捲舖蓋下山而去雲遊。說雲遊也沒什麼不對呢！

陰曆七月初的盛夏太陽一直在我頭頂上揚威耀武地閃爍著，我被熾熱的陽光烤炙得簡直頭暈腦脹了。雪溪部落裏的一個泰雅魯族學生曾經很肯定的告訴我，說這噶瑪蘭大學分部在哈仔難市西郊叫做合歡街的地方。山地人大都有一種習性，對於你所尋問的事情不是一問三不知，就是回答得既乾脆又武斷，有時候眞叫人弄得啼笑皆非。縱令如此，我既然不知道大學分部的正確位置，也只好硬著頭皮姑且一試了。

下了車，眼前是一條廣坦大道。這一條馬路倒繁華異常，車水馬龍，車輛行人來往絡繹不絕。許是在深山裏呆了很久的關係吧，我倒有一點兒畏怯不敢橫過馬路去。幸好，我看見在道路拐角的地方，有一座用淺灰色石材砌成的陸橋。打從這一座橋走過去，剛好對面有一幢外表頗典雅的衙門模樣的洋樓。也許在那兒，我可以查詢有關於大學分部的確切消息。

在陸橋上，我抬起頭來瞭望一下周遭，給眼前展開的風景驚住了。我做夢也沒想到東部這蕞爾小市鎮有這麼瑰麗雄壯的景色；看，那遠景林立高聳的摩天樓！那些摩天樓的建築樣式並不是此地所常見的那種呆板、劃一化的樣式，而是有尖塔、圓屋頂、彩樓，近似阿拉伯風格的樓房。時而有一羣青灰色的鴿子飛上來，在那蔚藍如海洋的天空中繞圈子翱翔著。近景有一條大河。大河兩旁是綠草如茵的草地。大河上有幾艘桅檣聳立的帆船在徐徐滑行。金黃色的陽光籠罩著這些風景，使這風景看起來，很像海市蜃樓般的虛無縹渺，透明而潔淨。

我走下陸橋，就一直走進庭園裏去。這一幢式樣華麗的樓房，卻不是衙門，而是一所宏大的私人邸宅。庭園裏栽種的，全是清一色的變葉樹。那變葉樹長得很高大，顏色斑爛的葉子在微風裏沙沙作響，彷佛有很多人在高聲談論我的什麼錯處一樣。這教我有些膽怯得不敢走進玄關裏去。

我快快不樂的看著那粉白的樓房進退維谷，不知怎麼辦才好。就在這當兒我猛一抬頭，便看見二樓陽臺上有一個年輕女人裂開嘴朝向我這邊冷笑。伊穿著一襲雪白的長袍，一動不動地站著，猶如一尊石刻的雕像，威嚴而冷峻，好像正在無言地抗議我的非法闖入似的，這教我羞愧得很，只好匆匆退卻。

我走進摩天樓林立的街衢裏去。每一幢摩天樓大門口都有穿戴齊全的守衛，連眼皮也不眨一下，凝然站立。除此而外，街衢上沒看到任何行人。高大的樓房把炎陽毒焰遮住了，這街道倒陰涼而幽暗一如深山幽谷裏的林間小徑。

我好像被人追趕似的急忙離開這寂靜如昏睡的街衢，心悸如搗鼓。

好容易在街道拐角的地方，我看到白地黑字的路牌，那上面寫著「合歡街」，這教我渾身舒鬆起來。再走不了幾步，果然在一片菩提樹林中隱約露出紅瓦白壁的一排三樓房。這樓房一定是大學分部的校舍無疑。看到那很多玻璃窗浴著陽光閃閃發亮，眞叫人歡喜。圍牆高大而森嚴，大門是鏤花鐵門，很有氣派。不過很遺憾的是仍然看不到任何標幟，表明這兒就是噶瑪蘭大學分部。管它呢，我昂頭走進去。

玄關前面有花園。用變葉樹圍起來的草地上遍栽著茶花。紅、白兩種顏色的茶花和厚重的墨綠葉子相映成趣，煞是好看。小門右側有一間日式木造平房，這就是傳達室吧！我躡手躡脚的走近去，從敞開的窗戶望向裏面。映在我眼簾裏的是一個老頭兒的背影。他正屈身彎腰忙著幹活兒，不過我看不清楚究竟他在做什麼。老頭兒的脚旁有一個大火爐；銅製的大茶壺正冒著縷縷水煙，看樣子，水開了很久了。

「請問老先生，這兒是不是噶瑪蘭大學分部？」他沒有回答我，也沒轉過身來。

「請問……唉！請問……」我急壞了，也就扯開嗓子叫喊。

「噓！噓！靜一點！」

驀地，那老頭子轉過身來，用兇巴巴的聲音喝斥了我。老頭子的右手握著一把血淋淋的尖刀，左手也血漬斑斑，看樣子，他正在殺鷄宰鴨。

「嗯！你找誰？」

「這兒我有一道公函，要找Dr. T. L. Chiou呀！」我忙著從褲袋裏掏出公函。

「Dr. T. L. Chiou，嗯！在三樓十六號房間。去！去！」老頭子很不耐煩的說。

「謝謝！」我如釋重負：「你老在殺鷄？今天可要打牙祭啦？」我用諂媚的聲音討好他。

「廢話！我那裏在殺鷄！我在解剖穿山甲，研究這動物的胃囊！」那裏知道這老頭子一點兒也不領情，倒粗聲叱斥我。

「穿山甲？就是食蟻獸啦！」

我伸長脖子望向裏面去，由於老頭子向右挪動了幾步，此刻我才看清楚他背面的一張有如肉砧的小桌子。那上面有一隻老鼠大小的動物，四肢被粗大的釘子釘牢了翻身不得；但牠並沒有斷氣，仍然吱吱地叫著也抽搐著。牠的腹部已經被剖開，露出桃紅色的肝臟，血一滴滴地往下淌，染紅了桌面。那小動物似乎是老鼠，又好像是小白兔，但全不像穿山甲，因爲壓根兒就沒看到鱗甲。

「哼！你老，別那麼神氣，你只是校工罷了！」我禁不住滿腔憤怒地跟他理論起來。

「你眞混帳！誰是校工？你難道不曉得這兒是生物學教室？」老頭子氣得渾身發抖，漲紅著臉，一把抓住尖刀衝到我面前來，彷彿要把我一刀宰掉似的。

「你這老傢伙火氣這麼大！」

這可就嚇壞了我。我上氣不接下氣地逃到玄關，猛一回頭，仍然看到那老頭子在頭上揮動著尖刀，怒氣還沒有消的樣子。

同這樣子的瘋老頭斤斤計較也無濟於事，還是辦正經事才是，我心中好生懊惱。

一進去屋子裏我不知往那兒走才好。原先我以爲這些房間都是教室，其實並不盡然。一樓大約有十多個房間，除去有幾個房間隱約傳出談話聲和打字聲以外，其餘房間都陰森森的，寂然無聲。並且不管是有聲音的房間也好，無聲音的房間也好，都把窗戶關的緊緊的；彷彿每一個房間等於是一座祕密的城堡，來訪的人，卻都是卑鄙不堪的闖入者。我在那陽光明亮的走廊踱著，鬼也看不見一個，這眞是令人喪氣的地方。

爬著一層層的階梯我愈來愈沮喪。一路上我只聽到自己的輕微履聲，此外一片靜寂。幸好，三樓房間都有書寫阿拉伯數字的號碼，因此我得不費吹灰之力，在左側盡頭找到十六號房間。這些房間的構造，木材、顏色幾乎一模一樣，假若沒註明號碼，實在辨不出那一間才是你要找的。

我輕叩了房門。

「請進來！」那房間裏果然即刻響起了聲音，而且是女的。我這才鬆了一口氣推開門進去。

房間中間放著約有一個塌塌米大的人書桌。沿著牆壁豎立著三層木架。木架裏亂七八糟地堆放著長短不一的各種木料。房間裏有濃郁的木香氣味。這樣子，全不像一個考古人類學的教室，倒像森林系的實驗室呢？

一個穿白色衣服的年輕女郎正安閒地坐在迴轉皮椅上一聲不響地瞪著我。我仔細打量伊的裝束，彷彿在那兒見過似的，就只是想不起來。也許伊的一身雪白連衣裙使我想起適才那衙門模樣洋樓陽臺上的女人。我在伊對面隔著桌子，一屁股地坐下籐椅。我疲乏得很。伊就伸手按了開關使巨大桌燈驟然亮了起來。強烈的白光撲打著我的眼睛，我反射地閤了眼。我想不出伊爲什麼要在白天點燈，其實這房間明亮有如外面草地。

「您是Dr. T. L. Chiou?」我單刀直入地問道。這當兒我恢復了神智，驟然發現伊並不是一個年輕女人。伊的身材和舉動幽雅而自然，有幾分青春的嫵媚，但伊卻是一個很老的女人。我不知伊究竟有幾歲，但伊額上的條條皺紋粗長有如蚯蚓，可見伊的年齡足夠當我的老祖母而無愧。陡地，我的脊背上好像有無數螞蟻在爬一樣，我禁不住抽了一口冷氣。

「嗯……」伊含糊的哼著，但並沒有點頭。我忙著打開公事包，把厚厚一疊Paper放在桌上。我清清喉嚨振作起來。

「我的研究題目是泰雅魯族衰亡之因果！」我用發抖的手指翻開桌上文件。

「泰雅魯族？那是什麼？」伊愕然楞住恰似我在伊頭頂上澆了一盆冷水。

「是的，是的！」我溫和地安慰了伊幾句，有些得意洋洋起來，這的確是深具衝擊力的好題目呢！

「簡而言之，造成今日泰雅魯族漸趨衰亡的要素很多；這可以由歷史的、社會的、經濟的、倫理的觀點去加以分析而得到各種相異的結論。但我以爲大家忽略了最重要的一點；那就是由生理的、生物學的觀點去探索！」

「呵，呵！生理的？」伊的眼睛驟然亮著，彷彿伊被嚇壞了。

「對於泰雅魯族的起源，我們已無從查考。由他們的神話和傳說來加以推測，他們大約是從南洋羣島漂流過來被迫在此地定居的。可想而知，他們的航海工具是最原始的獨木舟，能夠載的人就是一小撮家族罷了。他們漂流到這土地上以後，就被迫和外界孤絕，也不知有其餘部落的存在，而不得不辛苦的活下去。自然是爲了情欲的解決和繁殖子孫他們也就不得不實行近親結婚。這樣一代代地實行近親結婚的結果，顯而易見，他們的劣性遺傳被加強，他們種族的血老化了，導致這種族不可避免的衰亡……」

「我一點也不明白你這位先生講些什麼！」那老女人忍不住驚奇，掛上老花眼鏡，仔細的端詳我起來。

「Dr. T. L. Chiou！你覺得怎樣？我這觀點不知有沒有差錯？」我因爲自己的陳述

不但沒獲得人家青睞反遭到白眼而有些悻悻然了。

「你可別黑白講！什麼叫做Dr. Chiou？你先生這是什麼意思？」伊戴上老花眼鏡把我看個飽，大概斷定我是無害的傢伙，這才細聲叱斥。

「這兒難道不是噶瑪蘭大學分部？你既是我的指導教授，怎可以這樣對待我？」我傷心透了。

「噶瑪蘭大學？我沒聽說過！我們這兒是噶瑪蘭木材開發公司的資料室。主任剛剛出去，我是這兒的打字員呢！」伊把我當作發神經病的傢伙，溫和解釋著。

「噶瑪蘭木材開發公司？那麼剛才我看過的生物學教室是怎麼一回事？」

「唉！唉！可憐！你這少年家淨說瘋話！我們這兒那裏有什麼生物學教室，你莫要再說下去，好端端的一表斯文人才說的是瘋話！我沒工夫跟你說下去，時候不早了，我還要趕回去準備三牲，拜拜呢！」伊斬釘截鐵地打斷了話，顯然是下逐客令啦。

「拜拜？拜什麼？」

「今天是七月初一，鬼門初開的頭一日，家家戶戶要祭祀好兄弟一番。現在的少年家對這種風俗習慣竟然沒有關心，難怪孤魂野鬼會餓扁肚子，要出來作祟啦！」伊訓了我一頓。

「但，我明明看見老頭子解剖穿山甲嘛！你不信我把那教室指給你看！」

我趕忙站起身來，打開右側的玻璃窗，望向校門口去。但是那邊並沒有傳達室。就只有幾棵菩提樹隨風搖曳著。我幾乎不相信自己的眼睛，聚精會神地瞪著，但那邊的日本式木造房屋倏然殞滅，再也見不著了。

我把視線轉到花園。那些茶花依舊盛開著，而且風一吹，就微微抖顫著，好像正在交頭接耳地細聲交談一樣。

我再轉身過來，卻沒看到那老女人；伊正像突然熄滅的桌燈一般地消逝得無影無蹤了。

——本篇原載《第一代》第六期，一九七〇年十月出版

有菩提樹的風景

從十六號公車躡手躡脚地下了車，我狡猾地忽然一轉身，想要看看有沒有人悄悄地跟著我下車。可是這一次我卻落了空，公車早就放了一屁股黑煙開走了。從去年年底一向在我院子綠蔭之中啁啾不已的那羣鳥一隻隻地飛散以後，我的厄運跟著接二連三地來，把我折磨得不成人形，弄得我痛不欲生了。鳥兒愛歌唱，是牠們的事，跟我扯不上任何關係。可是當牠們不約而同地停止歌唱而且全背棄我，把我當作不祥之物，這事倒很嚴重，可令我受不了。既然牠們都飛到別家院子的樹上，抑或自願選擇飛進某一個華美的鳥籠裏，事情也就了結了，很不應該再來煩擾我。可是我卻發現牠們並沒有眞正離開過我。也許牠們神通廣大。抑或得罪了某一些腦滿腸肥的衛道士的吧，我逐漸發現事情並沒有眞正結束。我第一次看見那充滿猜疑和邪惡的一雙大眼睛是在城市郊外的一所電影院的厠所裏。我的手指正在解開下面扭扣時，偶爾抬頭一看，就在那白花花的馬賽克牆上面打開的小窗，驟然發現一雙那種似笑非笑的眼睛。起初我並不以爲那是一雙大眼睛，也許是在半空裏織網的蜘蛛吧？然而當我猶如被空氣槍擊中的傻鳥一樣楞住，呆呆地仔細瞧去時，這才眞正明白了。那是不折不扣的一雙懸空的眼睛，那沒有臉做舞臺的眼睛，卻朝氣勃勃地射出邪惡猙獰的光彩直盯著我看，使得我靈魂出了竅，本來在褲襠裏突脹的陽物也就一下子洩了氣，枯萎如軟弱的蛞蝓了。我不知道是否那些花枝招展的羣鳥在別家院子裏闖了禍，惹了造物主動怒，差遣這麼一雙大眼睛來懲罰我，監視我，不過我並沒犯過罪啊！我常給那裏面最肥胖的一隻鳥警告，叫牠好好地啄食那毛蟲要緊，不可心血來潮就不顧一切地引吭高歌。可是牠們卻我行我素離我而去。從此，那一雙大眼睛就像我的身影般亦步亦隨地跟著我東奔西跑，甚至在我睡覺時也躲在天花板上壁虎窩暗地裏偷窺著我，檢查我身上每一根汗毛，檢查我心坎裏所有思想，只差沒設法溜進我的肚腸裏，變成用我的血液所養活的蛔蟲。

八月火傘似的太陽在我的頭上揚威耀武，恨不得降下天火把我一口氣燒燬。我掏出髒兮兮的手帕一面揩拭臉上不絕地滾落下來的汗珠，一面右顧左盼，想要找到銀娥告訴我的那所建築物。不過我只看到大路旁邊的加油站，那裏有一隊機車正等待著加油。加油站上空藍天白雲，一片空虛的蔚藍。

我細瞇著眼睛直向正面看去，原來那建築物就在我的眼前。奇怪，我怎麼的一直沒看見？我仰頭看到一座巨大的石碑似的尖塔。起初我以為看錯了眼，看到了什麼不該看的巨靈的紀念碑，也就肅然起敬，連忙脫下髒如抹布的運動帽，深深地屈身來了個鞠躬禮，以便表白我一顆赤子之心。其實說穿了，這也算不得什麼赤子之心，我只是害怕在那尖塔下面躲藏著虎視眈眈的守衛，每看到有人缺禮就飛躍而出，大聲責難或者毆打什麼的。須知，這年頭，什麼都疏忽不得，否則常會惹來莫名其妙的折磨。

待我定了神仔細瞧瞧那尖塔，我才知道我全錯了。那不是什麼巨靈的紀念碑，而是一所學校的校門。校門就是校門，並沒有什麼了不起，何必蓋得這麼巍峨！不知花了多少錢，眞叫人心疼呢！

這尖塔上面還有用龍飛鳳舞的雅壯金字書寫的校名。我儘量把身縮成一團，表示我並沒有褻瀆之意思，以免引起人家的非議，那金字金光閃閃的非常耀眼。上面寫著「十信國際傳播學校」。十信？這是什麼意思？莫非是摩西十誡的另一個譯名？抑或是十個信條？譬如看女人不可起淫心等等……屬於諸如此類的教訓？那麼，國際又是什麼意思？難道是聯合國所建立的？旨在明示不分國籍、種族和宗教，凡是繳得起學費的，都照單全收？那「傳播」兩個字更叫人受不了。到底傳播什麼？難道是傳播世界末日的訊息嗎？或者石油漲價的快訊？不過我實在無心仔細揣摩，約會的時間快到，我必須趕快同此地的負責人取得聯繫不可。

當我踏出家門時，我那瘦怯怯的妻子銀娥，曾經細聲仔細叮嚀過我，叫我搭十六號公車在終站下車就可看到加油站，那旁邊巍峨的建築物就是我今天要去的目的地。我看到伊那一雙哀怨的大眼睛已經淚光閃閃的時候，禁不住滿腔欲哭無淚的感覺。好似這一次是今生今世，夫妻的最後一次團聚，我再也看不到伊了。至於爲什麼有這樣悲痛的感覺。我也說不上來。我伸手，用手指頭輕輕地、溫柔地拭去滾下伊臉頰的淚珠黯然說道：

「你要保重身體啊！我一定會到達那地方的。」

「在那所房子裏你可以聽到男女混聲的梵唱，那是涅槃哪，你在那裏可以忘憂快樂地過活呢！」，伊的臉上浮現出詭祕的一絲絲肌肉的痙攣。

「我知道，我知道，我會好好幹活，最好能寄些錢回來給家裏花用！」其實我全不知道，我將到那裏去，做些什麼工作，是否每天都可以按時上下班等細節；因爲伊都閉口不談，我也就想問到底，反正閒著也是閒著，走這一趟路也並沒有委屈我多少。

「你要忍耐呀！」最後銀娥把臉轉過去，暗示我可以離開了，因此，我就依依不捨地告別，毅然面對了芸芸衆生混水摸魚的社會大染缸。

在下午懶散的陽光下我一個人孤零零地走著，我忽然憶起銀娥告訴我的一段話。可是我並沒聽見什麼鐃鈸、梵唱之類的樂聲。不過我行走的小徑兩旁卻種植著菩提樹，像上了蠟似的厚實有光澤的綠葉，迎風沙沙地作響，這帶給我一絲絲慰藉。雖然缺少梵唱，但這環境的確很像佛寺道觀，我彷彿能看到那莊嚴慈悲的佛陀正盤坐在某一棵菩提樹下安靜地喝著祂的羊奶呢！

我心裏正在竊喜，慶幸我三生有幸在這麼個幽美的地方獲得差事時，隔著綠草如茵的空地，突然出現了一所灰色的洋樓。我正在納悶爲什麼不是宮殿式富麗堂皇的建築，而是沒啥看頭的平凡洋樓時，迎面走過來了一對男女。那男的年紀約莫五、六十歲，戴著一頂樣子可笑的絨線帽，不時吃吃地笑著，而且嘴巴一開一合，像是在唸著某些咒語似的，脚步踉踉蹌蹌，拴拴欲倒。他的旁邊是一位穿著潔淨白衣，戴著一頂白帽的少女，一手扶持著他，像是在埋怨，又像是在唸經似的。也許伊正在唸天主教的那種玫瑰經吧？我的確不知道。

如果眼前出現的光景不是我看花了眼的話，這是個修道院無疑。那老頭子可能是衰老的神父，旁邊那少女應該是年輕的修女。不過令我因惑不解的是我從沒聽說過打狗市有這麼一所修道院。以前我年輕時在府城郊外隱祕的角落看過一所外國人的修道院，常緊閉著大門，拒人於千里之外，而且從裏面流瀉出來的並不是誦經聲倒像是操作雷達的那嗡嗡然一如蜜蜂羣飛的聲音。

我閃在一邊讓那一對男女走過去，這才發現他們是朝向一所約莫五層樓高的大廈，那大廈全是玻璃片，午後的陽光斜照著那些玻璃窗，好似整幢樓屋全是眼睛，正瞪著你看，也許說不定，整幢樓屋會裂開嘴，衝著你嘩笑一番呢！

那一對男女一路上拉拉扯扯地糾纏不清，好容易才走到那大廈玄關，就像春天裏的雪一下子溶化而消失不見了。那大廈似乎很高興的把他們吞沒，讓他們快快活活地賴在裏面，直到死亡之神把他們攫走。一絲絲寒意緩緩地爬上我的脊背，冷不防我打了個冷噤。

我把頭轉向右邊去。右邊是高大的空心磚厚牆。我從空心磚隙間望進裏面去。裏面有排列如凹字形的三樓平房，可能像蜂窩一樣分開爲幾十間小房間吧？中間的天井眞是美妙。中間有一個圓形噴水池，噴充的水珠飛濺在水池旁邊的變葉木，那不絕的水聲猶如德褒西某種一連串不協和音的流瀉，叫人不得不低頭懺悔。圍繞天井有走廊，走廊又寬大又潔淨。好似可以叫人隨時躺下來永遠地休息。

我把所有這些美妙的風景攝入我的心版裏去，並且好好地讓這猶如阿拉伯後宮般幽雅的風景，烙印在我的心靈深處。不久，我的視線全被一個少女吸引住了。不知什麼時候出現的，那穿著黃色毛衣、長裙子的少女垂頭坐在水池旁邊。因爲伊垂著頭所以我看不見伊的臉龐。不過從伊微微突起的胸部，我可以想到伊有未熟底梨形的乳房。伊顯得很無聊，把蒼白的手伸進水池裏不時攪著，當我再靠近欲仔細辨認伊的臉龐時，我赫然發現伊的手並非攪著水而是輕輕地敲打著一雙大眼睛，那大眼睛很不耐煩地眨著，而且掙扎著要從水裏跳出來。我不覺慘叫一聲。向後退了幾步，叫苦連天起來。

「哼！全是自作孽，自己要的。」在我背後響起了冷酷的聲音。

「你說什麼來著？」

「我說得不夠清楚嗎？這裏面的人全是心甘情願糟蹋自己罷了！」

我回頭一看，看見穿一套長白衣的人。他憤憤不平地指著那少女，很不屑地接連哼了幾聲，這才認眞地把我端詳起來。這個中年漢子具有給陽光曬紅了似的圓臉，看來像是個漁夫，倒不像是個歹人。

「請問神父在那兒？我是來找他的。」

「神父？」

那漢子聽到我提起神父，忽然像心裏明白了什麼似的，又連哼了幾聲，而後咯咯……的放聲大笑。

「朋友！」他說：「我是在這兒看門的。你說要找神父，我倒明白了好多事情呢！喏，在你前面的平房便是！」他指給我看剛才我走過來的菩提樹小徑，叫我一直走到盡頭。然後，他似乎對我失去了興趣，不知從那兒拎過來的，把一把籐椅放在空心磚牆邊，一屁股地坐下去。吁了一口長長的嘆息，寂然無聲得猶如老僧入定了。

顯然他不想再理會我，我也就落寞地在菩提樹下走著，過了草地之後來到玄關。我一脚踏進好似火車站的候車室一樣的房間裏，看到幾個狗男女疏疏落落的個別佔著座位正垂頭喪氣，嘴巴卻起勁的嘀咕不停。說禱告嘛，實在不像，倒像是個患了夢遊病的人，身不由己，萬般無聊似地坐著。

「請問神父在那兒？」我恭恭敬敬地發問，卻得不到任何回答。我的聲音空虛地振盪了空間，又彈回我自己的胸腔裏。

「你來了嗎？」

一雙強有力的胳臂抓住了我的肩胛。他那未修剪的指甲戮進我的肌肉裏去。我掙開他的胳臂，回頭一看，正看到穿著白長衫，把褐色扭扣全扣上的一個高大漢子。一絲絲獰笑掠過他高突的顴骨，他仍然搖擺著身體以保持彈性，想要伺機把我再度抓住似的。

「鼠輩！」我心裏這樣想著卻不敢說出來。我一想到在家裏等著喜訊的銀娥就不得不低聲下氣了。

「您老是？」我用天鵝絨似的柔聲發問。

「你與大眼睛，你與衆鳥之間的關係，我們都調查清楚。我們正等著你前來懺悔，贖罪！」他傲慢地說道。

「您老，這顯然是誤會。事情是這樣，您這兒的某一位神父，或者是和尚，這這……我搞不清楚。總之，他們傳話給銀娥，（這個銀娥是我的太太）叫我來這兒報到的。請您帶路讓我見見住持吧，一切都會迎刃而解！」我鼓起勇氣抗議。

「住持！騙人！住持！騙人！」忽然那些像僵屍一般垂頭喪氣的狗男女一齊霍地站起來，尖聲高叫。振臂大嚷特嚷，團團圍住我，而且個個伸出那如鳥爪似的五指，又戳又抓，把我的臉抓破了。當痛徹心脾的一陣疼通過去之後，傷口的血滴落下來，把我的白襯衫染紅了。

「住手！」那高大漢子大聲喝住，乾淨俐落地把每一個狗男女推開了。

「難道你本身一點兒錯誤都沒有嗎？那些鳥喜歡在你院子裏唱歌，卻不想去別處，這可要怪誰？至於大眼睛，他那有閒工夫專盯住你一個？還不是因爲你討他喜歡？」

「沒有的事，我院子裏綠蔭多，毛蟲多，鳥兒喜歡來，這難道是我安排的。再說哪一個人喜歡大眼睛日夜不停地盯住他不放？」

「全是詭辯！可見你一點兒也不悔改！」這一次大個子眞正動怒了，他一把抓住我的胳臂，不由我分辯，把我半拖半拉地帶進一間小房間裏。那房間漆黑一片，連一絲幽光都沒有。我感覺到裸露的手臂上一陣涼意，接著我被打了一針。隨著藥性的發作，我的頭逐漸沉重起來，我軟弱地癱瘓下來，像一團破布似地躺在地板上。突然房間裏大放光明，四周冰冷的混凝土牆壁旋轉起來，愈轉愈快。當旋轉驟然停止之後，我定睛一看，只看到我周圍滿是大眼睛。有些眼睛在地板上跳個不停，有些眼睛在我的身上蠕動著，發出咭咭……的怪聲。我害怕得牙齒格格作響，終於靈魂出了竅，哇哇地放聲大哭起來。

——本篇原載《臺灣文藝》革新第十七號，一九八〇年十二月出版

牆

一

不知睡了多久，簡阿淘忽然驚醒了。彷彿置身在深山幽谷人跡未到的地方，他在夢裏老是聽見琤琤淙淙的泉水湧出來的聲音。其實他之所以醒過來不完全是這流水聲的緣故，大半是十月下旬冷冽的寒氣，使得從毛毯裏伸出的雙脚麻木的關係。睜開惺忪的睡眼，他一下子清醒過來，那揮之不去的噩夢又抓住了他，開始折磨他；原來他的身子還留在府城警察局看守所的第八號牢房裏。不知幾點鐘了？他不知道時刻；被押進來的時候，他的手錶、眼鏡甚至連褲帶都被沒收了。

這第八號牢房是一排牢房中最靠邊的一間，跟第七號牢房有一道板牆隔開，其餘三面都沒有牆，只是用拳頭一般粗的圓形鐵管圍繞起來。九月下旬，剛被押進來的時候，簡阿淘非常喜歡涼快的風可以從圓管隙間吹進來，使得暑氣全消，但是看樣子，冬天卻非受罪不可了。那不斷湧出的泉水，其實是不斷在流的抽水馬桶的聲音。這白瓷的便器，設在牢房的最末端，簡阿淘在這便器上小便、大便，而且還用這便器不停湧出來的水洗臉、洗澡以及刷牙、漱口。

地板是磨光的木板，他睡在那上面也不覺得苦，因爲他在家裏本來也是習慣睡在木板床的關係。這所看守所是日據時代蓋造的，不知有多少臺灣人，給日本人罰坐二十九天牢，整天跪坐在這堅硬如石的板子上被折磨得死去活來。

簡阿淘索性把舊毛毯踢開坐起來發呆。就在這當兒，通往牢房的鐵門，發出一陣刺耳的尖銳聲音，兩、三個穿便服的特務，不知爲何高興，手拿多副手銬，嘻嘻……的笑著大步走進來。

簡阿淘認得那三個特務裏面的一個精壯的高大漢子，這傢伙正是逮捕他的人。精壯漢子迅速的走到第八號牢房，在牢房門前，很滿足的瞥了簡阿淘一眼就下達了命令。

「簡阿淘，把你的行李一起帶出來！快！」

「換牢房嗎？」簡阿淘針鋒相對地問。

「別嚕嗦！快點出來就行！」特務不耐煩似地喚道。

簡阿淘並沒有什麼行李，只有兩、三件要換洗的衣服和一本破爛的達爾文（Charles

Darwin）所寫的《畢克爾號探險記》而已，這是他叫家人送來的書，這一個月來這本書是他唯一被准許讀的書，他把這本書早就讀得滾瓜爛熟，幾乎能一字不漏地背誦了。

簡阿淘從那個狗洞也似的牢門爬出來還沒有站穩，咔嚓一聲，他的雙手就被手銬銬住了。

「走啊！發什麼呆？」特務獰笑著把他推了一下，他踉蹌地向前跨了一步。

在漆黑一片的甬道上走了片刻，經過他曾經被痛打一陣的審問室，忽然眼前一亮，他走進了警察局的大廳。原本他以爲只有他一個被解送，其實並不是。那大廳裏約有二十幾個人犯蹲在地面上卻都默默無語，低頭沉思。他忽然發現他的好友許尙智也在，許尙智用他悽愴的眼睛使勁地瞪著他。那眼睛裏透露出來的訊息，好像在告訴他，此行凶多吉少。他渴望能夠跟許尙智銬在一起，這樣就有機會互相傾訴有關這一個月來不幸遭遇的一切。

然而，特務們似乎早知道他們的底細似的，他被安排跟姓巫的一個傴僂的中年漢子銬在一起。當一行二十多個人走出府城警察局大門的時候，赫然看到一輛大卡車正在等候著。他們很艱苦地一個個爬上那大卡車，然後依舊或蹲或坐在那大卡車上。他們活像縮著頭的烏龜，個個忍氣吞聲，不敢講話。

「請問貴姓？」那傴僂的漢子細聲問道。

「我是簡阿淘，你是？」

「我叫巫正峰，原來你就是鼎鼎有名的作家簡阿淘先生。我早就聽說過你被抓了，哪裏知道有幸在這兒碰見你！」巫正峰壓低聲音說。

「那麼你是最近才進來的？」簡阿淘有些驚訝。

「是啊！來了一個禮拜了。」巫正峰悄悄說道。

「現在是什麼時刻了？」簡阿淘問道。

「才七點多呢，還早。」

「我倒以爲已經深夜了呢！」簡阿淘覺得好笑。每天渾渾噩噩地過日子，連時刻也搞不清了。

「不准出聲！」站在大卡車的特務凶狠地吼了一聲，簡阿淘和巫正峰也就不再竊竊私語了。

卡車駛過毫無人跡的寂靜街道，在「大正公園」的圓環拐了個彎。這時候，簡阿淘遠遠地望見那「銀座」大道，有一隊隊的隊伍，不但高舉著旗幟，還個個提著紅色燈籠，像一條蜿蜒的蛇，拐進忠烈祠那邊去。雖然距離太遠，但仍然依稀聽得見他們喊口號和高唱進行曲的聲音，那一波波的聲浪劃破了寂靜的空間傳了過來。

「那是什麼一回事？」簡阿淘禁不住小聲問道。

「你關糊塗了，今天是光復節，他們正在提燈遊行，以資慶祝，難道你不知道？」巫正峰覺得好笑了。

「光復節？是嗎？」簡阿淘有些愴然起來。這不是絕妙的諷刺嗎？光復帶來的，竟是坐牢！簡阿淘心裏覺得眞不是滋味，悲哀的沉默不語了。

卡車疾駛跑過他認得的路，不久到達了火車站。

「我們要到臺北去了！」有人長嘆了一聲。這嘆氣頓時使這一群人不覺擔憂起來。

他們活像一群被牧人所趕的牲畜。遠離了等車的民衆，在月臺的末端，陸續被趕進一個車廂，然後各自坐下。簡阿淘抬頭瞥了一下，車站候客室快樂的吃著橘子交談的候車客，深刻地認知了他和他們之間跨越不過的一條鴻溝：自由與囚禁。

二

起初他和巫正峰壓低聲音交談了一陣子，後來這個晚上的突然變化，使得他精疲力竭，不知不覺中睡著了。巫正峰是一個水電匠，住在府城東門附近。已經四十多歲，他有老婆和三個子女以及眼睛已經瞎了的老母。儘管有祖產的房屋可以居住，但是他很擔憂他被捕之後，家人的生活會陷入絕境。不過，他也並不著急；因爲他的老婆未嫁給他之前是賣菜爲業的，只要他老婆重操舊業，家人好歹能活下去。至於他被捕的案情，照例他守口如瓶一句話也不講出來。這也是政治犯的某種提防心吧？事實上在牢房裏常有假囚犯混入，打聽他們的消息，暗地裏打報告呢。

半夜裏他好幾次因寒氣而驚醒過來，他只好又穿上一件舊夾克。疾馳的火車外面是一片漆黑黑而陌生的曠野，不久，火車有規律的轟隆轟隆聲，像一首催眠歌，把他帶進一連串的噩夢裏去。在夢裏，老是有一條蟒蛇纏繞著他的身子，他用力掙扎，始終無法擺脫牠的糾纏。

忽然，一束晨曦照到他的眼睛，他慢慢地清醒過來。火車正駛進臺北車站，他看到月臺上熙熙攘攘的一群人。他們拼命往前衝，想擠進擁擠不堪的火車裏。只有他的這個車廂，有特務擋住他們，不讓他們進來。原來他所坐的這列車是一直要開到基隆去的慢車。等到人們都進入火車安靜下來之後，他們這一群牲畜又乖乖的下車，見不得人似的躲進相當寬大的車站行李間蹲坐下來。他忽然想起日據時代的囚犯。那個時代不作興用手銬和鐵鍊把囚犯銬住，卻用一條長繩子綁著幾個囚犯的腰部連在一起，眞正應驗了一句日本老話「一蓮託生」(同生同死)。想起這句話，簡阿淘不覺悲傷的苦笑起來。

天完全亮的時候，押著他們來的三、四個特務如釋重負似的露出笑容來；因爲車站外好不容易駛來了載他們去陌生地方的大軍車。原來這些特務也很害怕他們團結起來造反呢！可是，政治犯是不作興使用暴力的，他們是一羣人道主義者。如果不是人道主義者，他們今天也不會落入法西斯的手裏。

「到哪兒去？」簡阿淘有些不安起來，禁不住自言自語。

「不知道？總不是人間樂園吧？」巫正峰搭了話，自己也覺得好笑起來。

「是不是警察局？」簡阿淘又問了。

「笑話！你還不知道我們是被保密局捉的嗎？保密局就是大陸的藍衣社，有人叫做軍統。哪會把我們關在警察局？我看八成是要去秘密監獄！」巫正峰似乎比簡阿淘還懂得特務的系統。

「祕密監獄？我沒有聽說過。」簡阿淘倒好奇起來。

「你太嫩了。你連這點常識也沒有，虧你是一個政治犯。」巫正峰覺得又可憐又好笑。

「我哪敢當政治犯？我向來對思想有興趣，政治的事一向一竅不通！」簡阿淘囁嚅的說：這是眞話。

「我們都被看作是臺共，你懂嗎？」巫正峰氣憤不過的說。坐骨神經痛使得他扭歪了臉。他傴僂著蹲在他旁邊，眼淚就要掉下來了。

「臺共？」簡阿淘想起了他曾經看過的有些大陸共黨的書，恍然大悟起來。

「總之，這一去是生死之戰，你有這種心理準備才好。」巫正峰警告他又皺起了眉頭。

大軍車在行人稀疏的街道，迅速地駛來駛去，約過了半個小時，終於在紅磚高牆圍繞的工廠模樣的大門口前停下來。這個工廠有連綿好幾百公尺的高牆圍著，看不出它佔地多廣，但約略一猜也知道有好幾甲之大。

「下去！下去！排好隊伍，兩個人一排，不准講話！」特務又吼了一聲，凶狠的把他們趕下車。

進去大門是一間守衛室，已有穿咔嘰色中山服的十多個特務等候著他們。他們魚貫的走進去，被驗名正身，然後又被趕到圍牆邊蹲著面對那一堵紅磚牆。他們不准回頭過去看，只好默默地瞪眼凝視那一堵老舊的紅磚牆。簡阿淘忽然看到他的腳竟踩著綠色盎然的密生的羊齒植物。仔細一看那紅磚牆的牆脚是一片青苔。抬頭一看，那凹凸不平的牆，滿是凹下去的小洞，好似曾經受過一陣子步槍子彈的掃射。簡阿淘毛骨悚然起來，打從心底深處湧上來了無可言說的恐懼，但他忍著不說出來。

「我想起來了！」巫正峰輕輕的在他耳邊說。

「想起了什麼？」簡阿淘不安的說。

「這兒我在日據時代曾來過一次。這個地方是鹿港辜家的產業，叫做『高砂鐵工廠』呢！怎的變成了祕密監獄？」巫正峰作了一陣惡夢似地說。

這時候，他們背後揚起了一陣忙亂的跑步聲。由於他們不准回頭去看，只能瞪眼看面前的牆，所以不知道他們背後到底發生了什麼事。簡阿淘偷偷地低頭側視迅速地瞄了一眼，這才知道，原來他們背後來的是十多個穿草綠色軍服的士兵，一字排開，正舉著步槍和卡賓槍瞄準著他們。

一股不祥的感覺迅速地湧上心頭，簡阿淘瑟瑟發抖起來。他瞪著看似彈孔的紅磚牆上的窟窿，明白他離死亡不遠了。「他們要在這兒槍決我們，一定是的，否則那兒來的彈孔？」「別了！可愛的世界，別了！我所愛的臺灣，別了！我心掛念的家人和所有朋友！」簡阿淘毅然在心裏頭喃喃自語，閉眼挺起了胸膛。

就在他用悲壯的心胸，勇敢地昂然抬起頭來的時候，他聽到一聲含糊不清的口令，同時揚起了扳機扣動的卡賓槍刺耳的金屬磨擦聲。那聲音咔嚓咔嚓的響了一陣子。

「咱們完了！」巫正峰一聽到這聲響就慘叫起來。

「謝謝你的照顧，正峰兄，再見啦！」簡阿淘嗚咽似地吐出這一句話。

扳機扣動的聲響響了一陣子，又恢復了寂靜，過了片刻，又復響起來，周而復始，卻沒叫他們起來，也沒有子彈飛過來，他們都安全無恙。簡阿淘心裏覺得納悶，有死裏逃生的感覺。

「幹伊娘咧！做這惡毒的遊戲！他們要我們玩呢！」巫正峰如大夢初醒，狠狠地咒罵了一陣子。

「對！這是他們要嚇唬我們的把戲罷了，何必多此一舉？」簡阿淘有些快活起來；究竟他對這個世界還有些留戀，捨不得年紀輕輕的，死於非命。

蹲得兩脚快要麻木的時候，他們才被准許站起來。回頭過去看，那些士兵像雪融似的，消失不見了。

「哈哈……」

帶領他們走進牢房的特務倒快樂的笑著，好像做了一件令他們心花怒放的玩耍似的。

「活下去不見得好，以後的折磨不知多大！」巫正峰感慨萬分的說。簡阿淘默默地走著，活像一隻乖順的羔羊；事實上他也只是隻待人宰割的羔羊罷了。他苦笑了一聲。

——本篇原載《臺灣時報》副刊，一九八九年出版

西拉雅族的末裔

潘銀花用鋤頭扛了一畚箕牛屎來到蓮霧果園的時候，太陽還沒有升得高，可是暮春五月的陽光還是那麼地灼熱，她早已弄得香汁淋漓了。

這兩分多的蓮霧果園是她家唯一的祖傳財產，她家其餘的三分旱田是她的Arit（祖先）向府城大地主龔家租來的，每年要繳的佃租是那麼地重，繳了佃租之後幾乎沒剩下多少糧，所以果園那翠綠的蓮霧是她家賴以維生的唯一寄託。這翠綠的蓮霧是新市這一地區的特產，臺灣別的地方也有人種，可是沒有她家鄉的果子這麼甜，這麼脆。她的Ma（父親）和Na（母親）非常頑固，那租來的三分田地如果改種陸稻，也許生活會好過一點，可是Ma和Na卻墨守成規非種高粱不可，所以她家所吃的米都還得去羅。

此外，她所住的新店部落是個小部落，只有十八戶，人口八十多人，卻全是基督徒，禮拜天都要帶著羅馬字聖經到村集會所去做禮拜，由於沒有長駐的牧師，府城的教會總會派一個牧師前來講經、唱聖歌，洗滌他們的靈魂。每年農曆九月十六日是阿立祖的生誕，可是她的族人兩三百年來早已習慣於信仰耶穌，連個祖廟也沒蓋，只有九月十六日這天才由阿春尪姨〔女巫〕率領去知母義部落參加阿立祖生誕祭典。

潘銀花小心翼翼地在每一棵蓮霧樹根邊挖了小溝，把牛屎埋進去。這些牛糞都是她每天在通往府城的牛車路上揀來的，她的Na總是向人誇讚她的勤勞和能幹。蓮霧正當繁花滿樹，蜜蜂在白色花朵間忙著採蜜，她挺直了腰板，正在鬆一口氣的當兒，忽然劃破寂靜的空間，像炒豆子似地響起了兩、三聲槍聲。起初，她以為那是府城的第四部隊在演習，但卻不太像；因為槍聲只有幾聲就沒有了，而且也聽不見日本軍野獸似地奔跑的腳步聲和吶喊聲。

潘銀花忘去了Na常給她的叮嚀，別去管閒事這句話。仍然放下了鋤頭，向果園盡頭的河岸走去。那只是一條小溪，可是河灘特別寬，滿地都是龍舌蘭和菅草。

她站在一棵蓮霧老樹下往下看下去。太陽已升得快靠近中天，這幾天來不斷下的春雨，使得河水高漲，在灼熱的陽光下河流像一條橘色的帶子蜿蜒地邐迤開來。

就在靠近河水的龍舌蘭叢生的地方，潘銀花看見穿著獵裝和高筒皮鞋的一個年輕人倒在地上，不時痛苦不堪地呻吟著。他的腳邊摔著一枝槍，依稀可以看出那只是打小動物或小鳥用的空氣槍罷了。年輕人的腰帶綁著一個網袋，裏面裝了兩、三隻羽毛色彩灰黑的野鴿子。潘銀花覺得好笑，以爲這獵人沒射中野鴿子卻反倒射壞了自己的腿。可是他的呻吟聲越來越大，這叫潘銀花覺得有些不忍起來，她輕快地走向河灘，迎接她的是那年輕人一雙求救的可憐的眼睛。那年輕人臉色白皙，似乎很久沒受過太陽曬，可是卻濃眉大眼，倒長的英俊，這使得十六歲的潘銀花有些害臊起來。

「你怎麼了？哪兒受了傷？」潘銀花羞答答地問。

「我好像摔斷了腿呢，右腿疼得不得了！」那年輕人振作起精神來勉強的回答。

「這怎麼辦？」潘銀花遲疑未決。

「麻煩你去找個小樹枝把我的腿固定起來好嗎？」年輕人倒有了主意。

潘銀花用揀來的樹枝和他口袋裏的手帕把腿綁好，無計可施，只好扶著年輕人，讓他用另一隻健康的腿跳了幾步，結果他還是軟癱在地上，汗流浹背地喘息著。

「我回去叫Ma和幾個人來把你扛回去，不過你還是忍耐走幾步到果園樹蔭下去躺著才是。」

「你說什麼？Ma是醫生嗎？」

「不！我們部落裏沒有醫生。Ma是我父親的意思。」

「哦，我明白了，原來你是住在新店村的Chiraya（西拉雅）族呢！」

「西拉雅族？我不懂。」

「你們部落不是膜拜盛水的壺和豬頭骨？」

「沒有的事！你怎麼亂說！」潘銀花有些生氣起來。

「好了好了，對不起！請你速去速回！」最後一句話是用日本話說的。潘銀花沒上過公學校，聽不懂日本話，但是她猜也猜得出來。

她收拾好畚箕和鋤頭趕回家的時候，她的Ma潘紅頭正給黃牛套上車軛要叫牠拉牛車到田裏去，這正好派上用途。Ma聽完了銀花上氣不接下氣的報告，呸——一聲吐出了如鮮血般的一口檳榔汁，眉頭深結。

「他是我們頭家龔家二少爺龔英哲，他喜歡打獵，常來這兒走動，看樣子，我非駛牛車把他送回府城不可！好了，咱們這就去了！」

他們父女倆趕到蓮霧果園時，那龔英哲已不再呻吟，倒安祥地睡著了。搖醒了他後，在牛車上鋪了一層厚厚的稻草，讓他舒舒服服地睡在上面，父女倆就分擔工作，做爹的專心駛牛車，銀花就用弄濕的毛巾來替他擦汗。過急水溪時，二少爺頻頻喊口渴，銀花只好從牛車上爬下來，用餵牛喝水用的杓子舀了河水，讓他喝，此外就是拿了一把破油傘替他遮住了惡毒的太陽了。

掌燈時分，牛車輪子發出轔轔的刺耳聲音，駛上一條繁華大街。亮起來的街燈把大道照得如同白晝一般明亮。

潘銀花坐在牛車上目瞪口呆地看著這車水馬龍，熙熙攘攘的熱鬧景象。

「喏！這兒就是『大舞臺』啊！臺南府城最著名的戲院呢！」她的Ma潘紅頭解下頭上紮著的藍色Sarip（頭巾），頻頻拭汗。潘銀花不是沒有來過府城，曾經有好幾次她的爹要來賣甘藷或薪柴的時候，她也跟著他來過。只是那多在清晨，去的地方又是東門城外的「蕃薯市」，接觸的都是窮人，很少看見這麼多裝束打扮入時的男男女女。

「到了『大舞臺』了嗎？那就快了，拐過彎就到『范進士街』啦！」不再呻吟的二少爺龔英哲挺起半身來如釋重負似地嘆息。

「少爺，讓你受苦了。今兒個天太熱了些！」潘紅頭埋怨起天氣來。

「還好，若沒有碰到你們父女，我不知要在河灘躺多久。特別是銀花，如果沒她一路上照顧我，我一定被曬得頭暈腦脹了。謝謝你啦，銀花！」二少爺瞄了銀花一眼，不知怎麼的，紅漲著臉說。

「這也沒有什麼。你倒很熬得住。」潘銀花安慰了二少爺。她也偷偷地瞄了他一眼，剛好四目碰觸，驀地她的一顆心加快了跳動，這年輕人實在好看。

牛車從種有綠草花卉的圓環，拐個彎，駛入另一條較寂靜的大道，這無疑的是龔家所在的「范進士街」了。約略駛了片刻光景，就在「赤嵌樓」對面的二樓洋樓前面，牛車忽然停下來。亭仔脚裏有一個僕人打扮的老頭兒正焦急不堪地看著他們牛車停下。一看見牛車停了馬上走過來。

「樹淸伯，我把二少爺帶回來了。」潘紅頭垂手站立恭敬地說。

「嗳呀！你是紅頭仔，原來二少爺是到新市去的，他怎麼的又坐了牛車回來？」大掌櫃的樹淸伯這才露出了一點笑容。

「他打獵摔斷了腿呢！」潘銀花揷了嘴。

「摔斷了腿？英哲啊，你太任性了！頭家娘擔憂得快哭出來了呢！」樹淸伯埋怨起來。

「沒事，你不用煩惱，把我抬進去屋子裏頭要緊。」龔英哲苦笑著。

不久，從屋子裏頭響起了雜亂的脚步聲，兩三個精壯的漢子跑出來七手八脚地把龔英哲抬進去。隨後打扮得花枝招展的丫頭前呼後擁地圍著一位纏足的半百老太太走出來，那就是龔英哲的母親龔家頭家娘了。

「紅頭伯，虧了你父女倆照顧他回來，否則他不知會弄得怎樣了！眞多謝！這位是你千金，哦！叫做銀花嗎？這名字倒蠻吉利的。你這女兒長得多俏！」

頭家娘拉起銀花的小手。仔細端詳起她的容貌來，頻頻誇讚。這叫銀花羞得連頭也抬不起來。

「改天我再到你家謝謝去。天也晚了，今兒個晚上在這兒過夜。」頭家娘說。

「不了！明兒個早上還有一大堆活兒要幹，我們得趁著有月亮趕回去。」

「是嗎？不過也不用那麼著急吧，總得要吃頓飯再走。」頭家娘叫一個小丫頭帶他們到後院子去。這是三進落的大宅子，宅子正面對著人街的地方蓋成二樓樓房，但是經過一處舖著花崗石的天井走進去，卻是道地的古老房間。房間不知有多少間，走了片刻，才走到屋後的院子。院子裏種滿了玉蘭花、含笑花、桂花等多種香花，紅磚高牆邊的石榴花正盛開著胭脂紅的花兒。廚房就在後院子的一個角落，似乎下人都在這廚房進餐，至於主人們似乎另外有個餐廳的吧，銀花也搞不清楚。雖說是跟僕人丫頭一塊兒吃的飯，可是仍然是大魚大肉的，那過年過節才吃得到的烘肉滷蛋滿滿一大碗，好像丫頭也懶得去吃它。她的Ma潘紅頭幾乎喝光了一瓶金雞酒，連連打呃。她的族人一向是以豪飲著名的。僕人和丫頭們都挺和氣地給潘銀花的碗子裏夾了菜。吃罷飯，那掌櫃的樹清伯吩咐廚師替他們包好了一大包吃剩的菜：有些是乾料，有些是醃肉。潘紅頭這一下子樂壞了，這些菜少說也可讓他一家人吃上好幾天。

臨別的時候，專門服侍頭家娘的丫鬟阿鶯姐，又給銀花一大包衣服，說是小姐們不穿的舊衣，但還是簇新的，請她別嫌棄。

「紅頭伯，銀花姑娘，頭家娘也許會到你家去玩玩。不過這要等二少爺腿治好了再說。二少爺現在臺北的醫學專門學校唸書，快畢業了，將來是個西醫呢！」阿鶯姐笑嘻嘻地說。

「吃了飯，又送我們這麼多東西，請替我向頭家娘多謝！」潘紅頭高興極了。

離開潘家時快要八點了，月亮還在東方天空，靠著那皎潔的光，牛車駛離了府城，駛過花木扶疏的「臺南公園」，駛進一片漆黑的曠野裏去。

潘銀花坐在牛車上，覺得非常幸福；但這幸福感是來自一餐飯或人家餽贈的一大包衣服，抑或那英俊的二少爺，這她就搞不清楚了。

夏天快要來臨的時候，她的Ma潘紅頭採了一籃子碩大的翠綠蓮霧果子，老遠跑到府城去。說是要送給頭家娘嚐嚐，趁便也探視一下二少爺的腿治好了沒有。當然這種行動裏面也暗暗含有上次受到招待和餽贈，非報答不可的意思。潘紅頭並不喜歡龔家，他們是業主，雖然佃租催得沒那麼兇，可從來也沒減少過一毛一錢，每年都要設法非繳清不可；好像臺灣每個地方都一樣，這叫做「鐵租」，鐵定非繳不可。佃租既然躲不開，爲什麼還要送禮？所以哪怕是爛掉的果子，潘紅頭寧願餵豬也不願送給龔家，他也從來沒送過，這乃是破題兒第一遭呢！

傍晚時候，喝得酩酊大醉的潘紅頭，才搖搖晃晃地回到了家。顯然是在龔家吃了一頓豐盛的午餐。

潘銀花的Na金枝仔嘴巴裏嘀咕著，把她的爹扶進屋子裏頭，倒杯冷開水給她老爹喝。銀花就牽著那帶有一點印度白牛血統的黃牛到戶外去，繫在一棵木麻黃樹下。

「阿花，牛車上有一包糕餅和鹹肉，另外還有一大包衣服，這是頭家娘要送給你Na的，你把它拿進來！」

從屋子裏頭響起了已經清醒不少的潘紅頭的濁聲。

「Ma我知道了。」潘銀花在餵牛的青甘蔗葉下面摸到了兩包東西：一包是竹皮包的，那一定是菜餚了，另一邊卻是用白棉布包的，那就是衣服罷。

當潘銀花走進屋子裏去的時候，她的Ma和Na臉色凝重地交耳接頭不知商量些什麼。她爲了討Na的歡喜趕快要打開包袱的時候，她的Na金枝仔連忙搖了搖手，制止她。

「阿花，你過來坐。Ma和Na也下不了決心呢，要看看你答應不答應？」Na很憂慮地說。

「什麼事？那麼嚴重？」

「頭家娘給你爹說，二少爺已經從臺北醫學專門學校畢了業，將要在臺南醫院做見習醫生。以往他都在外地唸書，沒在家裏待過，所以也用不著服侍他的丫頭。此次，他要回家住一段時期，所以也就需要貼身丫頭了。頭家娘的意思是要你過去，聽說這也是二少爺的意思。你肯不肯？」金枝仔不知擔憂什麼，一直嘆息。

「他們龔家也算是書香人家，從來沒聽說過虐待下人這樣的事。你也看見了，的確很厚道。你在這草地跟著Ma、Na過日，雖不欠三餐飯，可也沒見過世面。要不要去沾沾富貴人家的珠光寶氣？」潘紅頭倒輕鬆地說。

潘銀花的眼前驀地浮現了二少爺那細白如少女的臉以及鮮紅的小嘴。耳畔響起了那跟體格不相稱的粗豪聲音。不知怎麼搞的，想著想著，猝然臉都紅起來。

「再說，頭家娘開出的條件也很優厚。先給我們安家費一百圓，這夠我們兩個老的吃上五個月了。此外，你不是終身賣給他家爲奴的，每個月吃穿不算，還有月給（薪水）十五圓呢！積下來也夠做嫁妝啦！」愛貪小便宜的金枝仔好像心動了。

「我不知道服侍二少爺，我做得來做不來呢！一切聽Ma、Na決定吧！」潘銀花的心早已飛到那溫柔鄉的府城龔家去了，但不好意思明白說出來罷了，只好推給爹娘去做決定。

「短則一年，長則二、三年，銀花還小，等到要出嫁時才辭工回來便是。到那時候二少爺也會成了親，自有新娘去照顧他，咱們阿花，也可以回來了。」最後Ma毅然下了決心，這事就這樣決定了。

然而她的Na金枝仔仍然放心不下，像他們很多族人所做一樣，決定去找阿春尪姨卜一下銀花未來的運勢。金枝仔準備了五千錢的紅包，事先通知阿春姨準備妥當，這才偕了銀花一起到阿春姨家去。

入夜是一片漆黑，沒有月亮，甚至一點微風也沒有，遠處暗暗響起了悶雷，似乎颱風快要來臨。阿春姨家住在新店部落西側的一片香蕉田裏，她也養了許多條豬，所以一走進香蕉田裏，蚊蚋羽蟲驀地撲到顏面來，癢得難受。摸黑走到那土角厝，就看見屋子裏頭的朦朧油燈光照出的黑影，正在激烈地抖顫著身子作法；那便是阿春姨了。

祭壇上有三個盛滿水的陶壺揷著菅草，此外就是豬頭骨了，陶壺前供奉米和烈酒。當金枝仔和銀花走進屋子裏面的時候，阿春姨發出可怕的吼聲，睜大眼睛。銀花知道神靈已經附身了，所以開始大聲哭泣悲鳴。銀花哭著哭著，本來是假哭，但想到這一去不知有什麼事情會發生也就害怕得眞哭起來。

阿春姨進入恍惚狀態，猝然倒在泥土地板，四肢抽搐了一陣子，然後復歸寂靜，像死人一般紋風不動了；這好比是歷驗了世間最大苦難後得到安息一般。

金枝仔和銀花一直恭敬的坐在泥土地板上安靜地等著阿春姨復甦。等了片刻，阿春姨緩緩地睜開了眼，露出了一絲絲笑容。

「我看見了銀花抱著一個男嬰坐在太師椅上。旁邊站著穿西裝的文雅年輕紳士。忽然一陣羽搏聲響起，衝過黑夜，一隻色彩斑駁的老鷹飛進來，把男嬰啣走了。然後，天火下降，整個富麗堂皇的正廳猛烈的燒了起來，大家驚惶失措的四處逃散了。」阿春姨把她所看到的情景心有餘悸似地說起來。

「銀花抱著男嬰？這是什麼意思？難道她嫁給了二少爺不成，這是不可能的。再說，又來了天火，把一切燒燬，這更是荒唐！」金枝仔滿面狐疑，不解似地說。

「我也不知道是什麼意思。不過，如果說銀花出嫁，那麼那家一定是富貴人家。我還看到銀花穿金戴銀的，一身綢緞。那客廳裏的擺設也不同凡響，有很多値錢的古董呢！」阿春姨倒輕鬆的說。

「這到底是好是壞？」金枝仔憂心忡忡。

「哪有什麼好壞？這就是命。誰都改不了！」阿春姨的信心倒沒動搖，她確信她的確看到了銀花未可知的將來。

千謝萬謝之後，金枝仔和銀花踏上歸途，母女倆一路上沒講話，各自埋頭思考，反覆檢討阿春姨的每一句話，但是最後還是落得滿頭霧水。

「唉！別去管它了，聽天由命吧！」這是金枝仔沉思默考後所獲得的唯一結論卻等於是空談了。

龔家老爺曾替日本仔當過「學務委員」，本來不願意把自己的子女送去唸日本冊，可是自己家人不去上日本仔的學校怎能勸別人的孩子去唸日本冊?所以他只好把子女一個一個送去上公學校(小學)。其中二少爺龔英哲特別聰明又眉目清秀,很討日本仔先生(老師)喜愛,破例去唸了只有收容日本人子弟的「花園」小學。然後接著唸兩年「高等科」,這就順利畢業州立臺南一中,考上臺北的醫學專門學校。

潘銀花到龔家的第一天先去見龔老爺,他通常都在二樓的書房裏很少出來走動。龔老爺年紀約莫五十多歲,一身前清秀才的打扮,書房裏盡是些線裝書。老爺看她長得纖巧,雖然肌色黝黑、眼睛深陷也毫不介意,叫她好好幹。倒是頭家娘很照顧她,特地派了阿鶯姐帶她去前次吃飯的廚房旁小房間安置了她。房裏有寬大的紅木床,簇新的棉被,還準備了臉盆、香皀、牙粉之類的盥洗用具;那香皀香得不得了,銀花睁大驚奇的眼睛聞了又聞,恨不得整天帶在身上。她在家是偶爾用鹽巴刷牙的;阿鶯姐說每天早晚都得好好刷牙以免口臭太濃,被二少爺嫌棄。洗澡時用大木盆,熱水要從廚房裏提,洗過的髒水別給人家瞧到,要趁著黑夜倒入廚房後頭的大水溝。潘銀花聽著阿鶯交代的生活細節,每一件事都覺得新鮮,哪來這麼多規矩?這簡直是磨人的。洗澡嗎?她向來都是跳進河裏胡亂泅來泅去就算數的。

第二天清晨,當廚房裏響起有人走動的脚步聲時,銀花就醒起來,就在用布簾隔開的一個角落的小馬桶上解了大便,然後去廚房裏提了一小桶熱水,半桶留給自己洗臉刷牙，那香皂就捨不得用了。

她躡手躡腳地走到二少爺的榻榻米房，二少爺還沒起床。她輕輕地拉起窗帘，讓陽光透進來，把小木桶的熱水倒進臉盆，放好毛巾和牙刷，返身要走出去。

「銀花嗎？我今天不吃稀飯。叫罔市婆替我烤兩片土司抹上奶油，煎個荷包蛋。」二少爺在床上躺著，瞇縫著眼，很高興地看著銀花，這使得銀花害臊得快要哭出來。

「你會習慣的，我傍晚才回來，午飯是在醫院的餐廳裏吃，你把我昨夜換的內衣褲拿去洗。襯衫要燙哦！」

二少爺笑嘻嘻的又吩咐了。

「什麼叫做土司？」銀花不懂。

「就是那長條的Pão啊？」

「什麼叫做Pão？」銀花更不懂了。

「哈哈哈……算了，你只要去給罔市婆講就行！」二少爺一點也不生氣，他知道銀花是聽不懂日本話的；可是他也聽不懂西拉雅話呢，這不就扯平了？

梳著「大頭髻」的罔市婆聽銀花說到土司的事情，眞的，笑得人仰馬翻，著實奚落了銀花一陣子，銀花看見碟子上的兩片香噴噴的土司和荷包蛋，暗地裏流下了眼淚，此類事情不只一次。這一天她碰上了好幾次。送走了少爺，打掃了房間，拿了白淨淨的長袖襯衫，她卻沒法使用那熨斗，她盯著那奇形怪狀的小鐵器兒發呆了一陣子，還好，阿鶯姐跑過來示範了一番，她這才弄清，原來先要把燒紅的木炭放進小鐵盒子裏，還要事先嘴裏含水，像噴霧一樣在漿硬的襯衫上噴水才得去燙平。

吃過午飯，在自己房間裏小睡片刻，就有大小姐屋子裏的小丫鬟翠玉來叫，說是頭家娘和幾個太太要玩四色牌，叫她去張羅茶水。

「阿花啊，這是頭家娘一番好意。無論哪位太太贏了錢，都有賞錢可領。」小丫鬟說。

「我不懂四色牌，是賭錢嗎？」銀花好奇的問。

「是啊！賭的雖是一毛、兩毛的，可是一個下午玩下來很可觀呢，有時十多圓呢！」小丫鬟吐了舌頭，做了個鬼臉。

「十多圓，是我一個月的月給吔！」銀花也心動了。

看了一個下午的四色牌，銀花似懂不懂地了解了四色牌的玩法。頭家娘大贏，賞給了她一枚五毛銀幣，這叫銀花心花怒放，這中間，只是跑了好幾趟廚房沖茶，準備了熱毛巾，讓各位太太揩拭了臉和手罷了。

二少爺回來，仔細的教導她怎麼去把西裝掛在衣架，又教她怎樣用鞋油擦亮黑鞋，銀花生性伶俐，這都難不倒她，她最怕的是二少爺動不動就拉起她的手來教她做這些那些的，每當二少爺的手抓住了她的手時，好比有一股電流貫穿身體似的，她覺得四肢發軟。

晚餐倒不用她去伺候，二少爺在樓上起居間跟他爹娘大姐一起吃。他的大哥龔英輝聽說還留在日本東京考那什麼「高等文官試驗」，想當法官還沒回來。罔市婆說，龔家擁有兩百多甲田地，他們家的祖先前清時曾經在噶瑪蘭做過縣官，代代都有人中過舉。

二少爺吃了晚飯回到房間，銀花早就在榻榻米上鋪了棉被，又把書桌抹得乾乾淨淨。此外，在廚房旁的洗澡間有個日本式的大木桶，她裝滿了水，在那大浴桶下面的燒火口裏塞進gara〔焦炭〕好容易才燒得通紅，不久大浴桶裏的水也燙得揷不進手了。

「你很勤快啊！銀花！你累不累？」二少爺要進去洗澡間時深情款款的瞄了一下銀花。

「怎麼會累？我在家從Tantun露出臉以後一直要不停地幹活兒到晚上咧！」

「什麼叫做Tantun？」龔英哲驟然眼睛亮了起來，很有趣似地問。

「太陽啊！」銀花很後悔，說滑了嘴又把她族人的話講了出來。

「銀花，這樣吧，我今兒個晚上開始教你學講日本話，你教我西拉雅話好嗎？」

「西拉雅話？我不會講！」

「你不是常講嗎？譬如Ma、Na、Tantun，那不是西拉雅話是什麼？」

「那是我們族人的話。我的Ma、Na，也不會講整句的，只是偶爾會說一、兩句罷了。我也是Ibutun（臺灣人）呢！」銀花氣得聲音高昂起來。

「好了，好了。你當然是臺灣人，否則也不會哼歌仔戲的都馬調了！哈哈哈……」龔英哲有些快樂起來。

「你幾時聽到的？」銀花害臊得臉也漲紅了。

「你不是時常在房裏哼呀哼的嗎？唱的極好。你有歌唱天才，可惜沒去當戲子了。」龔英哲挖苦了一下。

「戲子，我才不幹呢！」銀花很不屑的噘起了嘴。

豐衣足食的日子，使得潘銀花有些豐滿起來。她的乳房挺著，她的腰肢圓鼓鼓的，幾個月不到，她出落得猶如一朵盛開的玫瑰，然而她黝黑的臉色不因用香皀而潔白起來，同時她深陷的一雙大眼睛也總是帶著野性的光采。

由於她工作勤快又不計較做笨重的粗活，上至頭家娘下至廚娘的罔市婆都很疼她；只是口沒遮攔的小丫鬟時常在暗地裏叫她「番仔」，她聽見時有些惱怒；她不懂她和別人有什麼不同。

如果二少爺興致好，晚上他看完厚厚的《外科實例》的書就叫她泡個紅茶，放兩塊方糖和煉乳。每當她泡紅茶時都覺得那茶香好聞，但從來不想去喝，那是很貴的舶來品呢。

二少爺叫她坐在旁邊，教她講日本話。由於她目不識丁，沒法靠書本去教，所以只好像鸚鵡似地二少爺講一句，她就跟著學一句。幾個月下來，銀花也會講幾句單語，聽得懂二少爺吩咐的話了。每當二少爺叫她名字，她就用清晰的日本話回答他：「哈伊！（是）」這使得二少爺覺得很舒服。她也教二少爺她們族人的話，可是她所知不多，整句的話說不上，只能說Zarun（水）、Uran（雨）、Tabin（鞋）、Baun（海）、Baraitun（洋裙）等此類單語。此外，銀花會唱族人的四方歌，唱得屋子裏頭充滿了古代臺灣大自然豐沛的氣息。在銀花的部落裏，女性是佔上位的，所以她是天眞無邪的，從來不分二少爺和她的性別，也不自覺她是個身分低微的下人。二少爺受過新式的高等教育，自然也就沒有什麼歧視，只是有時她的主子和下人覺得她太任性了些，少缺拘謹。

她喜歡二少爺是事實，否則她也不會離開爹娘來做龔家的佣人；她也知道二少爺喜歡她，否則也就不會待她如親人了。二少爺當然得討門當戶對受過教育的新娘子，她這一輩子永沒有希望得到二少爺，但是她願意獻身給他，這是無條件的；因爲從這種結合裏她將會得到無上的快樂。

盛夏的一個悶熱晚上，潘銀花正蹲在榻榻米上替二少爺舖棉被，吊蚊帳。天氣燠熱，從臉上一滴滴的汗水掉落到發散著微微草香的榻榻米上來。潘銀花索性脫掉了襯衫，露出裏面的白棉內衣來。吊好蚊帳，她回過頭，想要從榻榻米床上爬下來時，卻發現不知幾時進來的二少爺，正盯著她隆起的胸部，紅漲著臉，呼吸急促如風箱般地響著。

「少爺，你喝了酒，我替你泡紅茶去！」銀花抓起上衣，穿上木屐。

「不用了。銀花！你喜不喜歡我？」龔英哲不待她回答，就用力抓住了她的雙手。她聞到酒香、香皂味和年輕漢子特有的野獸般猛烈的體臭。

龔英哲使勁的把她摟在懷裏，看她一點兒也不反抗，任他擺佈，這才湊近了嘴唇。他空出來的一隻手，撫摸了她的胸部，逐漸沿順著胴體抵達三角地帶。

這時候，潘銀花的身體內部好似有一枚炸彈爆炸開來似的，她使勁的摟住了二少爺，這使得二少爺似乎得到鼓勵，將她推倒在榻榻米上。

她光裸著身子，任二少爺撫摸；這本是她的願望，她也無所悔恨。她夾緊了二少爺的腰部，讓他壓在她上面喘著氣猛烈地動。二少爺進去她裏面以後吐出了滿足的凱歌，繼續動了好久，直到銀花覺得猶如在大海裏擺盪的一艘小船，在夢裏漂泊了一陣子。

她的肉體是豐滿的，她的感覺是尖銳完美的。她是爲燃燒生命而活的道地的女人。

潘銀花是從小勞動慣了的，她是大地的女兒，是臺灣這塊豐饒的土地培養出來的精肚的兒女。她像大地一樣貪婪地吸盡了每一滴滴到她身子裏頭的種籽，很快就有了孕了。

從那天晚上開始，幾乎每夜她都會溜進二少爺的房間裏去，纏綿終夜，直到天亮，東方露出魚肚白以後，才溜回自己房間裏打盹片刻，然後忙碌的一天又開始。有時，她深夜還有活兒要幹，來不及去二少爺的房間時，二少爺也會偷偷摸摸地來找她，捨不得離開她越來越豐滿的肉體。她覺得非常驕傲，二少爺過了這麼久，熟悉了她肉體的每一個角落，還是被咒語鎖住了似的迷戀著她的肉體。既然身心是一體而割裂不開的，她相信二少爺的靈魂也被她牢牢的掌握住了。

他按照Na平常教導她一樣，用條白綿布把腹部綁得緊緊的，以免肚子大起來，被人發現。她不怕被人發現，但她不得不替二少爺著想。

有天夜裏，激情過後，風平浪靜，二少爺的手慢慢的撫摸了她的肚腹，他這才感覺到銀花的肚腹隆起來了。他愕然驚醒，惴惴不安的問起話來。

「銀花，你是不是懷孕了？」

「虧你是個醫生，你現在才曉得！」銀花抓住了他那柔軟的手輕輕撫摸了一陣子。

「那怎麼辦？」二少爺茫然的瞪眼看天花板說。

「我要生下來，我要有個你的兒子。」銀花堅決的說。

「如果不是兒子呢？也許是女的。這種事情麻煩了點。怎樣？叫我婦產科的同事做

『搔把』把孩子拿掉？」二少爺不愧是醫生，非常理性。

「不！我要生下來！」銀花絕不妥協。

「那麼，只剩下一條路可走，我絕不逃避責任，立刻娶你為妻吧！」二少爺沉思默考後說。

「不！那是辦不到的。」

「為什麼？」

「你是個醫生，又是個書香門第之後，我配不上呢！嫁給你之後，你我的麻煩多，永遠不會有幸福的。」銀花含笑的說。

「那麼就沒有什麼路可走了。你打算怎麼辦？」

「我們是兩廂情願，誰也不欠誰！再說，我的族人跟你們的想法不同，Na才是一家之主，至少Ma和Na是真正平等的。我可以擁有沒有爹的兒女呢！」銀花冷冷的笑開了。

她非常高興二少爺不是那自私自利滿腦子舊思想的漢子，他說要娶她為妻的這一句話也著實感動了她。但是她很明白這是不可能的；縱令他們倆的愛情永遠不變，也無法禁得住別人的冷言冷語和暗箭傷人。她看過大自然裏的無數交媾；花粉黏住了雌蕊，子房就暗地裏結胎；公牛和母牛交配自然就要生出小牛來，大地上的一切就這樣生生不息的，何嘗聽說過誰應為子女的出生負責任？

過了幾天，阿鶯姐面帶笑容的來找銀花。雖然阿鶯姐一直很開心似的笑，可是她一雙水汪汪的眼睛卻好幾次偷偷地瞄了銀花的肚子，這是瞞不了銀花的。

「頭家娘請你過去談談呢！」阿鶯姐說。

「我正在忙，二少爺的襪子還沒修補好呢！」銀花噘起嘴，指著手裏的針線說。

「那也沒什麼要緊，走吧！到頭家娘屋子裏去。有好消息呢！」阿鶯姐似乎在暗示頭家娘心情愉快不用害怕的意思。

潘銀花照鏡攏了一下頭髮，就跟阿鶯姐走了。頭家娘正在抽水煙袋，那用錫打造的煙盒咕嚕咕嚕的響。頭家娘抬眼看到銀花驀地滿面春風，眼睛離不開她微微隆起的肚子。

「銀花，別老是站著，坐下來。」頭家娘體貼地說，叫阿鶯姐搬來一張籐椅坐。

「多謝，我習慣站呢！」銀花仍然站著。

「銀花，英哲告訴我你有孕了，是不是？」

「……」銀花有點害臊，只好輕輕地點了頭。

「英哲說要娶你，這也是應該的，不過……」頭家娘很難爲情地頓了一下：「我們家大兒子英輝還在東京準備考試，未曾娶妻。我非常高興英哲先有了孩子，說起來這也是我們龔家第一個內孫，你理該有相當的身分地位。從今天起，你不用幹活兒，每個月不領月給，比阿鶯姐多領一點例銀，這樣好嗎？」

「銀花，頭家娘的意思是說，你已經不是外人，是自家人，你懂嗎？」阿鶯很羨慕似地說。

「頭家娘，我做活習慣了，二少爺仍然由我服侍吧，至於要多給我錢，我先謝謝你。起碼可以讓我爹娘過得舒服一點。」潘銀花毫不含糊地說了。

「雖然英哲沒成親就先有了你，我們也認你爲龔家的一分子，算是做小的吧，你明白嗎？」頭家娘最後亮出了牌。她要銀花做妾便是。潘銀花默默地接受了，但她心裏打的是另外一個主意。

過了舊曆年不久，有天晚上，寒流來臨，天氣轉冷，冷得牙齒格格地響。銀花躺在床上望著窗戶外的玉蘭樹在冷風裏瑟瑟發抖。不久，她也開始發抖，冷汗直冒出頭額，一陣陣的疼痛從腰部衝到她腦門上來。她的孩子正在撕裂著她，掙扎著要脫離黑暗，來到這多彩光明的世界。

潘銀花不想藉助任何人的力量讓她的孩子來到這個世界，她拼命咬住棉被的一角，壓住像野獸般要迸裂出來的可怕呻吟聲，她疼得要昏迷過去，但是她卻能咬緊牙關一次又一次地忍了下來。她感受到她下部的裂口逐漸擴大，由兩指寬到三指寬……以至於孩子的頭和身子整個脫離了她的身子。她感到黏黏的血在她大腿間滴著，恐怕把被褥也染得血紅了；事情來得快，她根本來不及鋪上油紙，死去活來的不知拖了多久時間，陣痛一波波地來襲，疼痛之間，她清醒地憶起了來到龔家以後的一齣齣情景。

當遠處傳來雞啼聲的時候，她用力把雙腿一踢，猝然聽到呱呱落地的她的孩子嘹亮的哭聲。她驀地覺得腹部的一塊石頭落地似地無上的舒鬆。她眼睛含著淚，挺起半身來，看到在她股間紅紅的肉塊，像淋了雨似的濕淋淋的。「是個男兒呢！」她終於不辜負龔家的期望替他們家養下了第一個內孫。但他也是她的孩子，這才是重要的。她勉強伸手去拉開紅木床的抽屜，把預先準備的小剪刀和紅線拿出來；那是二少爺怕產婆的器具不乾淨，先在醫院裏消毒過後收在抽屜裏的；此外，還有一大疊草紙和棉花，那是要她用來揩拭污物的。

潘銀花的族人是不用剪刀剪斷肚臍的，如果在田間，通常她們族人的婦女會用銳利的菅草葉或者隨地可揀到的任何東西剪斷肚臍的。不過，二少爺曾經說過那不足爲訓，會帶來嚴重的後果。

潘銀花用手隨便擦拭了眼瞼上的汗水，看準了肚臍，將它剪斷。這個時候新生的嬰兒不知是否不舒服，扭歪了臉，拼命地，著了火似地哭起來。

潘銀花心滿意足地用手輕輕拍打著嬰兒的背，由於一夜積下來的疲勞，昏昏沉沉地睡著了。睡得那麼深，她一隻手抱緊了嬰兒，不知睡了多久。

當嘈雜的一屋子裏人聲響起來時，她愕然醒覺，看到從沒有下過樓的頭家、頭家娘和二少爺正全都屈身注視著她。看她醒來時，全都露出笑容，頻頻安慰她。

「你是勇敢的孩子！」頭家說。

「銀花！臨盆了也不叫人，如果萬一不順利怎麼辦？」頭家娘笑得合不攏嘴，略略責備了她。

「我很好！孩子呢！我的孩子呢！」銀花看不見嬰兒而著急起來。

「喏！罔市婆和阿鶯姐正洗他呢！你瞧！」二少爺握住她的手，空出的一隻手把她的頭抬起來，讓她看見罔市婆和阿鶯姐正手忙脚亂地用軟布揩拭嬰兒，再讓他穿上衣服，最後用小毛毯小心地包起來。嬰兒只露出半個臉，用他那跟二少爺一樣的又大又黑的眼睛好奇地轉呀轉的。

「漂亮的孩子呢，小雞雞又挺大的，頭家娘，我非討個紅包不可！」阿鶯姐高興地嚷。

「依你，依你，我會給你一個大紅包！」頭家娘把嬰兒死命的抱在懷裏，逗他笑。

龔家上下所有的人都對她不薄。雖然她在龔家還沒有什麼確定的身分和地位，既不是丫鬟又不是主子，但很明顯地沒有人再把她看做是佣人了。罔市婆每天把煮爛的一隻麻油酒雞端給她吃，雖然她能起來走動，也不讓她下床，而且對她講話的口氣，多少帶有點客氣了。阿鶯姐每天幫她洗嬰兒，教她不能用香皀，那會叫嬰兒打噴嚏的；她覺得這事兒倒新鮮。二少爺每天下班回來就用消毒水仔細洗了手才來抱嬰兒，跟她有說有笑的，似乎有了孩子，他對銀花的感情又加深了些。

然而在這幸福的環境裏，銀花逐漸鞏固了她的決心。她不能一輩子這個樣子待下去；這樣，無異是被人餵養的牲畜呢！固然牲畜不怕沒飯吃，但是這飯不是自己的勞動換取來的。她必須在自由的天地裏，靠自己雙手勞動，養活自己和嬰兒，這樣才是頂天立地的Chiraya人！她將帶著她的Karawai〔兒子〕，離開龔家獨自過活去。她不想生活在這高牆圍繞的籠子裏，夜夜盼望著二少爺來跟她纏綿，打扮得花枝招展，猶如一隻被養肥的孔雀。她相信二少爺是眞正愛她的；離開了他，他一定會傷心得茶飯不食。但她仍然覺得她不屬於他，也不適合他，她是屬於大地和泥土的，總有一天，她定會找到新的愛情，建立新的Tatakak〔家〕，找到同她一樣屬於曠野裏的精壯漢子。

暮春的傍晚，她的Karawai〔兒子〕，已經能咿啞咿啞地發出含糊的聲音了。她換上以前來龔家穿的那一套舊衣服，把兒子用毛毯裹得如同竹筍似地緊緊的揹著，右手提著換洗的尿布和她積下來的幾百圓，從後院的側門，偷偷地溜出去。她不打算回到這溫柔鄉；儘管這一年來有許多快樂和傷心的記憶，但她把這些都拋棄在背後了。她也不打算回到新店部落去；當然有一天她也會回去看看年老的Ma和Na，但不是現在。她的錢足夠讓她在偏僻的山地裏買一、兩甲田地，蓋個土角厝安居下來。如果水土適合，她還打算種植一些翠綠的蓮霧，聊慰思鄉之苦。

那麼到底去哪兒？她心意已定，她要到「大內」去；那地方離開她家鄉不遠，而且她族人的分支早就遷到那山地，開墾了不少荒地。

她昂然回頭過去看那龔家宅子，緩慢地向西邊沉下去的紅紅的太陽，正把龔家宅子的天空染得通紅，這晚霞叫人誤覺好似龔家失了火，正熊熊燃燒一般。

她驀地憶起了尪姨阿春的話；那麼這就是她所說的天火下降了？一點兒也不靈呢！說是有老鷹飛下來把男嬰啣走了，那來的老鷹？難道我就是老鷹？銀花格格地笑出聲來。當然，阿春姨的預言也不是完全不靈的，我不是有了男孩嗎？

潘銀花加快了脚步走向火車站。她可以在火車站過夜，明兒個早上搭早班的「興南客運」車，到「大內」找她陌生的族人去。他們一定會幫她忙的。

——本篇原載《臺灣春秋》，一九八九年八月出版

野菊花

一

潘銀花記得一年前她到府城去幫傭的時候，這條從左昌村通往她家鄉林克村的小徑，路兩邊都種植著高大的木麻黃街路樹，現在她從小看慣的這些街路樹都看不見了。原來只夠一輛牛車行駛的小徑，已經拓寬且鋪上柏油。看樣子足夠讓一輛大軍車疾駛而過。

在她的背上，還沒到兩歲的她的嬰兒阿豐不知爲什麼高興，咿啞咿啞地講個不停。暮春的暖和陽光照在她梳得一絲不亂的頭髮上，她有些覺得頭暈。這也難怪，從臺南客運的班車下車之後，她已經走了大約有半小時，雙手提著一隻皮箱，一個大包袱，還背著肥胖的嬰兒呢。

雖然路拓寬了，鋪了柏油，但柏油兩旁原來種著街路樹的地方，卻長著高大密佈的芒草，在芒草中時時看得見一叢叢的野菊花。野菊花濃綠的葉子，密密麻麻地盛開的小白花，使得這條鄉路憑添了幾許風趣。

潘銀花回家來並不想依靠Ma、Na〔爹娘〕過活：，那是不可能的。她的老爹紅頭仔只有一分田地，通常由她的Na〔娘〕金枝仔來種些四季蔬菜挑到府城去賣：，這是她家最大的一筆收入。她的Ma〔爹〕有時也會幫忙娘下田澆水或施肥，但主要的工作是打工，替村裏的大戶人家做零細雜工。她的兩個哥哥早已成家立業，大哥遠到臺東去找荒地開墾，也許日子也過得不怎麼好吧，很少回來。再說，從臺東坐「公營巴士」繞楓港經打狗市回來臺南府城，再搭臺南客運車回來家鄉林克村，那車錢也貴得嚇人，大哥只好不回來了。二哥也跑到她的族人西拉雅族（Chiraya）群居的大內部落的深山裏種果樹去，這幾年過得還算不錯，但也不是生活富裕得可常拿錢回來孝敬父母的。他有時反倒還要伸手向Ma、Na要錢呢。

潘銀花此次回家並沒有打算在老家住很久。儘管爹娘不會嫌她回家。但縱令是吃甘藷簽，多一個人吃，總是負擔，爹娘也不會太高興的，何況她又有了嬰兒，做不了工，賺不到錢。她遠遠地看到一叢高大挺拔的Abiki〔檳榔〕樹，她家那破敗的土角厝就藏在檳榔樹影子下。

嬰兒阿豐是她在臺南府城龔家幫傭的時候，跟二少爺生的。那二少爺是個醫生，是總督府立醫學專門學校畢業的，現今在臺南醫院當實習醫生。有天晚上，她在龔家廚房忙著洗餐後碗碟，忽然想到好久沒洗澡了，就動起痛痛快快洗一次澡的念頭。她在老家時，洗澡是極其簡單的事。入夜，在檳榔樹下的深井打水上來，在漆黑一片裏可以從從容容的洗完。她並不怕給人撞見，她很驕傲她有一副乳房堅挺、緊縮的細腰底好身材。只有Ibutun〔福建人〕的女人才把肉體裏得密不透風，生怕被人瞧見。她的族人較天眞爛漫，以爲肉體是Zamarit〔天神〕所賞賜給人的美好事物，並不怕裸裎相見。夏天的時候，她索性把衣服脫在林投樹下，在那清澈見底的小溪洗澡。

可是在這龔家要洗一次澡是頂麻煩的事。她先在廚房裏的大灶燒一大鐵鍋的熱水，再用木桶提回她的房間，倒在「脚桶」〔大臉盆〕裏，還得另外準備一桶冷水才行。她把熱水提回，把頭髮散開，拿起了一塊發散著梔了香的香皀準備洗澡。她已經把衣服都脫光而一絲不掛了。

她是服侍二少爺的丫鬟，那二少爺的榻榻米房離她房間不遠。二少爺晚上唸了書，覺得疲倦就會到她房間裏，叫她替他煮咖啡。所以即使她在睡覺時，她也從不鎖門，只是把房門虛掩而已。

正當她給身子抹上香皀的時候，冷不防那房門被推開，二少爺一進來就目瞪口呆地發怔著，一雙灼熱的眼睛卻盯盯地看著她的裸體。潘銀花也覺得害臊，只好拿起一條洗澡用的白布蓋住了她的私處。

「銀花，對不起！我只是覺得口渴，叫你替我煮一壺咖啡而已。」

二少爺嘴巴裏喃喃的說，卻不想返身離去。潘銀花從小看慣了雞鴨或牛隻的交配，何況她爹娘總是在她睡的旁邊幹那好事，早就對男女交歡的事一目瞭然。她家只有一個木板釘的大木床，家人本來都是睡在一起的。

當二少爺像風箱一樣喘著，用他細軟如Hae（女子）的手抓住她乳房撫弄，再慢慢地摸到她Kuh—tii（女陰）的時候，她也喘著，用她的手剝下了二少爺的睡衣。二少爺沒那麼精壯，她覺得她的下部如著火似地疼痛的時候，他早就完了事。潘銀花還貪婪的動了她的手，使勁的撫摸他的那話兒，結果他洩了氣竟軟癱下來。

她原諒了二少爺。同時她不覺得做這種事有什麼不對，男貪女歡，兩情相悅本是大自然的施與。

從此以後，她夜夜跟二少爺睡在一起，說不出的恩愛。過了兩個月後，她每個月的信息沒有來報到。她知道懷了孕了。

生下了男孩阿豐以後，頭家娘要銀花留下，做二少爺的細姨，而且給了她五百圓；這筆錢夠她買看天田兩甲多。二少爺是還沒娶親的，他將來娶的一定是門當戶對、受過教育的黃花閨女，那時候名爲細姨，其實銀花仍然是丫鬟，而服侍的對象除二少爺之外，多了一個少奶奶。銀花本來就是大地的女兒，她需要強烈的陽光、微風和紮實的泥土才會活得自在。龔家無異是囚籠，縱令穿金戴玉，三餐美食，也等於是被人飼養的牲畜。她決定離開這個家，另找屬於她一個人的精壯漢子。她背了她的兒子偷偷離開龔家，先在大內二哥家住了一陣子，拿出錢來，叫二哥替她買了兩甲芒果園，自己留著幾十圓，就這樣回家了。

「Ma，我回來了！」銀花把背上一直咿啞咿啞地哼個不停的兒子放在大床上，讓他去吮自己的手指頭。

她的老爹正在吃飯。一大碗甘藷簽裏看不到米粒，佐膳的菜是一小碟白豆豉和鰮鹹魚。

「吃飯吧！」她的爹紅頭仔沒什麼表情，瞥了一下她和床上的外孫，就用下巴示意叫她盛飯。

「我不餓。剛在左昌吃了一碗碗糕。」

「日本人的仗打得壞。聽說又在菲律賓打輸得一敗塗地。有一天會連碗糕也沒得吃！」她的Ma一面撥飯塡嘴巴，一面含含糊糊的咒起日本人來。

「是啊，二哥被抓去舊城桃仔園做工，據說是要開軍港什麼的。吃得很壞，而且是沒工錢的義務工，還好回來了。」潘銀花說。

「那龔家的頭家娘來了好幾趟，說你不願當細姨也罷了，阿豐是他們龔家的親骨肉，一定要帶回去。」她的爹若無其事，平淡地說。

「如果是女孩兒，我倒可以還給他們。但阿豐是男孩，而且我已經在保甲事務所報了戶口，登記爲我的私生兒姓潘。」銀花袒露胸部，把阿豐抱在懷裏餵起奶來。

「你的乳汁那麼多，還可多餵一個孩子而綽綽有餘。」她的爹看著她青筋暴露、潔白豐滿的乳房高興的說。

「是嗎？」銀花看她老爹高興，她也不覺綻開了百花怒放似的笑容。

「你以後打算怎樣？」

「我打算嫁人啊！」

「你帶著孩子再嫁，這可有點兒麻煩！」她的Ma沉思默考起來。

「慢慢找吧，反正我不急，我還有錢。此外我有個條件，我那未來的老公，就是你未來的Kararat（女婿），能每個月拿十圓出來給你們做家用。」

「這主意固然不錯，只是阿豐怎麼辦？」

「我帶他嫁人。如果對方不肯，也就作罷。」潘銀花很有把握，她本來是族人中最美的女人，她的身子豐滿堅實，這是她最大的本錢。

她的Na金枝仔，掌燈時候才從府城回來。那籮筐裏只剩下一把皇帝豆而已。金枝看到女兒回來也並不驚訝，放下籮筐就趕忙去抱阿豐。

「這個查甫囝兒不像你。皮膚很白，只是眼睛細小點！」金枝仔說。

「他是Ibutun（福建人）的種，當然沒有我們這麼大的眼睛啊！」她的老爹這麼說，仍然是笑嘻嘻的。

「我在家住一段日子，想要再嫁人。府城人說，這種日子是度小月，我正是度小月呢！」潘銀花開了個玩笑。

「龔家那麼有錢，二少爺又是個醫生。你放著現成的福氣不享受，倒要回來嫁邋遢的農夫，這是何苦呢？」金枝仔有些埋怨起來。

「Na，你也不想想看，人家把我們當做什麼人？簡直像牲畜。那些丫鬟還暗地裏叫我平埔番呢！再說，我目不識丁，連一句日本話也不會講，將來在龔家有苦頭吃。」潘銀花不理她Na的嚕嗦。

那個夜晚，跟爹媽睡在一起，聽著蟋蟀躲在泥土砌的牆縫裏鳴叫了一夜，潘銀花有落葉歸根的充實快樂感覺。

二

風聲放出去，立刻有許多族人來做媒；也許看上潘銀花在龔家得到一些財富的傳聞吧。她要帶著阿豐嫁人儘管是一個難題，但他是男孩，鄉下人是不太會計較的；孩子像豆子一樣生得多、死得多，將來可以幹活兒的男孩毋寧是一種極好的資產。

最後那做尪姨（女巫）的來春姨，帶來了好消息。對方是住在番子田的一個Ibutun（福建人），是個鰥夫，年紀四十多歲，有一個女孩，是個駛牛車的。這個叫王土根的福建人，據說擁有三分田地，是自家的，並不是佃農。他喪妻以後，積極找續弦，但是由於後妻要照顧他的女兒還得耕那三分田，年輕姑娘都退避三舍，至今討不到老婆。

「人倒長得雄赳赳的孔武有力。不賭不嫖，攢下的錢也不少。我阿春從小看你長大，不會騙你的。」

來春姨用那三寸不爛之舌說動了潘銀花的心。

「既是你阿姨提的，一定是不錯的人選。只是我有個條件，不知對方是不是會接受？」潘銀花說。

「當然，沒有把你白送給人的道理。」

「聘金總是要收的，一百圓或兩百圓隨他意思。不過我另外有個主意，是要他每個月拿出十圓出來做安家費，給我父母過活。」

「這……」來春姨沉吟了一下：「十圓這數目太大了些，幾乎是吃頭路的人一個月的薪水呢！好吧，我去試試看。」

「我不會少你媒人錢的。」潘銀花笑嘻嘻的說。

阿春姨兩頭跑了好幾趟，終於談妥了：她說那土根仔起初嫌聘金多，又要每個月付出十圓而面有難色，後來由於一個人孤單過日子實在難捱，最後勉勉強強地答應了。

「不過他總得要看你一面，才能定奪。」

「看貨色的好壞嗎？」她的爹苦笑了。

「紅頭伯，不能這樣講，相親是不可免的規矩啊！」來春姨說。

第二天一清早，那土根仔來相親，他倒穿得很體面，頭上繞著青色頭巾，脚穿布鞋，又穿一套舊背廣（西裝），雖說不倫不類，也算盛裝了。

潘銀花低頭捧了盤子，徐徐走出去請他喝茶。一抬頭看到那土根仔的時候，這才發現他瞎了一隻眼。而且說是四十多歲，其實快五十歲，滿臉深深的皺紋，跟她爹一樣老。那一隻賊眼色迷迷的盯著她貪婪的看，由頭頂一直看到她粗大的雙脚。土根仔吁了一口滿意的嘆息。潘銀花瞥了一下土根仔，卻只看到那張嗜食檳榔的血盆大口；還好，他的牙齒倒全在，不像她的爹全脫落了。

儘管是正式論及的婚嫁，但潘銀花是再嫁夫人，也就決定不用轎子抬去，她的二哥駛牛車，全家人就這樣擠在一輛牛車上往番子田去；因爲王土根是住在離她家約有二十多里，曾文溪河畔的番子田火車站前面部落。她的爹娘沒有什麼不同意，因爲接受了聘金一百圓，以後每個月還有十圓可領呢。那一百圓聘金，潘銀花孝敬了爹娘，她什麼嫁妝也沒帶，只帶阿豐去。反正，她是富婆，擁有兩甲果園呢。

番子田火車站前的王土根家倒張燈結綵，一片喜氣洋洋。那中午的喜宴席開十多桌，全部落的男女老幼都來喝喜酒。王土根人倒很慷慨，每碗菜都裝在小臉盆，讓大家吃得飽飽的。只是日本人的仗打得每下愈況，物資管制，只有偷宰的豬肉，所有海鮮俱缺。王土根還請來了日本人的山田警察大人以及他用牛車替他們搬運器材、製造酒精的軍需工廠的幾個日本人工程師；這工廠蓋在離番子田火車站不遠的地方，規模相當大，王土根組織了一隊牛車隊每天有幹不完的活。只有日本人吃喝的那一桌才有「白鹿」「菊正宗」等日本淸酒可喝，其餘喝的一律是米酒。

入夜，當把剩菜分給鄰居之後，天就暗下來，王土根六歲的女兒招治不久睡著了。潘銀花餵了阿豐奶，一面輕拍阿豐的屁股，一面哼著搖籃歌，不久阿豐也睡著了。

這時候，因多喝了酒，紅漲著臉，土根仔推開了房門進來，猶如餓虎撲羊，一下子就撲倒她身上，把她壓在榻榻米上。

她聞到一股濃烈的酒氣與檳榔熱熱的說不出的氣味。土根仔的一隻骨節突起的粗手，粗魯地把她剝得精光。他不像二少爺那樣先細細愛撫，突然一下子就進去了她的身體。他強壯而持久，一次又一次，潘銀花的高潮興起又衰退，但他仍然堅定的壓著她。直到東方露出魚肚白之後，王土根這才發出猛獸一樣可怕的吼叫，滿足地洩了氣。潘銀花這時候整個身子酥酸，骨頭全給折了似的，但是她也享受了未曾有過的快感。

王土根是一隻野獸，不管什麼時候，不管什麼地方，那怕是大白天，只要他一有空，就抓住她，用他那粗壯的手捏她乳房、她豐滿肉體的每一個角落，然後永不滿足似的，讓她經驗了一片汪洋中被暴風雨播弄的小舟，那種搖盪不停的猛烈感覺。潘銀花是有足夠本錢的，她並不怕王土根的摧殘，她像肥沃的大地一樣，吸盡了王土根的精氣。可是很奇怪的，她未曾懷孕，二少爺從沒帶給她這種滿足，她倒懷了孕呢。潘銀花想到也許王土根死去的前妻是一個病弱的女人，經不起王土根的日夜需求而一命嗚呼的。

王土根在日本人的軍需工廠駛牛車，整天忙個不停。他的收入很可觀，而且巴結了許多日本人，儘管在米、肉都配給的時候，仍然有辦法入手「闇」（黑市）物資。由於吃得好，潘銀花發福得紅光滿面起來。再說，王土根也遵守諾言，每個月毫無吝嗇的拿出那十圓安家費，讓她帶回娘家，有時也會附帶送她爹娘一、兩斤五花肉。日子過得愜意極了。

第二年的春寒料峭的三月天，忽然每天早上十點鐘左右，下午兩、三點，有整隊的米國（美國）飛機飛臨府城上空，開始猛烈的地毯式轟炸。聽王土根說，府城被炸得到處起火燃燒，甚至變成一片瓦礫堆，死了很多人。不久，府城居民奉殖民地政府命令，猶如蝗蟲一般，成群結隊的搭牛車蜂擁著疏開到草地來。潘銀花所居住的番子田也遷來了幾戶府城人士。潘銀花聽人家說起，村裏擁有二十多甲田地的大戶黃家也搬來了，他們的遠親是府城豪族的龔家人。不過聽是聽到了，潘銀花並沒有放在心裏頭。她要照顧招治和阿豐已經夠累了，還得常下田料理那三分多的土根的田地；有一半是種甘蔗，有一半是種甘藷；雖然莊稼事不頂麻煩，但仍要付出一番心血。忙著忙著，潘銀花對周遭的變化渾然不覺。土根仔也越來越忙，白天米國飛機來空襲，很多路都駛不得，他的牛車隊只好晚上出擊。當大白天潘銀花背著阿豐，讓招治在田裏晃盪，拼命幹活兒的時候，禁不住慾火焚身，那土根仔就來找她。她只好讓阿豐躺在田堤，兩個人躲進甘蔗田深處就地成了好事。這也不算什麼，藍天白雲是屋頂，大地是床，只是這床睡起來令人腰酸背痛而已。

有一天，土根仔一清早帶著便當出去就不再回來了，他的屍體是用牛車載回來的。連那一隻有印度白牛血統的黃牛也被炸得支離破碎，還滴著血的一片片牛肉早就給衆人搶去了。

土根仔載了一牛車笨重的廢鐵要前往府城，就在府城的郊外遭受了米國B廿九轟炸機的轟炸，雖然沒被直接命中，但那炸彈碎片卻把土根仔和黃牛橫掃得碎成片片。土根仔牛車隊後頭的同伴，冒著危險，用個麻袋裝了土根仔的屍體，這就匆匆忙忙折回來。潘銀花傷心得哭了一天一夜，靠爹娘二哥的幫忙，好容易釘了一具棺材收屍。戰爭中喪事也不好辦，儘管也請了司公（道士）來做了法事，但一切從簡，匆匆下了葬。那勇猛如虎的土根仔從此安息。

喪事辦完了，爹娘力勸她返回林克村和爹娘過活，但是這有諸多不便。王土根留下的三分地，不能不照管；此外，她的老家狹窄得容不下多出的一個招治，潘銀花再也不希望跟爹娘擠在一個床上，王土根的這個家萬事俱備，足夠叫她舒服的活下去，另外有幾百圓儲蓄，她是不愁衣食的。

忙完了一切之後，那漫漫長夜就無法打發了。這好比是斷了奶的嬰兒，她思念土根仔那一雙強有力的胳臂。她彷彿能聞到土根仔的帶有泥土香的體臭，禁不住咬緊牙關呻吟。她用自己的手撫摸自己Kun—ㄇi（私處），但得不著滿足。

她漸漸明白，她必須再嫁人。不過，這比以前難得多：她有兩個小孩，有家、有田地，嫁人是談不到的。最好的辦法莫過於招贅夫，但這年頭，日本人都把年輕壯丁抓去當砲灰，剩下的盡是老頭子，她哪裏去找到老公。雖說只要是漢子就可以，但是那漢子總得要有用才行，否則她招進一個衰老的老頭來做老公有什麼路用？

招治這個女孩又笨又蠢，比剛剛能爬的阿豐更難纏。她大概也知道老爹死了，終日哭哭啼啼，纏著潘銀花不放，哪怕是片刻時間看不見潘銀花，也會著了火似地哭得死去活來，令潘銀花煩死了。

三

這天早晨，好容易給招治兩粒紅糖糖丸，教她止哭看家，潘銀花就背著阿豐下田去。黃牛死了，莊稼事做得不順暢，還好，甘蔗田不需要天天照顧，潘銀花只是要去巡田而已。

她剛走到火車站前就看見剛好有一列北部開來的火車停在那兒；下車的旅客甚少，一對農民打扮的母女之外，就是穿著筆挺的軍服、腰佩軍刀的日本軍官而已。那日本軍官很瀟灑，兩手空空，什麼行李也不帶。在這樣的鄉下看見日本軍官是不常有的事情，所以潘銀花不知不覺的多瞄了幾眼。哪裏知道，那英俊的軍官也定定的盯著她看，而且大步朝她走過來。

「你不是銀花嗎？」那軍官把戰鬥帽脫下，露出和尚頭就這麼叫了一聲。這使得潘銀花吃了一驚，她仔細的端詳這軍官，這才認出原來是龔家二少爺。二少爺已經沒有以前那蒼白的臉色，被陽光曬黑，只是戴帽的前額上留著一片白色。

「原來是二少爺，你怎麼來了這兒？」潘銀花平靜的說；其實她很激動，她以爲二少爺是費了一番心血來找她的。可是看他穿軍裝卻也不像。

「我們找你找得好苦，一直沒有你的消息，阿豐呢？」二少爺幾乎要吶喊起來。

「喏！在這兒。」潘銀花指了指背上的嬰兒。阿豐在母親的脊背上睡得很甜。

「讓我看看。」二少爺彎了腰，深情的親了一下睡著的嬰兒的臉。

「既然找到了你，你跟我回去一家團圓好嗎？」二少爺用力抓住她的手，很激動的搖了搖她的手，似乎要把她的靈魂搖盪似的。

「團圓？你不是討了太太嗎？」潘銀花挖苦似的說。

「那是另外一樁事。我可以另外買一間房子把你和阿豐安頓下來。」

「房子嘛！我不稀罕，我有家。」潘銀花挺胸抬頭地說。

「這就是說你嫁人了？是嗎？」二少爺扭歪了臉痛苦的說。

「總之，我不想給人包飼！」潘銀花昂然說道。

「包飼？沒這麼一回事！你還是我的太太！」

「哼！我不幹！再說我已經嫁人了呀！」

潘銀花重見二少爺，到底也有一份割捨不了的深情，但是她很明白，她不能走回頭路，本來她就是討厭做小，這才毅然離開龔家的。她是大地的女兒，她不想一輩子被關在囚籠裏。

「你還沒有說，你爲什麼來到這兒？」

「府城被炸，我又被徵去當軍醫，我們龔家和此地黃家是遠親，所以我們一家人疏開到這兒來了。」

「你的太太也來了？」

「那當然！」

聽到這句話，潘銀花心裏有氣，明知道這也是無可奈何的事情卻聽不進去。

她重新把阿豐綁好在背上，頭也不回地離開了二少爺。那二少爺楞楞的目送著她的背影，後來嘆了口氣，依依不捨地走起他的路來。

潘銀花在甘蔗田裏胡亂地到處走了一陣子，約莫中午時候回到了家。讓招治背著阿豐去外頭玩，她坐在大灶前燒起甘蔗葉煮飯。看著那熊熊燃燒的火，不知怎麼搞的，一滴清淚滴下來。她索性放聲大哭，哭她那夭壽的土根仔，哭她那不濟的命運，最後竟把鐵鍋裏的水燒乾了。

那天下午吹起的南風暖和和的，教人心思迷糊起來。入夜燠熱得一絲絲風也沒有，好容易用搖籃搖了很久，這才使得阿豐睡著了。

她睡不著，在床上翻滾，朦朧的快要入睡，在這當兒，她忽然聽到怕人聽見似的陰沉的聲音：「銀花，銀花，開門啊！」

她料到那一定是二少爺。她悄悄地走下床，拔去了門閂。

二少爺換了便服，穿著敞領襯衫和長褲。

「你來做什麼？」潘銀花責備似地說。

「我來找你不對嗎？你本來就是我的人。而且你也沒老公啊！」

二少爺似乎胸有成竹，可能他把一切都打聽清楚了。

「你跟你的太太睡不是很好嗎，何必來找我？」潘銀花酸溜溜的說。

「她不行！」二少爺不屑的說，卻沒說明爲什麼不行。

二少爺忽然伸出雙手來緊緊的把她摟在懷裏，親了又親她的臉。他的口水幾乎濡濕了潘銀花整個臉。二少爺跟以前不同，變得非常強壯，整個晚上要了她好幾次。不過，他跟王土根不同，他的愛撫比較細膩而溫柔，懂得耐心的等待，等待著她燒得如一團火，這才進去她裏面。

歡樂的時光教潘銀花忘掉一切。她又回到龔家的那一段日子，似乎變成一個爲夜夜歡樂獻身的女人。她很驕傲，她終於打敗了她未曾謀面的那二少爺養尊處優的太太。她暗地裏自己解釋二少爺說「不行」就是說他的太太弱不禁風，未能給二少爺官能的快樂和滿足。人造花哪裏能比得上強烈的陽光下茁壯的野菊花？野菊花紮根在大地，長得又壯又快，不久會統治這一片大地呢！

歡樂的時光過得似乎特別快，幾天休假過去了，二少爺又回到軍營去，留給她的只是一片空白。她的肉體又開始枯萎，她恢復了一成不變的無聊的日子。二少爺臨走前，又給了她五百圓，這使得她的田地又增加了兩甲多，她已經是村裏屈指可數的富婆了，但她瞞著不打算告訴任何人。

夏天快要來臨的時候，她帶了招治和阿豐返回故鄉去。她知道，她需要一個漢子在她身邊，畢竟缺了漢子莊稼事不好辦。可是那漢子在哪兒？她必須叫那尫姨的來春姨替她卜一卜。

她帶了檳榔和紅糖去，這是要在阿立祖前奉祀的。那阿立祖是她們西拉雅族的祖先，據說是泥鰍，所以祭壇上放的是陶壺，壺中放酒，插萱葉。阿豐一生下來，潘銀花就把他托給阿立祖保護，所以阿豐被村裏的人叫做Kei Eiya呢。

來春姨接到潘銀花的請求，就先給阿立祖供奉了米和烈酒，然後，搖擺了身體，越來越激烈。最後發出可怕的叫聲倒在地上抽搐。她的眼睛睜得很大，如死魚般的那眼睛，紅絲密佈。神靈已附上來春姨的身上了，來春姨又開始發抖打滾，而後進入恍惚狀態。

「請你告訴我，你看見幾個Nisun（漢子）？」潘銀花開始發問。

「我看見五隻巨大的Uttin（男根）！」

「五隻？那麼多？」潘銀花心裏有數，不過這太多了些。

「他們都很強壯。其中兩隻甫一出現就消失了。」

潘銀花很明白在她生命裏有五個漢子，其中兩個可能死得快；一個假定是王土根，那麼另一個呢？是不是二少爺？她心有餘悸。那麼，還有三個漢子還沒有出現在她的人生旅途上呢。她把一個大紅包塞給來春姨，再三道謝，並希望她儘快替她找來一個老公；她言明如果下一個親事讓她滿意，她要出錢修復阿立祖廟，讓來春姨住得舒服。

潘銀花牽著招治的手，背著阿豐，走到那一年前回到故鄉時走過的柏油路。路兩旁的野菊花已沒有了，只剩下濃綠青翠的一叢叢葉子。這是盛夏，當然花都謝了。但是潘銀花知道，秋天來臨時，野菊花會重新盛開，也許那時候說不定她也有老公了。誰知道呢？

——本篇原載《中央日報》副刊，一九八九年三月三十一日出版

黎明的訣別

一

天快要亮的時候，睡在潘銀花旁邊的她的兒子阿豐，忽然著了火似地哭起來。潘銀花睡眼朦朧地挺起身子來，把阿豐抱到床下，嘴裏喃喃有詞地說：「乖！尿吧！尿吧！別找你Na〔母親〕的麻煩。」阿豐頓時止哭，很懂事似地尿起來。

輕拍著阿豐的屁股催他入睡，潘銀花卻沒有睡意了。她睜大眼睛看著把巨竹當作樑木的天花板，依稀聽到早起的各種鳥類在屋後芒果樹上啁啾的鳴叫聲音。她的聽覺越來越銳敏，聽見了在那麻雀的聒噪中好像有一種聲音夾雜著；那聲音絕不是小鳥的鳴叫聲，而是好像巨蟒在地上隱密地爬一樣窸窣窸窣地響著。

「巨大的purai〔蛇〕！」潘銀花毛骨悚然起來。她的Ma〔爹〕紅頭仔常說，purai會給人帶來噩運，可是她又不得不起床去看，因爲在屋後芒果園裏她養了一大窩雞，而這些雞是很値錢的，拿到府城去賣，鐵定可以糴回好幾斗米。

潘銀花毅然決然地直起身子來，伸手抓了一件日本軍舊軍服披上，又抓了一根粗大竹枝，這才下床打開了後門。

後門前放著一個大水缸盛著滿滿的水，那是銀花用來澆菜的。她在屋後種了兩、三畦芥菜。剛升起的晨曦剛好照在後門，儘管春寒料峭，這倒給銀花身子帶來一絲絲溫暖。大水缸旁倒沒有看見巨蟒，卻有一個瘦弱的年輕漢子倒在那兒。他的手緊緊的握住瓜杓子，好像想要喝水卻筋疲力竭的倒地不起。那漢子穿著質料不錯的舊背廣（西裝）上衣，又穿著皮鞋，顯然是城市裏的斯文人。蒼白的臉龐上有兩道長長的眉毛，緊閉的眼瞼上還掛著幾滴淸淚。

潘銀花起初以爲他已經斷氣了，也就害怕得不敢靠近，後來看到他的胸部仍在起伏，這才知道他只是疲憊不堪而暈過去而已。

她伸手在他鼻子上試了試，確認他發出輕微的打鼾聲睡著了。

「你醒醒！」潘銀花輕拍了他的臉頰。

「水！給我水！」

那漢子呻吟似地叫起來。潘銀花也就用那瓜杓子掬了水，灌下去。

他咕嚕咕嚕地喝下半杓子的水，依舊沒睜開眼睛，又墮入沉沉的睡鄉裏去了。

「哪有人這麼貪睡？」潘銀花嘀咕著，只好把他拖進屋子裏頭；潘銀花也風聞這幾天整個臺灣都很不寧靜，到處都有人被官府所虐殺，搞得雞犬不寧。雖然在這鄉下，日子依舊是平靜的，可是據說臺南府城有個叫湯什麼的辯護士（律師）在「大正公園」被槍斃。這來歷不明的年輕漢子是不是「亂黨」，這值得她懷疑，也值得她提高警覺心；究竟她是個帶著兩個孩子的寡婦，惹不起麻煩。

潘銀花讓那陌生男子睡在泥土地板上，給他蓋了一張舊軍毯，這倒使他顯得活像一具屍體了。

「招治！醒醒！」

她叫醒了睡在床邊的女孩。那又笨又懶的招治拚命抓住棉被的一角，不想起來。這女孩是銀花死去的老公土根仔留給她的負擔。但可不是她生的，招治是土根仔前妻的女兒。

「你再不起來，背阿豐去玩，我可沒法燒早飯給你吃！」潘銀花再次用嚴厲的聲音罵，且把棉被剝開。

招治勉勉強強地直起身子來，猝然看見躺在地上的陌生男子，她大叫起來：「死人喲！阿母！死人在呢！」

「放你的臭屁，他哪裏是死人？府城裏的一個叔叔生病了，來這兒療病呢！」潘銀花氣得一巴掌打到招治的臉上。招治抽抽噎噎的哭著，心不甘情不願地背著咿啞咿啞地說個不停的阿豐到外頭去。

「奇怪！我的阿豐從不哭，乖順得很！這女孩兒脾氣多拗。是土根仔的種籽不好，否則是她阿母是孬種？」

阿豐不是她和土根仔生的，是她在府城龔家當丫鬟的時候，跟醫生的二少爺生的。她本是個Chiraya（西拉雅族）的女人，二少爺卻是Ibutun（福建人）呢？

二

把乾甘蔗葉一束束地放進大灶的爐口，不久火燒了起來，潘銀花再把木麻黃薪柴放進去。她決心熬一鍋白米粥讓這陌生男子吃。也許這男子身子過於虛弱，所以才倒地不起，很需要補一補呢？

她把煮好的黏黏的白米粥倒進木桶，想了一會兒，忍痛跑到雞棚裏去撿了幾個褐色的蛋；她知道城市裏的人很奢侈，連早飯也要吃蛋。以前二少爺滿桌子花生、肉鬆、炒蛋也嫌不好吃，有時還要開沙丁魚罐頭呢。

過一會兒，遠遠聞到飯香的招治一臉饞相，背著阿豐回來。

「不許多吃，那荷包蛋是留給阿叔吃的。」如果不這樣交代，招治定會把桌上的菜一掃而空呢。

她把阿豐抱在懷裏，邊吹涼米粥，邊餵起阿豐來。

在這當兒，那陌生男子忽然醒了。猛然把舊軍毯推開霍地站了起來，眨了眨眼睛，環視了周遭，一臉茫然。

「我怎麼會在這兒？」他喃喃自語。

「你不是想喝水嗎？你倒在大水缸邊，我把你拖進來的！」潘銀花靦覥的說，因為那年輕漢子像二少爺一樣長得很好看。

「那麼這兒是番子田火車站附近啦？我記得昨夜下了火車，口渴得要死，就摸黑走到這兒，只有這兒才有燈光呢！」

「是啊！我怕孩子半夜裏會起來尿尿，所以整個晚上都點著油燈。」

「謝謝你了，因為我在嘉義好幾天沒睡，太疲倦了！」那年輕男子說。

「你是從嘉義來的？是嘉義人？」

「嗯……」那漢子忽然覺得話說得太多似地閉口不談了。

「我這個家沒有漢子。沒什麼顧忌，肚子餓了吧，來吃粥！」潘銀花叫那目瞪口呆的招治背著餵飽的阿豐去芒果園玩，這才用大碗盛了粥。

「謝謝你了！」那男子看到桌上的土豆和荷包蛋眼睛亮了起來，很不好意思地跟潘銀花相對而坐，起初很客氣，後來禁不住轆轆飢腸，迅速地吃了兩大碗粥，卻始終不敢夾蛋吃。潘銀花慇懃的替他夾了蛋，那漢子終於吃飽了。

「多謝！多謝！來日再報恩吧。我立刻就走！」

那年輕漢子一副說走就走的樣子；這倒不是他不願意留在這兒，而是某種噩夢一直在趕他走似的。

「這兒很隱密，很少有人來。我家又沒有漢子，你不用急著走，而且你的身子很虛弱，需要休養幾天！」

「可是……」

「我不想知道你的事情，看來你不是壞人，只要告訴我你叫什麼名字就行了。」

「好吧，我叫朱文煥，那煥是……」

「我不識字，不用解釋了，你是朱先生就是。」

「叫我阿煥就行，我阿姐也這樣叫我呢。」

「你幾歲？」

「二十二歲。」

「那麼少我一歲啦！」

潘銀花知道這朱先生這麼年輕，有些放心不少。說實在的，他顯得蒼老一點。

「你再躺下來睡吧，我到菜市仔去看看，也許可以買到一、兩斤肉。」

潘銀花提著菜籃，不知怎麼搞的，渾身燥熱，且有些頭暈起來。她離了男人有好幾個月，一直夢想有個男人再出現成爲入幕之賓呢。有一次，尪姨的來春替她在阿立祖廟作法卜掛，不是說她的生命裏有五根男根存在嗎？說不定這朱先生是Zamarit（天神）差來的漢子呢！

三

在菜市仔裏買到五花肉和做湯用的魚丸，潘銀花就注意傾聽是不是有人提到她家男子的事情；但這都是她的杞人憂天，壓根兒沒聽見有人講起這樁事兒。正當她返身要離開菜市仔的當兒，卻聽見了她認得的學校老師和鄉公所的職員正在談時局；他們壓低聲音說話，但因風向的關係，潘銀花卻聽見了一、兩句。

「聽說張志忠的部隊攻擊嘉義飛機場打贏了仗，可是談判卻失敗，被打死了好幾個和平使者？」

「哪有把和平使者處死的道理？這太沒有王法了！」

「基隆港上來了祖國的軍隊，一上陸就來了個機關槍掃射，死了好多人喲！」

「那埔里的二七部隊遭到攻擊而潰散。當局正在加緊緝捕謝雪紅呢！風聲很緊，大家務必要小心才好。」

他們講話的大半內容，潘銀花不太懂；只是約略知道是有關於整個臺灣最近動亂的趨勢罷了。不過，那有關嘉義飛機場的話以及風聲很緊、加緊緝捕等字眼卻叫潘銀花心有餘悸。那朱文煥不是說過他來自嘉義嗎？而且看他神色慌張、精疲力竭的樣子，似乎曾經經歷了一場生死之門的風暴。他不是說過好幾天沒好好地睡覺了嗎？這又為了什麼？

潘銀花在回家的路上沉思默考起來。看樣子，這姓朱的年輕男子一定是「亂黨」無疑。管他呢，反正人已經來了，而且是自己拖進來的，沒有趕他走的道理。再說，自從王土根死了之後，她家裏缺少下田的漢子，她原有招贅夫的打算，既然這年輕男子無處可逃，就裝做不知，讓他留下來不是很好嗎？想到這一層，潘銀花面頰上了紅，自己倒害臊起來。好幾個月了呢，那夜夜守空閨的滋味實在不好受，她原是個強壯的西拉雅族末裔——大地的女兒，她很需要雨露的滋潤，越多越好。

潘銀花挺起她結實渾圓的胸膛，眼裏流露出飢渴的神色，趕忙回到家來。

那朱文煥不知是否吃飽的關係，抑或仍然疲憊不堪，還賴在床上睡。潘銀花不想搖醒他，只是站在床邊痴痴地看著這年輕男子的睡相。他是個俊美的漢子，好幾天沒有刮過鬍子了吧，可是下巴長出來的卻是汗毛一樣密生的柔軟的鬍子；高聳的鼻樑顯得很高貴，面頰的線條稚幼得一如娃娃；他的前額不斷冒出汗珠，好像正在做噩夢，不時發出語意不明的呻吟。

潘銀花打從心窩裏湧起一股溫柔愛憐之情，用破毛巾輕輕擦拭了他的汗水，潘銀花是不懂虛假的，也不知道拘束，她的族人一向慣於直率表達感情的。

她跑到後頭果園裏去，抓住了一隻公雞宰了，然後燒開大灶鐵鍋裏的水，拔了雞毛。她索性把五花肉和雞肉一起燉，準備晚飯時吃。忙到中午才把一切料理妥當。

「阿煥，你醒醒，吃中飯了！」

她搖醒了朱文煥，用早上吃剩下的白粥餵起阿豐來。招治早就扒了一碗甘藷簽，又吃了一個荷包蛋，就睡眼朦朧起來，潘銀花也就讓她去午睡。

朱文煥洗過臉後坐在那板凳上，他完全清醒了。從天窗透進來的白花花的陽光正照著潘銀花，使抱著阿豐餵粥的潘銀花猶如一尊精緻的雕像；那散亂的瀏海，深凹的黑色瞳子，淺黑的臉色無一不美。特別是羚羊一樣強壯的四肢，挺起的胸膛，使他神魂顛倒，眞不愧是個勞動人民的女兒啊！他在心裏想。

「看什麼？」偶爾抬起頭來的潘銀花害臊的責怪他。

「沒有啊！」

他埋頭扒起甘藷簽來。

「不好吃吧，抱歉！晚上吃白米飯吧，這年頭米貴得嚇人啊！」潘銀花替阿豐擦拭嘴巴說。

「有甘藷簽吃也不錯了。我們本來有吃不完的米，可是……哼！他們那一伙壞蛋都拿到唐山去了。」

「拿到唐山？」

「是啊！唐山在內戰，缺乏糧食呢！」

朱文煥好像懂得很多事情，有時候懂得太多，也會招來殺身之禍吧。潘銀花心裏想，如果這漢子沒有想那麼多，跟她過無憂無慮的生活，白首偕老多好。她抱緊了阿豐，越想越害臊了。

四

整個下午潘銀花喜孜孜地曬棉被，擦乾牀，整理廚房而忙個不停。她有重新開始的念頭，這當然是有把朱文煥留下來的打算。那朱文煥也不好意思閒著，也就替她提水，打抽水機，還清掃了屋子周遭。看樣子，他雖然不習慣勞動，也做不了需要有力氣的活兒，倒是個勤快的人。他們倆一起幹活，覺得很快活。

晚飯時刻是最動人心魄的一場饗宴，縱令只是一隻燉雞和一盤炒芥菜及一尾炸吳郭魚，他們都覺得無異是珍饈了。潘銀花特地拿出一瓶烏豆酒，是她族人習慣喝的；在米酒裏浸有炒熟的烏豆，要埋在榕樹下一、兩年才揭封的。

「我不會喝酒！」朱文煥說。

「哼！男人不喝酒算什麼！我可以一口氣喝下一瓶。」潘銀花自豪的說，也不容他分說，叫他乾了一碗又一碗，這才開心的笑。

點亮了掛在土壁的油燈，藉著那微弱的光，潘銀花收拾了器皿，準備就寢。她把朱文煥的內衣褲泡在木桶裏，找出死去的老公土根仔微微發霉的睡衣讓朱文煥穿上。最後讓招治和阿豐夾在中間，朱文煥和潘銀花各據床的一方躺下來。

不知躺了多久，潘銀花睡不著，一直睜著眼，聽著在土壁隙間歌唱的蟋蟀鳴叫。她想起了在她以往的生命裏出現的兩個男人。一個是龔家二少爺；她憶起二少爺柔軟如Hae〔女子〕的手，細細撫摸她乳房的那昂奮感覺；另一個是她死去的老公土根仔，狠狠地吻她嘴唇，把帶有Abiki〔檳榔〕猛烈Marantsun〔口臭〕的舌尖硬塞進她嘴裏的那著了火似的感覺……她的Kun-tii〔女陰〕有一股湯熱癢癢的慾火迅速地升上了她的頭部。

「阿煥，你睡了嗎？」

她用陰沉嘶啞的聲音說。

「……」

沒有回聲。

潘銀花悄悄地挺了身，把阿豐和招治的身子挪到床沿去，好容易在朱文煥旁側身躺著。

「我知道你沒有睡。」

潘銀花輕柔地撫摸了他的臉頰。驀地，那假睡的朱文煥一把抓住了她的手，猛烈地喘息著。

「來吧！」潘銀花喀喀地開心的笑著，一伸手就拿掉了男子上面蓋著的舊軍毯。朱文煥風箱似地喘著，又微微抖顫，卻沒有後續動作。

難道他在害羞？潘銀花輕輕解開他的上衣，把手伸進去，一直撫摸到他挺起而變得碩大的男根。

朱文煥猛地坐起來，然後把整個身子壓在她身上，可是他的兩隻手只是在他的乳房、肚腹亂摸，踟躕地留在原處，並沒有抵達她生命之泉的豐沃的三角地帶。

「你很笨哦！」潘銀花險些放聲大笑了：「難道你是個在室男？眞的嗎？」

「這是我頭一遭！」那朱文煥在她上面喘息著害臊的承認了。潘銀花把舌尖送進他嘴巴裏攪翻，用空著的兩隻手先把朱文換的睡衣剝光，再示意他幫她脫了衣服。朱文煥好似生平初次看到女人的裸體，忘我的抓住她的肩膀，他的指甲戳進了她的肌肉裏，這疼痛等於是一種鼓勵，潘銀花誘導他進入她裏面去。

在她上面的朱文煥猛烈的動了片刻，她還沒有獲得滿足，他就發出了幾聲野獸似的呻吟聲，就變成一塊軟軟的肉塊癱瘓在她上面。她用精壯結實的身子支撐了他的整個重量，儘量讓他舒服的歇息。過了幾分鐘以後，潘銀花溫柔的鼓勵了他的男性，使他再度勇猛起來。他的手和那話兒又恢復了神氣，這一次持久而堅忍，使潘銀花嘗到整個人要昏迷過去的快感。

漫漫春夜就在歡樂裏度過。快到天亮的時候，潘銀花有一度抱起阿豐讓他尿，而後在極度的快感和舒鬆中昏昏睡著了。

當晨曦透過天窗透進來照到潘銀花的眼瞼時，她忽然聽到後門芒果園裏有許多人走動的沉重的脚步聲，她驀地完全清醒過來了。一股不祥的感覺壓迫了她的胸膛。接著她清晰地聽到肆無忌憚的敲門聲，招治在睡夢中驚醒過來，無緣無故的哭叫不停。

「哭個什麼勁！」潘銀花賞給她一巴掌，趕忙把阿豐摟在懷裏。

那兩、三個漢子打不開門顯得不耐煩，就在外面口吐穢言亂罵起來，卻都是她聽不懂的北京話。

「阿煥，你快躲起來啊！」銀花說。

「躲？躲在哪兒？」

朱文煥一臉無奈，茫然若失的站著。其實，這只是一間房，實在也無處可躲。她只好去把門閂取下。

像一陣風似地兩個高大漢子闖進來，看到潘銀花就不分青紅皀白地拳打脚踢，把她打倒在地上。滾落在地上的阿豐不知摔傷了什麼地方，死命的大聲哭起來。

「哼！你就是姓朱的，還不趕快束手就擒！」

「這跟她們母子無關，我只是借宿一夜而已！」

朱文煥臉色蒼白，倒不想反抗的樣子。

把阿豐摟在懷裏，坐在泥土板上，潘銀花眼睁睁地看著卡嚓一聲，朱文煥的雙手被手銬銬住了。

那個特務倒也沒爲難潘銀花，似乎他們也知道他和她之間沒有什麼關係，只是路過借宿一夜。

朱文煥倒鎭靜異常，頻頻回過頭來向她致意：「謝謝你，銀花姐，來日一定回來報恩。我很感謝你爲我所做的一切！」

在朱文煥的眼光裏潘銀花讀到了他眞誠的感激和謝意，難道這謝意裏包括了她教導他成爲眞正男人的感激嗎？

潘銀花生命裏的第三個男人就這樣消失在芒果園的盡頭，那一片野菊花盛開的曠野裏。

——本篇原載《臺灣時報》副刊，一九八九年六月七日出版

在文學的荒地上拓墾

——葉石濤的文學世界

彭瑞金

一 從四〇年代走向九〇年代

翻開臺灣新文學運動史，最令人悚然心驚的一頁，恐怕是我們將發現，諸如賴和、楊守愚、呂赫若、張文環、巫永福、楊逵、龍瑛宗……這些曾經光耀一代、留下不朽作品的新文學運動巨匠，實際上，鮮少人在文壇上活躍超過十年的，他們短暫得如流星般綻放的文學星芒，似乎凸顯了臺灣文學草莽英雄的性格，乍起暴落，特別將文學與現實的密切關係被強調出來。日後，今天的我們再加品嚐的時候，我們不難發現，他們一人一個風格，證明他們都是文學荒地上拓墾的英雄，做爲文學的淵源、源頭，他們是絕對值得尊敬的，但不可否認的，他們也留下了一片充滿迷霧的文學曠野。臺灣文學何去何從，卻是千頭萬緒，雖然臺灣的歷史命運強硬的將臺灣新文學史在太平洋戰爭結束、臺灣統治權轉移上割裂出「斷層」，然而，如果回溯到皇民化運動上看，臺灣作家放了鎗就跑的性格，的確也已經由自己的手將臺灣文學推展到分歧的路口了。

葉石濤正是從這個分歧口出發的作家，他出生於一九二五年，這一年在陰曆是乙丑年，同年出生的臺灣作家還有鍾肇政、張彥勳、鄭煥，他們都曾經同是臺灣文藝的重要作家，吳濁流戲呼他們是四丑將。其中葉石濤自稱十六歲即開始寫作，十八歲即在西川滿主編的《文藝臺灣》發表〈林君寄來的信〉及〈春怨〉兩篇小說，張彥勳則於十七歲即開始自組詩社「銀鈴會」最是早熟，葉氏嘗自稱是日據時代最後一個作家。

細心的讀者可以從臺灣文學年表上看出，葉石濤出道的年代，正是皇民文學奉公會的機關刊物《臺灣文藝》即將發行的前夕，許多作家已經在這個時刻作了抉擇，葉氏以初生之犢投向西川滿的《文藝臺灣》，以一個紅粉少年而言，談不上選擇與否，但肯定對他日後的文學思想有明顯的影響。綜括葉石濤長達半個世紀的文學活動，五〇年代，他以中學畢業生，出任西川滿的雜誌編輯。西川滿是充滿浪漫、唯美氣息的名仕派文人，他對民俗、宗教、生活中神秘層面的愛好遠遠超過文學，葉氏成了西川滿的助手，也可以說師事西川滿，從他學法文，因此葉氏文學創作中，早期具有莫泊桑式的諷刺、兼有斯且達爾式的心理刻劃，又同時兼擅雨果式的小人物哀愁……等法國小說風味的作品，無疑是這段文學經歷的影響。葉氏文學世界予人寬大得近乎駁雜的印象，和他這段文學出發有必然的關係。

一九四六年，從龍瑛宗主編的《中華日報》日文欄開始，葉石濤爆發了強烈的文學熱情，他沒有「抉擇」的困難，也沒有語言隔閡的差澀。他創作，介紹作家，評介作品，引介文藝新思潮，開拓世界文藝橱窗，品評世界名著名家，他用日文寫作，也用生澀不通的中文寫作，是一個完全被文學熱情淹沒的狂熱文學青年。除了顯示他是個擁抱世界文學的作家之外，他還沒有臺灣文學的負擔，也不曾告知自己文學的方向，是個典型的泛文學論者，卻是二二八殺戮空氣阻斷的臺灣文學傳承外，一股新的文學希望。

一九五一至一九六三年的十四年間，葉石濤的文學是空白的。二二八他逃過一劫，卻捲入稍後的五〇年代白色恐怖整肅裏，雖未判無罪，卻交付感化三年。一九五五年出獄後，再任小學教師，結婚、生子，並進入師專就讀，取得正式國小教師資格，這一段，葉石濤在文學上交了白卷。

一九六五年，鍾肇政主編了一套《省籍作家作品集》竟然漏列葉石濤，其實這完全是葉氏自己缺席。不過，一九六五，卻是葉石濤文學最重要的一年，這一年，他還在臺南師專就讀，就發表了〈青春〉那樣眉目清晰的作品，在這之前，葉石濤的小說創作充滿實驗性的、不確定風格，〈青春〉是另一個階段的開始。稱得上石破天驚的是，他在《文星》雜誌上發表了〈臺灣的鄉土文學〉一文，並開始寫作家作品論，從此確立了他小說創作與文學評論理論雙管齊下的雙生涯創作期。

一九六五至一九七五年，十年間，則是葉石濤文學的成熟期。最能代表他的文學觀及評論見解的《葉石濤作家論集》，在這段時期，幾乎一口氣完成，評論的對象自吳濁流、鍾肇政以降，網羅了戰後二十年間本省籍的重要作家。小說創作方面，《葫蘆巷春夢》、《羅桑榮和四個女人》——最足以代表這個階段的葉石濤小說創作的短篇小說集，都陸續出版了，堪稱是他文學的豐收期。

一九七六年以後的葉石濤突然停止創作，成爲專業評論者。這段時期的評論對象，轉移到戰前作家、作品，並著意探討臺灣文學的未來走向。鄉土文學論戰期間，他的文學見解及評論意見成爲論戰期間討論的素材，這使他被迫捲入論戰，並參與論戰。七九年戰火平息後的葉石濤，在理論上投入重建的工作，最具體的成果則是一九八五年以後，逐步推出他的臺灣文學史論作，終而完成了《臺灣文學史綱》一書。論戰結束後，葉氏除了著意於文學史的寫作之外，寫回憶錄式的散文，重拾小說創作之筆，可以說是他的文學事業的另一階段，我相信在進入九〇年代的時候，還會有驚人之舉，他將發表第一部長篇小說。

在臺灣文學史上，能將創作生命綿延半個世紀，脚步永不停歇，甚至老當益壯的，葉石濤應是第一人吧！葉石濤文學確已走出一串連貫的歷史脚步，他的文學有臺灣文學的軌跡。

二　不能被遺忘的春夢

要看葉石濤文學的創作成績，一九六五年，是一個重要的切入點，要看葉石濤的文學思想起點，也在這裏。在創作上，四〇年代的小說，嚴格說來不脫浪漫少年的哀怨情愁，和消化不良的模擬作品；入獄，肯定對他的創作、對他的人生都是極重大的變數。在略顯嚴肅的臺灣文學傳統下，葉石濤小說特有的自我調侃、嘲弄式的幽默，可說獨樹一幟，他曾經不只一次自承是出身極端保守的舊地主階級家庭，生活中「拖著紅樓夢的影子」，這樣的表白，表示他對逝去的光景幾分眷戀之外，我想，和曹雪芹不同的是它包含了揚棄的意味，他不是在吐露辛酸，而是咀嚼辛酸人生，而予人無限酸苦。因此，他說他的創作心情接近太宰治的口頭禪：「臉上裝著快樂，心裏藏著苦惱。」

他的寫作之蟲，經過了十四年的封凍冬眠，突然抖擻精神再度出發了，從一九六五年開始，差不多又是整整十年的時間，他又是小說，又是評論，完成了到目前爲止，最重要的一些作品，我們可以在這裏看到葉石濤文學圓熟的風貌。至於爲什麼「那不死之鳥，從一片灰燼之中重又飛翔起來」，恐怕不是容易解的謎。唯一合理的解釋是他過去的那些作品不夠稱做上天對一個作家「降下來的懲罰吧！」他的作家使命還沒有盡到罷！

葉氏在這段時期寫下來的小說，〈獄中記〉、〈羅桑榮和四個女人〉、〈葫蘆巷春夢〉……，不但在整個六〇年代的文壇有他獨特的取材原野，文字的韻味恐怕也是絕響。從表面看無非都是略帶神秘色彩，充滿浪漫氣息的人生嘲謔而已，仔細品味才能發現他幽默筆觸所要遮蓋的是一顆哭過長夜、沉深得可怕的靈魂。這和他這個人的外貌一樣，一襲笠子，一雙白布鞋，誰又想到他曾經是賈寶玉那樣的荒唐少年？正如他會把悽慘的牢獄故事說得令人捧腹噴飯，這種滑稽突梯構成了葉石濤小說裏的綿密性格，常人很難想像「臉上裝著快樂，心裏藏著苦惱」是怎麼個滋味，或許正如他的口頭禪——「作家都帶有精神分裂症」吧！常人很難想像的，用嘲弄對待悲傷、用譁笑對待愁苦……，竟都出現在葉氏的小說裏，他說「我曾經看見了人世間所有齷齪、慘酷、自私和背叛。我始終在『極限狀態』下過活，這不但沒有使我氣餒，反在肯定生活以後，重新享受了人間的美好、陽光、音樂、友誼和愛情。」透過這番自白可以看出「玄機」所在，因此「他較有客觀的心情，去接受人生的痛苦，也許不但是忍受，更進一步地臉上浮現出無可奈何的『微苦笑』。」、「我以爲歡樂的時候，不忘憂愁，才是正確的人生態度。」如此像是透明，又像是牽腸掛肚矛盾不已的人生觀的作家，寫出那種「異味」的小說也就不足爲奇了。

固然亂世人生的本質是荒謬的，但是人生事項的繁文縟節有時又有令人不敢仰視的莊嚴，葉氏的小說謎題始終纏繞在這樣的人生了悟上。然而對葉氏而言，「了悟」不是學理的，而是血淚斑駁的實踐，他的現實世界與寫作世界，眞實生命與文學生命，哪樣不是處在極限狀態的對決中？雖然他說「自傳式的小說」不是「黔驢技窮」，便是「旁門左道」，令他作嘔，但是他還是不可能避免自己支離的影子投射在作品裏。當我們在他的小說裏讀到市井小民滑稽荒誕的生活本質之後，我們不免要想起他對有產階級文學壟斷的偏惡，他說「從臺灣新文學運動開展以來，我們擁有幾達半個世紀的文學史，但所有作家幾乎都屬於有產階級；因爲這些階級才能接受較好的教育和文化薰陶的關係；但同時也是這種階級的本質限囿了作家的意識形態。因此，我們始終無法產生一位偉大的作家。」（一九七四年，〈葉石濤訪問記〉）因而，他「升化」自己，顯然是有意識的，透過浪漫的玄秘，他的小說世界和他祕密埋藏在深處的自我是結合成一體的。至於葉氏爲什麼要在矛盾、統合的繁雜形式中去完成他的小說，恐怕和那場風暴和震盪力有關。

不過在他佈滿矛盾的作品、人生觀中有一點是統一的，那就是朝向「偉大作家」、「偉大文學」的建設，誠然缺乏長篇偉構讓人感覺這個時期的葉石濤小說只完成了個規模而已，還不夠去觀測完整的葉石濤文學。可是我相信他做好了一個可貴的示範，似乎可以拿他對鍾理和的評語來還贈給他：「他能寬恕一切，因此，至純的人性自然流露於作品中，他的作品才予人以『悲天憫人』的印象。」

鍾肇政最近著文戲呼葉石濤爲「臺灣文學之鬼」，頗有群魔亂舞的自嘲意味。葉氏曾說：「我學習站在高處看人們互鬥的情形，而不介入的態度。」葉石濤的小說對「人間性」、「現實性」有他獨特的詮釋，他開了一扇窗，窺伺人間的肉慾、自私、猥瑣、卑鄙、愚昧……，卻用自嘲的滑稽筆觸寫出來，在飽受挖苦之餘，也得為無限辛酸的人物掬一把淚。葉氏曾經為文指出臺灣作家的資產階級本質，限囿了作家的意識形態，明顯地表示對有產階級文學壟斷的嫌惡，這和他自承的地主家庭背景之間，他找到的合理出路便是將失敗沒落的地主後裔，和市井小民混為一談，呈現其本無二致的滑稽荒誕生活本質，讓人覺得資產階級的尊嚴，面臨飢餓、貧窮、肉慾的時候，一樣卑賤、猥瑣。他認為寫自傳式的小說是「旁門左道」，但他並不吝惜有意識地「丑化」自己，透過浪漫、嘲諷的面紗，讓自己內在隱密的心靈和小說世界合而為一。所以，他說，他並不熟悉升斗小民的生活，但有升斗小民的心靈和懦弱。我想，這樣的表白，很容易幫助我們了解葉氏小說中極端矛盾、卻又十分諧合的小說世界，用嘲弄對待悲傷，以譁笑對待愁苦，就是他的文學心靈。

姑且不論葉石濤的創作理想，是否已經透過他的作品完全實現，但是他試圖走出臺灣文學充滿資產階級意識偏見、寫實主義至上、嚴肅說教文學侷限的苦心，肯定是成功的，他創下了臺灣幽默、嘲諷文學的典範，而且不是輕薄文學的幽默。

三 隻手擎旗的那一段

一九六五年，《文星》雜誌上刊出的〈臺灣的鄉土文學〉一文，則是葉石濤閉關十四年修得的正果，這篇文章清楚地闡釋了他個人的文學理念，更重要的是給臺灣的文學特質、歷史、傳統，做了明確的界說，清晰地標示了臺灣作家承傳的使命、方向。它肯定鄉土文學是臺灣人自己所建立的文學，和臺灣人的思想、感情、生活有密切的關係，是臺灣特殊的歷史背景、地理環境和人文景觀的特定產物，並且從日據時代以來，已經建立了它優美的傳統，並鼓舞「本省作家個個像受難的使徒背著沉重的十字架，又像揮矛向風車挑戰的唐・吉訶德……建立自己的文學。」

臺灣的鄉土文學一詞，使自《中華日報》日文欄停刊、二二八事件、白色恐怖……長期被壓抑得近乎被忘記的「臺灣文學」，重現臺灣文壇，強調從賴和開始展開的新文學運動，奠定了現代鄉土文學的基礎。在論述楊逵、張文環、龍瑛宗、呂赫若、吳濁流、鍾理和等先行代作家作品的同時，已將臺灣文學綿延不斷的精神傳統描繪出來了，勾勒了臺灣文學的格局與建設藍圖。這對被蓄意模糊化，使得身爲臺灣人而不知有臺灣文學的戰後一代，無疑是醍醐灌頂的一棒一喝，這篇儻論，不但述明臺灣新文學源遠流長，在日據時代已經有四分之一世紀長的運動史，而且在日據時代的抗日運動中担任了極具分量的角色，優質、巨量的作品，證明臺灣鄉土文學有過一段極爲輝煌的歷史。

也許今天是鄉土文學或臺灣文學琅琅上口的時代，很難體會葉石濤當年隻手擎起鄉土文學旗子所冒的風險和勇氣。一九六五年，臺灣還沒有完全從二二八的驚嚇中醒來，在白色恐怖還「拖著一個尾巴、黑手到處伸展著觸角」的時代，「臺灣」是十分敏感的字眼，何況葉氏又是劫餘之身，在那鄉土文學幾乎孤立、眞空的時代，擎旗高呼，葉石濤的確勇敢過人。我不知道日後公開批判他是「老弱文學」的人可曾讀過這一段？鄉土文學論戰期間，眼尖的陳映眞便曾惡意地在〈鄉土文學的盲點〉一文指出葉氏此文有「分離主義」的傾向。

自覺與葉石濤有「相濡以沫」之情的鍾肇政說：「我對他一直有著濃重的依賴感。我總覺得，在我們這一群無助無告的夥伴當中，有葉石濤其人在，便等於有了一根擎天巨柱，起碼可以撐起一份小小的、可憐兮兮的局面。憑他那一枝評論、創作的筆，我願意深信有那麼一天，我們可以爭得一塊文學天空。」葉氏在一九六五年對臺灣文學立過誓言後，一口氣發表了二十幾篇有關臺灣作家作品的評論，從吳濁流、鍾肇政、林海音到林懷民、七等生，充分證明葉石濤是一位有實踐能力的負責任作家，他隱約要以這項行動證明，他從日據時代作家身上尋獲的臺灣文學精神傳統，已經找到了傳人，臺灣文學的香火不絕。葉氏曾自豪地說，這裏面淸一色是臺灣作家，在反共、戰鬥文學當道的時刻，這項行動，也需要勇氣。這對當代、日後的臺灣文學都是不可磨滅的貢獻。

我相信葉氏在六〇年代呼籲根土意識的動機在西化浪潮中有「固本」作用，然而到了七〇年代新生代作家不知尋找新的課題，只把鄉土文學抓在手中，當成挫折文學和抵抗文學把玩。也許由根土主義導發抵抗意義直接而快速，然而文學只表彰抵抗意識，態度上仍屬消極的，固然抵抗意識的風行可以達成葉氏先前所強調的「當我們的作家從各階層裏輩出的時候，才是眞正的文學能夠開花結果的時代。」，但是不可忽略了，三十年代的文學環境與今天不同，那個世代他們可以抵抗精神做文學的主題，原因是在異族的壓迫下，抵抗是全民生活的焦點，具有積極性的意義，倘若今天我們依然停留在四〇、五〇年代的文學斷層之前，怠忽了積極的闡發，能說不是不長進嗎？所以葉氏說：「三十年來，我們……似乎離『偉大』兩個字還有一段距離。作品之所以缺乏『偉大』風格，其因素是多元性的，不能一概而論。然而，我們心裏都明白，我們的文學一向缺乏了磅礴的民族意識，缺少了民族文化的傳統的深湛發揮。」進入七〇年代以後，葉氏差不多進入了專事評論的新境地，而提出民族主義文學，這種闡發式的民族主義文學顯然有別於但求民族統一壯大的民族主義口號文學，之間的區別不難分辨。終歸一語，葉先生終究追求的鵠的可說是具有歷史感的世界性文學，也許在目前這個鵠的懸得太高了，但這只歸咎於文學本身就不是易與的事業，文學是整個社會的文化產業，不是一個人一生一世，甚至一個世代就能完成的，要靠無窮代的作家，累積無盡的無私奉獻來完成。他在論吳濁流時說：「一個作家除他應有高人一等之才華以外，還要有熾烈的精神，繼續不斷的寫作，要成為一個名符其實的作家別無捷徑，你必須拋開一切人間美好的事物，忍受人們的嘲笑，顚倒晝夜，付出整個心靈埋頭寫作。」這麼殷切期望和澈底失望的矛盾心情也充斥在葉氏的評論裏，大概正是七〇年代結束之後我們文學的徬徨心情吧！

四 是急先鋒？還是小喇叭手？

要求別人一輩子都當急先鋒是不可能的。鄉土文學論戰時，葉氏的〈臺灣鄉土文學史導論〉無法避免地被捲入戰火，葉氏這篇文章顯然是補充前面的〈臺灣的鄉土文學〉而來，他清楚地以「臺灣意識」做為臺灣文學的驗證方法，清晰地闡明了鄉土文學的臺灣地緣、史緣關係，嚴肅地指出臺灣文學的寫實主義方向，成為七〇年代唯一的臺灣文學精神指標；前此，之後，還沒有第二個人、第二篇文章這麼清楚地告訴世人何謂臺灣文學。不過，也無可避免地被人以「民族大義」指其散佈了文學的分離主義。

一九七八年，筆者代表《臺灣文藝》訪問葉氏，請其暢論鄉土文學論戰後，臺灣作家應該如何面對滿目瘡痍，以及臺灣文學的走向。葉氏為示「前進」，主張以〈從鄉土文學到三民主義文學〉為題，冠在訪問稿前，我以敏感時刻覺得不妥，他卻相當堅持，訪談中也明確說明了三民主義文學主張的內涵。我猜想，葉氏內心有意與「民族文學」提倡者妥協的意味，事實證明他們並不領情，仍然著文批判他是分離陣營的龍頭，而且受他的鄉土文學臺灣意識啓蒙的一代，也公開批評他是「老弱文學」，認爲葉氏老矣！

雙邊夾攻的結果，葉石濤幾乎成爲臺灣文學的邊緣人，逼得他不得不重彈「螞蟻哲學」的老調，自白是沒有野心的文人——「我不是勇者，我是個令人不齒的文人，應有自知之明。人家輕輕一捏，可能把我這隻小螞蟻捏死了。」撇開誰最勇敢的爭議，葉石濤在一九八〇年以後，回到他的「潛隱生活」，一方面著手寫文學回憶錄，試圖透過這些回憶，反芻臺灣文學的種種；一方面著手寫作臺灣文學史。臺灣文學史的著作可以說是一九六五年，他再出發時對自己許下的諾言，也是驗證他的文學史觀的一項大工程，我想他有意藉著這項巨獻，以無言的方式，辯駁諸多誤解。一九八七年，《臺灣文學史綱》出版了，鄉土文學論戰後的十年間，葉石濤提出這項傲岸群倫的成績單，還是臺灣文學界第一人。

戰後，臺灣文學重建的歷程中，葉石濤無疑是具有冒險犯難的急先鋒，曾幾何時？他又成爲孤芳嶺上、環顧四野茫茫、孤獨的小喇叭手？葉氏在鄉土文學論戰後對臺灣文學期許式的批評，與整個臺灣文學急著找尋座標的心情是無法搭調的，一些謗議因之而生，我無意在此爲他辯護，不過，我想提醒的是，批判葉氏的人不妨仔細看看這漫長的五十年間，他始終不渝地站在那一邊？不平靜、不乾淨的時代，抓住他偶而一兩句言不由衷的話，猛予撻伐，終是有失厚道的。何況十幾年前他接受李昂訪問的時候，便已經自承：無論小說和評論裏都儘量隱藏自己，不推銷自己，又要小心翼翼，避免刺傷作家的自尊心，文句儘可能模稜兩可，以免使人發怒。

葉石濤在八〇年代最不爲人諒解的言論是，當他一手提倡的「臺灣意識」在臺灣文學界蓬勃發展後，他卻仍然高唱「臺灣文學是中國文學的一環」，二十年前葉氏如是說，二十年後他依然如是說，除了模稜兩可的哲學外，葉氏對我辯說，臺灣文學使用中國文字，當然是中國文學的一支。那麼葉氏過去對臺灣文學所下的界說又作何解釋呢？這裏面可能有我們這一代人永遠也體會不出的代溝存在，想想當年他們是拿什麼藉口反抗日人統治的呢？就臺灣文學運動史言，當年，帶領我們出埃及的是葉石濤，現在，帶我們去耶路撒冷朝聖的也是葉石濤，這之間未必有必然的矛盾吧！

五　濃霧散去的時候，他在哪裏？

葉石濤不只一次詛咒，「作家」是他最不樂意的、最後一個志願的選擇，他說搖筆桿，弄得他這輩子被迫在貧窮、徬徨、自我虐待的陷阱裏。他戲說當作家是「天譴」。然而，放眼臺灣文壇，他又是唯一孜孜矻矻奮鬥五十年而不疲的特例。面對一些後生的嚴苛責難，他曾經憤憤地表示，不再寫了。事實證明，這只是氣話。這些年來，他寫得比任何年輕後輩都勤、都快，寫得足夠讓那些批判他的人汗顏。他在回憶錄裏寫道：「上天既生你爲作家，你無可逃避，這是你的命運，你必需走完這一條舖滿荊棘的路直到瞑目。」這才是他的眞心話。

八〇年代葉氏遭遇的苛責，只是一車迷霧，我相信，不致於影響他的方向，因爲他根本就不曾迷失，即使在濃霧滿大的時刻，他還是淸楚地做他該做的事，勤寫勤譯；不同的是，旣被責備爲「老弱」以後，除非央請，已對「評論」心灰意冷。如果要問：濃霧散去的時候，葉石濤在哪裏？答案是，他仍然穩穩地站在他原有的位置。

寫出一部屬於臺灣人的文學史，和寫出一部在心中藏了四十年的大河小說，將是葉石濤文學在邁向九〇年代時，最可能的驚人之舉。葉氏放鬆評論之筆，立刻著手寫他那些多年來一直念念不忘的未完成的小說，結集在《紅鞋子》集中的作品，肯定了葉氏在六〇、七〇年代，的確有未寫完的小說，憑此，我們也可以相信，他信誓旦旦的大河小說，即將呈現在我們面前。一部由海內外關心臺灣文學人士共同組成的《臺灣新文學運動史》撰寫小組已於日前正式組成，葉石濤已允諾負責撰寫「日據時代」的部分，相信葉氏永不停歇的文學脚步，已經替臺灣從荒原中走出一條小徑來了。

鹽分地帶文藝營以文學貢獻獎肯定葉石濤是實至名歸。對一個終身奉獻給臺灣文學的寂寞老作家，桂冠可以幫助他暫時忘掉憂傷。

葉石濤小說評論引得

許素蘭　編

說明：

1. 本引得依發表或出版日期之先後順序排列，以一九八九年十二月卅一日以前國內發表者爲限。
2. 若有舛誤或遺漏，容後補正。
3. 本引得承蒙國立中央圖書館張錦郎先生提供部分資料，謹此致謝。

篇名	作者	刊名卷期	出版日期
1. 我對葉石濤作品的印象	陳顯庭	臺灣新生報	一九四八年十一月
2. 評葉石濤的進步	林曙光	臺灣新生報	一九四九年二月
3. 評〈三月的媽祖〉	葉瑞榕	臺灣新生報	一九四九年二月廿三日

4.〈斷層〉讀後	曾信雄	臺灣日報		一九六七年一月
5.倒楣的葉石濤	徐秉鉞	臺灣日報		一九六七年十月廿六日
6.試論《葫蘆巷春夢》的幽默手法，兼談葉石濤其人其事	鍾肇政	中國時報		一九六八年一月十六日
7.評介葉石濤的《晴天與陰天》	壹闡提	青溪	三：十二	一九七〇年六月
8.臺灣小說裏的日本經驗	顏元叔	中外文學	十四	一九七三年七月
9.《葉石濤自選集》試評	花村	書評書目	五六	一九七七年十二月
10.詼諧與諷刺—試從一個特殊角度論葉石濤《葫蘆巷春夢》	高天生	臺灣文藝	六二	一九七九年三月
11.葉石濤的創作觀	黃金清	臺灣文藝	六二	一九七九年三月
12.略談臺灣三位作家小說中的性	吳錦發	自立晚報		一九八三年五月卅日～六月三日
13.豈容青熒指成灰—我對葉石濤在日據時代文學言行的一些看法	張恒豪	文學界	八	一九八三年十一月
14.論小說家葉石濤①	高天生	文學界	八	一九八三年十一月
15.讀〈獄中記〉看臺灣人	谷嵐	臺灣文藝	八五	一九八三年十一月
16.臺灣小說中的愛情觀	彭瑞金	臺灣文藝	八八	一九八四年五月

17.葉石濤的〈獄中記〉—一個臺灣抗日志士的省思②	張素貞	大華晚報	一九八四年十二月廿五～廿六日
18.兀自汩汩流血的傷口—評葉石濤《紅鞋子》③	吳錦發	自立晚報	一九八九年二月廿三日
19.《紅鞋子》背後的精神	劉克襄	民衆日報	一九八九年六月四日

註：

①本文另收入高天生著《臺灣小說與小說家》，改題〈紛爭年代的小說家葉石濤〉，前衛出版社，一九八五年五月初版。

②本文另收入張素貞著《細讀現代小說》，東大圖書公司，一九八六年十月初版。

③本文另收入吳錦發編《一九八八臺灣小說選》，前衛出版社，一九八九年五月初版。

葉石濤生平寫作年表

葉石濤　編

一九二五年　1歲　十一月一日（農曆九月十五日）生於臺南市打銀街，古稱四平境葉厝。父葉敦禮，母林毛治。爲其長男。

一九三〇年　6歲　是年入私塾，由遜清秀才啓蒙，接受漢文教育二年。

十月，霧社事件。

一九三二年　8歲　就學於臺南市末廣公學校。

一九三六年　14歲　畢業於末廣公學校。考入臺南州立第二中學校（今省立臺南一中）。

一九四〇年　16歲　中學三年級時寫作第一篇日文小說〈媽祖祭〉，投稿於張文環主編的《臺灣文學》。雖入選爲佳作，但未蒙刊登。

一九四一年　17歲　是年寫作第二篇日文小說〈征臺譚〉爲獨白體小說，投稿於日人西川滿主編的《文藝臺灣》。雖未蒙刊登，但濃烈的鄉土色彩頗爲西川滿所矚目。

十二月，太平洋戰爭爆發。

一九四三年　19歲　三月，畢業於臺南州立臺南第二中學校。四月，第三篇日文小說〈林君寄來的信〉，發表於《文藝臺灣》（第五卷第六號）。

同月，赴臺北應聘爲《文藝臺灣》社助理編輯。社長爲日人作家西川滿。負責編輯《文藝臺灣》及料理「日孝山房」出版社事務。

一九四四年　20歲　七月，發表日文小說〈春怨〉於《文藝臺灣》（第六卷第三號）。

一九四五年　21歲　六月，辭去《文藝臺灣》助理編輯工作，回臺南，任立人國民學校教師。

二月，被日人徵召入營為陸軍二等兵。

八月，日本無條件投降，臺灣光復。退伍回鄉，仍任立人國民學校教師。

一九四六年　22歲　用日文撰寫多篇日文小說和隨筆，發表於龍瑛宗主編的《中華日報》日文版「文藝」欄。計有〈黛玉與寶釵〉、〈幻想〉、〈玻璃泥坊〉和〈旅藝人〉等。撰寫日文中篇小說〈熱蘭遮城陷落記〉，稿件遺失。

一九四七年　23歲　撰寫日文長篇小說〈殖民地的人們〉，稿件遺失。

一九四八年　24歲　七月辭去教職。改任省立工學院（今國立成功大學前身）總務處保管組科員。

是年在歌雷主編的《新生報》「橋」副刊發表多篇作品，〈河畔的悲劇〉、〈來到臺灣的唐・芬〉、〈澎湖島的死刑〉和〈一九四一年以後的臺灣文學〉。

一九四九年　25歲　七月，辭去省立工學院科員職。任臺南市永福國校教師。

在《新生報》「橋」、《中華日報》「海風」、《公論報》「藝術」有多篇作品發表。〈三月的媽祖〉、〈伶仃女〉、〈天上聖母的祭典〉和〈故鄉〉。

一九五〇年　26歲　是年發表十六篇作品。大半為評論。〈關於托馬斯・曼的三個短篇〉、〈斯托爾姆的短篇小說〉、〈關於毛姆〉、〈梅禮美的卡爾們〉、〈娼婦〉、〈莫里斯貝尼奧斯基的遭遇〉和〈畫家洛特・萊蒙的信函〉等。

一九五一年　27歲　是年九月被捕。因檢肅匪諜條例第九條判有期徒刑五年。

一九五四年　30歲　坐牢三年，因減刑條例實施獲得釋放。

一九五五年　31歲　任嘉義縣義竹鄉過路國校教師兼訓導主任。

一九五七年　33歲　八月，改任臺南縣仁德鄉文賢國校教師。

一九五九年　35歲　二月與左營陳月得女士結婚。

九月發表〈論日本現代文學的特質〉於《筆匯》（一卷五期）。

十一月，長子顯國出生。

一九六二年　38歲　四月，次子松齡出生。

一九六五年　41歲　發表小說〈青春〉於《文壇》（第六十四期）。發表〈論吳濁流〈幕後的支配者〉〉於《臺灣文藝》（第二卷九期）。

十一月，辭去國校教職。保送入省立臺南師專特師科就讀。

同月，發表〈臺灣的鄉土文學〉於《文星》（第九十七期）。

一九六六年　42歲　六月，省立臺南師專特師科畢業，派爲宜蘭縣冬山鄉廣興國校教師。

是年發表小說〈獄中記〉《幼獅文藝》（二十四卷五期一四九號），七月發表〈吳濁流論、鍾肇政論〉於《臺灣文藝》（第三卷十二期）。

一九六七年　43歲　八月，調任高雄縣橋頭鄉甲圍國校教師。

是年二月發表〈行醫記〉於《純文學》（第一卷二期）、〈兩年來的省籍作家及其小說〉《臺灣文藝》（五卷十九期）。

一九六八年　44歲　是年發表小說八篇。較重要的有〈葫蘆巷春夢〉（《徵信新聞》「人間」副刊）、〈群雞之王〉（「人間」副刊）、〈採硫記〉（《臺灣日報》副刊）。評論十篇，〈林海音論〉（《臺灣文藝》

第五卷十八期）、〈評〈安德烈・紀德的冬天〉〉（《小說創作》四十五期）。

一九六九年　45歲　由鍾肇政主編「蘭開文叢」出版短篇小說集《葫蘆巷春夢》和評論集《葉石濤評論集》。
三月十五日，中短篇小說集《羅桑榮和四個女人》由林白出版社印行。

一九七〇年　46歲　五月四日，獲中國文藝協會第十屆文藝獎章文藝論評獎。
是年發表小說八篇，〈晴天和陰天〉（《臺灣新生報》）、〈齋堂傳奇〉（《自由談》二十卷七期）等。評論四篇論〈中元的構圖〉、〈評林懷民的〈逝者〉〉。

一九七一年　47歲　十一月，中短篇小說集《晴天和陰天》由晚蟬書店印行。
是年發表小說七篇，〈墓地風景〉（「人間」副刊）、〈汲古夢〉（「人間」副刊）、〈福祐宮燒香記〉（《文藝月刊》第十五期）、〈葬禮〉（《臺灣文藝》七卷二十九期）、〈鬼月〉（《這一代》第六期）。
發表小說一篇〈鸚鵡和豎琴〉（《臺灣日報》）；評論四篇〈卡夫卡和《城堡》〉、〈紀湼和《花之聖母》〉、〈論七等生的《僵局》〉等。

一九七三年　49歲　二月，由三信出版社印行中短篇小說集《鸚鵡和豎琴》。
三月，由三信出版社印行《葉石濤作家論集》。

一九七四年　50歲　譯作多本，由文皇社出版。

一九七五年　51歲　一月，《葉石濤自選集》由黎明文化公司印行。
六月，中短篇小說集《噶瑪蘭的柑子》由三信出版社印行。
發表〈論臺灣小說裏的悲劇意義〉（《臺灣日報》）、〈楊逵的《鵝媽媽出嫁》〉（《大學雜誌》八十七期）、〈從《送報伕》、《牛車》到《植有木瓜的街頭》〉（《大學雜誌》九十期）。

一九七六年　52歲　譯作多本，由文皇出版社印行。

一九七七年　53歲　譯作多本，由文皇出版社和大舞臺出版社印行。

五月一日，發表〈臺灣鄉土文學史導論〉（《夏潮雜誌》第二卷五期）。發表論評六篇，〈非洲文學的黑化〉（《仙人掌》第一卷四期）、〈神性的文學・人性的文學〉（《人間》）、〈論鄭清文小說裏的「社會意識」〉（《臺灣文藝》革新第三號）。

一九七八年　54歲　九月，父敦禮公去世，享年八十歲。

是年發表作品十六篇。〈論李喬小說裏的「佛教意識」〉（《臺灣文藝》革新第四號）、〈季季論〉（《臺灣文藝》革新第八期）。

一九七九年　55歲　小說集《採硫記》由龍田出版社出版。論評集《臺灣鄉土作家論集》由遠景出版社印行。

出席第一屆「鹽分地帶文藝營」。

一九八〇年　56歲　發表〈府城之星，舊城之月〉（《民衆日報》）。

〈府城之星，舊城之月〉（《民衆日報》）。

獲第一屆巫永福評論獎。

八月四日，參加「鍾理和紀念館破土典禮」。

十月小說集《卡薩爾斯之琴》由東大圖書公司印行。

是年發表小說一篇〈有菩提樹的風景〉（十二月，《臺灣文藝》革新第十七號）。評論七篇〈談鍾延豪的小說世界〉、〈一九七〇年代非洲新作家〉、〈波娃的《他人的血》〉。

一九八一年　57歲　〈府城之星，舊城之月〉（《自由日報》）。

發表評論五篇，〈論臺灣文學應走的方向〉（《中國論壇》第一三五期）。出版《作家的條件》（遠景出版社）。

一九八二年　58歲　發表〈臺灣小說的遠景〉（《文學界》創刊號）、〈談城裏城外〉（《臺灣時報》）、〈清秋——僞裝的皇民化謳歌〉（《臺灣時報》）。出版《文學回憶錄》（遠景出版社）、《沒有土地，哪有文學》（遠景出版社）。

一九八三年　59歲　發表〈一九八二年的臺灣小說界〉（「自立」副刊）、〈五四與臺灣新文學運動〉（「西子灣」副刊）。是年共發表作品五十三篇。多爲六〇年代以降蘇俄、歐美作家的介紹。出版《小說筆記》（前衛出版社）。

一九八四年　60歲　共發表作品四十五篇。多爲日本、歐美作家介紹。發表〈流淚撒種的，必歡呼收割〉（《臺灣時報》）、〈七〇年代臺灣文學的回顧〉（《民衆日報》副刊）、〈陳素吟的愛與詩〉（《臺灣文藝》八十八期）、〈從憧憬、幻滅到彷徨〉（「自立」副刊）、〈誠實的作家鄭清文〉（《臺灣時報》）、〈光復初期的臺灣文學〉（《民衆日報》）、〈臺灣文學史大綱前篇〉（《文學界》）、〈論吳錦發的《燕鳴的街道》〉（《成功時報》）。

一九八五年　61歲　共發表作品二十五篇。發表〈寧靜的絕望——評鄭清文的《局外人》〉、〈楊逵先生的文學生涯〉（《臺灣時報》）、〈評鍾肇政的《高山組曲》〉（《民衆日報》）、〈談周梅春的〈轉燭〉〉（《臺灣時報》）、〈評〈茨冠花〉〉（《臺灣時報》）、〈臺灣文學史大綱後篇〉（《文學界》）。

一九八六年　62歲　是年發表作品五十篇。發表〈明治才女——樋口一葉〉（《聯合文學》十七期）、〈內媽與外媽〉（《中央日報》）、〈府城的書房〉（《大華晚報》）、〈光復前臺灣的文學雜誌〉（《文訊》二十七期）；出版《女朋友》（晨星出版社）。

一九八七年　63歲　由文學界雜誌社出版《臺灣文學史綱》。由新地出版社出版《姻緣》、《黃水仙花》兩本短篇小說集。

獲頒中國時報文化貢獻獎。

是年發表作品七十一篇。小說〈命田〉（《臺灣時報》）、〈安德烈・馬柔的小說〉（《臺灣時報》）、〈評陳映眞的《趙南棟》〉（《臺灣時報》）、〈抗戰時期的臺灣新文學〉（「西子灣」）、〈出草地記〉（《中央日報》）、〈許振江的《寡婦歲月》〉（「自立」副刊）。

一九八八年　64歲

是年發表作品四十一篇。〈論自由的代價〉（《自立早報》）、〈深質與品格〉（《自立晚報》）、〈竹仔巷瑣憶〉（《中時晚報》）、〈一個臺灣老丐作家的告白〉（《中國論壇》三〇三期）、〈萬福庵〉（《中時晚報》）、〈雞肉絲菇〉（「人間」副刊）、〈論陳映眞的三個短篇〉（「人間」副刊）、〈偷蟹〉（《自立晚報》）、〈紅鞋子〉（《自立晚報》）。

一九八九年　65歲

八月爲止發表作品三十四篇。〈牆〉（《臺灣時報》）、〈鐵檻裏的慕情〉（《自立早報》）、〈野菊花〉（《中央日報》）、〈西拉雅族的末裔〉（《臺灣春秋》）、〈日據時代的抗議文學〉（《聯合文學》）、〈線民〉（《民衆日報》）、〈潘銀花的第五個男人〉（《民衆日報》）、〈約談〉（《自立早報》）。

由自立報社出版部印行短篇小說集《紅鞋子》。獲金鼎獎。

獲頒第十一屆鹽分地帶文藝營文學貢獻獎。

〔原味台灣〕原住民寫眞卡片（張良澤教授選輯）

PS1	原住民寫眞：個人風情篇	150元
PS2	原住民寫眞：雙人儷影篇	150元
PS3	原住民寫眞：家庭篇(上)	150元
PS4	原住民寫眞：家庭篇(下)	150元
PS5	原住民寫眞：頭目族人篇	150元
PS6	原住民寫眞：武裝出獵篇	150元
PS7	原住民寫眞：生活工作篇	150元
PS8	原住民寫眞：閒暇餘情篇	150元

☆全套8組，每組10幅不同寫眞卡片，瑞典壹級卡彩色精印

PS9	台灣意象：玉山(陳錦芳玉山系列)	150元

☆精選12幅玉山畫作，德國山度士單面鏡銅彩色精印

BD13	台美人趣事	吳木盛著／150元
BD14	柴山少年安魂曲	胡長松著／200元
BD15	九個指頭	黃秋芳著／170元
BD16	台灣文學兩鍾書	鍾理和、鍾肇政著／320元
BD17	詩的紀念册	李魁賢著／200元
BD18	回家的路	林雙不著／230元
BD19	廖永來詩選	廖永來著／200元
BD20	作家當總統	宋田水著／180元
BD21	人與狼	王　霓著／220元
BD22	走過恐怖的時代	王　霓著／180元
BD23	愛在台北	王　霓著／230元
BD24	勁風之旅	邱新德著／200元

王育德全集

TW01	台灣—苦悶的歷史	260元
TW02	台灣海峽	240元

草根大眾文學

TR11	流	辜顏碧霞著・邱振瑞譯／180元

草根有聲書系列（限訂購不退）

BK01	雅語雅文錄音帶（全套五卷一書）	東方白著／1200元

台灣感覺系列（限訂購不退）

BE00	生命的誕生與茁壯（限定本）	施並錫著／600元
BE01	紐約藝術現場掃描（藝術手札(一)）（精）	施並錫著／360元

BA18	森林	王世勛著／320元(精)
BA19A	這三個女人	呂秀蓮著／320元(精)
BA19B	這三個女人	呂秀蓮著／280元(軟精裝)
BA20	情	呂秀蓮著／340元(精)
BA21	西拉雅末裔潘銀花	葉石濤著／160元(精)
BA22	OK歪傳	東方白著／180元(精)
BA23	骷髏酒吧(南方都會小說)	胡長松著／300元(精)
BA24	打牛湳村系列(寫實主義代表作)	宋澤萊著／250元(精)
BA25	蓬萊誌異(自然主義代表作)	宋澤萊著／300元(精)
BA26	雙月記	郭松棻著／200元(精)
BA27	熱帶魔界	宋澤萊著／160元(精)

草根文學

BD01	迷夜	東方白著／320元
BD02	往事知多少？	翠　屏著／200元
BD03	台灣新樂府	林雙不著／160元
BD04	禪與文學體驗	宋澤萊著／240元
BD05	阮若打開心內的門窗	王昶雄著／320元
BD06	銀色鐵蒺藜	林文義著／200元
BD07	第二生命	吳木盛著／300元
BD08	安安靜靜想到他	林雙不著／220元
BD09	國民美學	李欽賢著／170元
BD10	華印有兩個女人	黃秋芳著／180元
BD11	愛與和平的禮讚	莫　渝著／170元
BD12	菅芒花的春天歌詩集	林建隆著／180元

國家圖書館出版品預行編目資料

葉石濤集 / 葉石濤作. 彭瑞金編. -- 初版. --
台北市：前衛, 1991 [民80]
311面；15×21公分. --（台灣作家全集.
短篇小說卷, 戰後第一代：4）
ISBN 978-957-9512-79-4（精裝）

857.63　　81004071

葉石濤集

台灣作家全集・短篇小說卷／戰後第一代④

作　　者　葉石濤
編　　者　彭瑞金
出 版 者　前衛出版社
10468 台北市中山區農安街153號4F之3
Tel: 02-25865708　Fax: 02-25863758
郵撥帳號：05625551
E-mail: a4791@ms15.hinet.net
http://www.avanguard.com.tw
出版總監　林文欽
法律顧問　南國春秋法律事務所 林峰正律師
出版日期　1991年07月初版第 1 刷
2009年01月初版第 6 刷
總 經 銷　紅螞蟻圖書有限公司
台北市內湖舊宗路二段121巷28.32號4樓
Tel: 02-27953656　Fax: 02-27954100

Printed in Taiwan　ISBN 978-957-9512-79-4
定　　價　新台幣300元